夏目漱石と個人主義

〈自律〉の個人主義から〈他律〉の個人主義へ

亀山佳明

新曜社

夏目漱石と個人主義——目次

装幀――虎尾　隆

序章　個人から超個人へ

大正三（一九一四）年八月、漱石は、晩年の代表的な作品のひとつである『こころ』を書き上げる。この作品は後期三部作の終結部にあたる作品であった。『三四郎』から始まるとされる前期三部作は、近代市民社会に生きる個人は他者とどのような関係を結び、どのような事態にいたらざるを得ないか、を明らかにする内容であった。後期三部作にいたっても、このような探求はさらに継続されており、『こころ』では自我の究極的に行き着く姿——それは個人主義の運命ともいえる姿であった——が、描かれるところとなった。

『こころ』脱稿から二ヵ月の後、漱石は、以前から約束のしてあった講演を行なうために学習院に出かける。この学校は当時から皇室と関係の深い上流子弟が数多く学ぶ学校として知られていた。またそこに学ぶ者には、将来、権力や金力をもって支配する地位に就くであろうことが、当然のように期待されていた。講演の題目に漱石は「私の個人主義」を採り上げるのであるが、われわれには、この演目を選ぶにあたって彼の側にもいろいろな配慮のあったであろうことが推察できる。というのも、明治四十四（一九一一）年に大逆事件の大審院公判が結審し、事件を契機にして、政府当局は特別高等課（特高）を設置したうえで、時局の沈静化を図ろうとしていた。当局は、社会主義をはじめとする「危険思想」の取締まりに乗り出し、思想統制が社会のすみずみに行きわたり始めていたからである。

「……主義」というものに政府や警察が反射的に危険を察知するような状況下にあって、漱石は「個人主義」という価値観について講演をしようとしたのである。それすらすでに当局の神経を刺激したはずである。まして将来の権力者たちの中心地において、このような題目で講演するには、彼の方もそれなりの覚悟をもって演壇に上がったであろうことは、われわれの想像にかたくない。事実、学校当局も一応題目と内容について漱石自身に問合わせを行なったうえで、「貴方のいうような個人主義なら結構だ」という許可のお墨付きを与えたということであった。

このような大逆事件以来の思想統制の風潮に対して、漱石が文学者のひとりとして、個人の自由を擁護するために何ごとかをしなければならない、という使命感のようなものを抱いていたとしても不思議ではあるまい。よく知られているように大逆事件については、『それから』のなかで少しふれられる程度で、それ以上のことはほとんど何ごとも述べられていないのであるが、この講演の最終部分において語られている「個人的道徳」と「国家的道徳」との関係について述べるくだりにおいて、われわれには彼自身の覚悟のほどが窺えるように感じられる。たとえば、そこで彼はこう述べている。

国家的道徳というものは個人的道徳に比べると、ずっと段の低いもののように見える事です。

元来国と国とは辞令はいくら八釜しくっても、徳義心はそんなにありゃしません。詐欺《さぎ》をやる、誤魔化しをやる、ペテンに掛ける、滅茶苦茶なものであります。だから国家を標準とする以上、国家を一団と見る以上、よほど低級な道徳に甘んじて平気でいなければならないのに、個人主義の基礎から考えると、それが大変高くなって来るのですから考えなければなりません。だから国家の平穏な時には、徳義心の高い個人主義にやはり重きを置く方が、私にはどうしても当然のように思われます。(「私の個人主義」『私の個人主義』講談社学術文庫、一九七八年、一五六—七頁)

つまり、平時には個人の徳義心の方が国家のそれよりも優れている、というのである。ここにわれわれは、個人の自由を圧殺して恥じない国家に対する漱石の静かで深い憤りを感じるのである。それは、大逆事件終結後一年以内になされた連続講演や、世間から一見奇矯な行動とも受け取られかねなかった「博士号辞退問題」「学士院批判」などをめぐる一連の行動——それらの背後に流れる通奏低音とも受け取れるものであった。[*1]

自己本位と個人主義

ところで、この講演は、『こころ』(一九一四年)と『道草』(一九一五年)という二作品が書かれた合間の時期に行なわれたものであり、その意味からしていわばこれら両作品の橋渡しをするような位置にある。つまり『こころ』と講演との関係でいえば、両者には近代個人主義の行方を問うことに共通性があり、また『道草』と講演との関係でいえば、自己の来歴を振り返ることによって、自分のアイデンティティのありかを明らかにしようとするところに共通性を見ることができよう。

この講演は前半部と後半部という二つの部分から成り立っている。まず前半部分において自己本位について述べられ、後半部分において個人主義にともなう自由や義務の説明がなされている。つまり個人主義という価値観の中心的要素をなす「自己本位」について述べた後で、次には、部分(自己本位)を含む全体である個人主義についての説明がなされる、という具合になっている。そこでわれわれとしては、漱石のいう自己本位とは何か、について彼の言うところをたどってみなければならない。

漱石は幼少のころより文学を好み、大学では英文学を専攻するにいたった。しかしどんなに英文学に親しんでみても、どうしても自分の感覚がそれになじむことができず、そのために、自分はいったい何をしているのか分からない、という「不安」と「空虚」に悩まされたという。彼の親しんできた文学とは漢文学を中心としたものであり、明らかにそれは英文学とは異なるものであった。それゆえに漱石は、英文学にだまされたという印象をもたずにはいられなかった。さらに彼は、文学はそれが生み出された社会的・文化的な背景を抜きにしてはありえず、文学作品の内部にはこれら背景が浸透しており、それを味わうことは、その文化に育てられた人によってしかできないのではないか、と考えるようになる。その結果、英文学を論評するには、それを味わう能力のあるネイティヴ(西洋人)の言うところを聞きそれに従うこと、すなわち彼らの受け売りをすること、が当然視されることになる。

しかしここに不都合なことが生じる。というのは、自分が作品を味わう仕方とネイティヴの言うところとが一致しない場合があるからである。その際にも他人の味わう酒の味をあたかも自分が味わったかのように見せかけて論評しなければならない。分かってもいないことを分かった風に装って論じるならば、その当人にはいつも空虚がともなうことになる。漱石は、このような状況を評して「嚢《ふくろ》の中に詰められて出る事の出来ない人」のような状態と述べている。そのような人間は、自分がいったい何をしているのかよく分からない状態となり、常に霧の中を漂っているようなものだ、という。

言い換えるなら、他人が「良い」とするところを模倣して、自己も「良い」とする態度をとることであり、そうした態度をとることをもって、漱石は「他人本位」と呼んだのである。他者の価値基準と価値判断を「物真似」して自己に取り入れ、それをあたかも自分の定めた価値基準や価値判断であるかのように装うことである。もし人が他人本位の態度で生きるなら、その人には自分が生きているという実感をもつことが困難となるであろう。そしていったい自分は何のためにこの世に生まれてきたのだろうという不安を免れることはできなくなる。

こうした空虚と不安から逃れるには、この他人本位を反転させて「自己本位」に生きるほかはない。こうした反転の経験を漱石はロンドンでもつことができたのである。英国人のいうところに従って英文学を論じていたのでは、いつまでたっても他人の褌《ふんどし》で相撲を取っていることになってしまう。それをやめるには、今まで勉強してきたことをすべて放棄して、文学のよって立つ哲学的・心理学的・社会学的な背景から文学をとらえなおし、文学とはいったい何かという地点にまで立ち返って考えなおす必要があると判断して、それを実行に移すことを決心するにいたるのである。

この反転の決意こそ、彼のいう「自己本位」という立場である。すなわち「自己が主で、他は賓《ひん》である」とする立場のことである。この自己本位という立場を握ってから、漱石は次第に空虚と不安から解放され、強くなっていったと述懐している。それでは、ここにいう自己本位とは一体どのようなものなのか。この講演のなかで使用されている他人本位と自己本位という二項対立の考え方は、何もこの講演で初めて提示されたわけではない。これ以前の講演——たとえば「現代日本の開化」(一九一一年)、「模倣と独立」(一九一三年)——において、それらの考え方はすでに登場していた。ただそこでは模倣(他人本位)と独立(自己本位)と言い換えられており、それら両者の対比が想定されていた。それら講演内容からすれば、自己本位とは他人への依存や他人の模倣をやめて、自分は自分であると独立すること(independence)が重要な要件となっていることが分かる。

さらにこの言葉には、他者からの分離独立という意味以外に、自己の基準に従って行動すること、自律すること(autonomy)という要素も読み取れる。つまり、他者によって制定された価値基準と判断を受け容れるのではなくて、自分の行なうことは常に自分が「良い」と決めた基準と判断に従って行なうこと、である。これら二つの意味すなわち「独立」と「自律」という要素を強調するために、漱石は、いかにも誤解を招きやすい「自己本位」という用語をあえて使用したと思われる。

漱石の一連の活動を通して特に注目したいのは、彼のいう自己なる存在が常に他者との関係のなかでとらえられているという点である。漱石は市民社会で普通に生活している人たちをその小説に登場させており、またそうした人たちに向けて物語を書くことにしていた。漱石自身がまた、社会という次元に自己を置いて創作するという態度を最後までとり続けた作家でもあった。それゆえに漱石にあっては、他者という存在は無視し得ない、というよりも自己の存在や創作と切り離し得ない存在であった。

講演の後半部において漱石は、このような自己本位という立場は「個人主義」という価値観のことであると言いなおすのであるが、そこではさらに、個人主義を構成するもうひとつの要素である「個性」が強調される。誰もが個性を有しており、それを発展させる権利をもっているのであり、そのためには自由が認められなければならない、というのである。なぜなら個性は自由の下でのみ伸張するからである。人が自分の個性を尊重するのであるなら、他者の個性をも尊重することが市民として当然とるべき態度であり、それゆえに他者に対しても自己と同様の自由を保障しなければならない。これを妨げるのが権力であり、金力であるとして、それらにもっとも近い地位に将来立つはずの聴衆に向けて自重を促すのであった。

ここにおいて、われわれが注意しなければならないのは個人主義という意味である。後に詳しく述べることになるが（第一章・第五章）、個人主義とは、「個人」に価値を置く価値観のことである。その内容は、漱石の指摘にもあるように、自律・理性・個性の三つの要素である。この個人主義と対になる原理がホーリズム（全体論）という価値観であるが、これは個人にではなく、個を含む全体に価値を置く。そこにおいては「個」は全体を構成する単位にしかすぎなく、何ら重要視されない。近代日本の社会は、近代化にもかかわらずこのホーリズムの価値原理を強く有してきた。その例としていちばん分かりやすいのが「世間」であろう。「世間」とは個を超えた集団であり、絶えず「個」を監視し、拘束する存在である。そこにおいては、「個人」はほとんど価値を有することなく、逆に「世間」は「個人」の独立・自律や個性を圧迫しさえしようとする。この意味において、近代日本の社会において「個人」は常に「世間」と対立しなければならないことになる。ここからして、近代日本では「個人」と「世間」との対立・葛藤が描かれるところとなる。漱石という作家を社会＝世間と個人との関係を扱った作家ととらえることも、あながち的はずれとはいえない理由がここにはあることになる[*2]。

世界の内部に位置する他者

先の講演のなかで漱石は他者の問題にふれていた。「自分がそれだけの個性を尊重し得るように、社会から許されるならば、他人に対してもその個性を認めて、彼らの傾向を尊重するのが理の当然になって来るでしょう」（前掲書、一四三―四頁）。つまり自己の権利を主張しようとするのであるなら、同時にわれわれは他者の権利をも認めてしかるべきである、というのである。ここでいわれている他人とは、何も特別な存在ではなくて、われわれが日常の生活を送るうえで関係をもたざるを得ない人たちのことである。私と他人は同じ言語を話し、同じ習慣や法に従って行動する存在であって、それゆえに私は他人の行動の意味を理解できるはずであるし、同じく他人も私の行動の意味を解するはずである。漱石の小説に登場する人物たちの大半は、このように同じ世界に所属している普通の人たちである。

しかし彼の小説においては、このように日常的な世界を共有する主人公と他者との関係が、物語の進行につれて、のっぴきならない状態に追い込まれていかざるを得ない。たとえば『こころ』の先生とKとの関係を思い浮かべてもらえばよいだろう。先生とKはともによく似た境遇にある二人として描かれている。彼らは郷里を同じくするだけでなく、同じ学校で学んだ同級生でもあった。ともに東京の大学に進学するために郷里を離れただけではない。先生はもっとも身近な親族の裏切りに遭い、そのために親族にかかわるいっさいの関係を断ち切ってひとり東京で暮らしていた。同様にしてKも、養家の期待を裏切ったためにそこから絶縁されただけでなく、実家からもそれを理由に縁を切られてしまう。つまり先生もKも、ともに地縁・血縁から切り離された「個人」として、都会で暮らさなければならなくなった存在として設定されている。

ところで、先生には両親が遺してくれた資産があったが、Kにはそのような当てがないために学資にも窮する状態であった。見かねた先生はKを援助するために、自分の下宿につれてきて、同じ屋根の下で暮らし始めるのであった。このことが後に悲劇へと行き着く淵源となっていく。というのは、この下宿には年頃の美しいお嬢さんがいたからである。先生はこのお嬢さんに以前から好意を寄せていたのであったが、その好意がどこまでのものであるのか、自分にも確信をもてなかった。というよりも、一度親しい人からの裏切りに接していた先生にしてみれば、この好意も「実は仕組まれたものの結果なのではないか」という、お嬢さんの母親に対する疑惑をぬぐうことができなかったからである。

ところが、Kがお嬢さんと次第に親しくなっていく過程を目にするにつれて、先生はKに嫉妬の感情を覚えずにはいられなくなる。このまま行くならKにお嬢さんを奪われかねないと危惧した先生は、Kを出し抜くために、未亡人の母親にお嬢さんとの結婚の申込みをするのである。先生はお嬢さんへのKの好意を知りながら、また先生へのKの信頼を裏切ってまで、お嬢さんとの結婚の約束を内々に取り付けてしまう。婚約の話を未亡人から聞かされたKは、三日後の夜、先生にはひとこともいわずに自ら命を絶ってしまうのである。Kの悲劇がなぜ起きてしまったのか、なぜKは自殺をしてしまったのか、という疑問は、この物語の大きな謎となっている。先生自身はその告白録のなかで親友に対する自分の裏切り行為が自殺の原因であることを告白し、自らの罪を認めていた。

それでは自律した個人であるはずの先生が犯した罪とはいったい何であるのか。先生は自分のお嬢さんへの好意を信じることができなかった――われわれはここに先生の罪のきっかけがあると考える。個人の価値判断に従って行動すること、それが個人の自律の根拠とされていた。ところが先生は自らの価値判断（お嬢さんに対する好意）を信じることができなかったために、Kを下宿につれてきたと思われる。先生はKを尊敬していた、いや畏敬していたといってもよい。先生にしてみるなら、Kがお嬢さんを見初めたということは、彼女がKの好意を受けるにふさわしい存在であることを保証するものと思われた。すなわち先生の好意は間違っていなかったことが、Kによって確かめられたと言い換えてもよい。[*3] ここに大きな過誤が根ざしている。なぜなら自律した個人であるはずの先生は、他者の行為基準と判断を「物真似」したということになるからである。自己本位からなしたはずの行為が、あろうことか、自ら進んで自己の判断を裏切り他人の判断に従うことになっていたこと、しかもその自己への裏切りを自らに対してさえ隠していたこと、ここには二重の過ちが犯されていたことになる。

われわれはこのような先生の行動のうちに、市民社会に生きる個人が自律性を維持することがいかに困難であるか、を見出さずにはいられない。自己本位であること、個人主義の価値に従って生きることを選択した人間が、それらに忠実に生きようとするなら、究極においてそれらを裏切る行動をとらざるを得なくなる、という逆説をそこに見出すだろう。漱石が先の講演で述べたように、近代市民社会に生きる個人が奉じる価値観は個人主義であるといってよい。そしてそのような価値観の中心的な要素は、これまた漱石のいうように、「自己本位（自律）」といえるはずだ。しかしながら先生のとった行動に見られるように、この価値観を奉じる個人は容易にそれに反する行動をしてしまうことになる。ここには「自律は他者への依存によって成り立つ」という個人主義がはらむ逆説が明らかにされている。

世界の外部に位置する他者あるいは他なるもの

『こころ』の結末は先生の自決であった。それについて先生は「明治の精神に殉死する」のだと半ば冗談めかして奥さんに表明していたが、われわれにはその言明が単なる思いつきとばかりはいえないように思われる。「自由と独立と己《おの》れとに充《み》ちた現代に生れた我々は」と評された明治という時代にあって、己れに忠実に生きようとすること、すなわち自己本位に生きようとした結果が、友人Kの自殺を導き、それに対する罪の意識のために自己を処罰するという事態を招いたのであった。明治の精神とは自己本位の生き方を通すということの謂《いい》であると解するならば、そのような生き方が招く死は当然ながら当の本人が受け容れていかなければならないことになる。個人主義という視点からするなら、「明治の精神に殉死する」という表現をこのように理解することも許されるはずである。

しかし漱石自身は明治の精神に殉ずるわけにはいかなかった。彼は自らが表明した自己本位・個人主義という価値観がはらむ逆説に向き合い、それを乗り越える方途を模索するほかはなかった。この模索を表現した作品が『こころ』以後に書かれた『明暗』であったといえる。これについて述べる前に、われわれは、漱石の初期作品以来一貫して物語中に出現してきている「もうひとりの他者」についてふれなければならない。というのも、この「もうひとりの他者」という視点を設定することによって、本書では『明暗』という作品にアプローチしたいからにほかならない。そこでは個人を乗り越える立場の描かれようとしていたことが明らかになるはずである。

漱石のいくつかの作品には、われわれが先に見た「世界内部の他者」という観点からではとらえきれない他者像が描き出されている。このような他者あるいは他なるものを、ここでは「世界の外部に位置する他者あるいは他なるもの」と呼ぶことにしよう。こうした他者がもっとも鮮明に描き出されている代表的な作品として、『夢十夜』を思い浮かべることができる。そこでは「こんな夢を見た……」という書き出しで始められる、夢の物語が十夜にわたって語られている。それらの夢のなかでもとりわけ読者に衝撃をもたらす印象深い作品は「第三夜」であるといっても、それほど見当違いにはならないであろう。

そこではひとりの男──それは夢を見ている自分なのだ──が、背中に盲目の小僧を背負いながら森の中の道をたどっている。この小坊主は「私」の子供であるらしいのだが、いばった大人の言葉つきのため父親のようでもあり、「私」は彼の命じるままにあちこちに向かうことになる。ところがそのうちに、この小僧が石仏のように次第に重くなっていく。そしてとある杉の木立の下に来たとき、彼は「私」に向かってこうささやくのである。「御前がおれを殺したのは今から丁度百年前だね」と。そして「私」は「今から百年前文化五年の辰年のこんな闇の晩に、この杉の根で、一人の盲目を殺したと云う自覚が、忽然《こつぜん》として頭の中に起った」のである（『夢十夜』『文鳥・夢十夜』新潮文庫、一九七六年、三四頁）。ここまで読んできた読者は、思わず背中に戦慄の走るのをどうすることもできない。と同時に、無気味さと罪悪感に襲われずにはいられない。この小坊主こそ、われわれのいう「世界の外部に位置する他者あるいは他なるもの」である。なぜなら、この小坊主が何者であるのかを解明できないだけでなく、彼のいうことにふと思い当たり、そのことで恐れおののかずにはいられないからである。この「無気味なるもの」は、それを名指しすることが不可能であるがゆえに、われわれの理解を超え出ているのである。このような存在を指して、「世界の外部に位置しているもの」と呼んでいる。

世界の外部に位置する他者あるいは他なるものは、漱石の小説作品のなかでは、一方で無気味なものとして出現するだけでなく、他方では「自然」として表現されている。この意味での自然がもっとも鮮明に表現された作品が『それから』であり、そこでは自然は白百合の花とその香りとして象徴的に描かれている。後に『明暗』に出現する自然は、この『それから』の自然を受けたものであり、それがさらに深められた表現となっている。というのは、そこでは自然が「小さい自然」と「大きな自然」という二つの自然に分けられており、それら両者の関係に言及されているからである。

『明暗』では結婚して間もない一組の夫婦が描かれる。夫の津田は都会で会社勤めをする男であるが、性格的には非常に自己防衛の強い人物である。そのために、常に人から自分の考えていることが読み取られないようにと警戒と用心に怠りがなく、かわりに相手の心の内や行為の意図を値踏みせずにはいられない人物である。それに対して妻のお延はというと、こちらも虚栄心の強い側面を有してはいるが、自分の愛に忠実に生きようとするけなげな側面を持ち合わせた女性でもある。この、ともに自尊心の強い両者の間には、常日頃から互いの腹の探り合いが絶えない状態にある。そのうえに、津田には妻に知られてはならない過去の秘密があり、妻は夫のそうした側面に気がついているために、その隠し事を探ろうとせずにはおれないのである。ここに両者間に「暗闘」の生じる根拠がある。

ただ落ち付かないのは互の腹であった。お延はこの単純な説明を透《とお》して、その奥を覗《のぞ》き込もうとした。津田は飽くまでもそれを見せまいと覚悟した。極めて平和な暗闘が度胸比べと技巧比べで演出されなければならなかった。（『明暗』新潮文庫、一九八七年、四五〇頁）

こうしたなかにあって、愛に生きようとするお延の態度は、彼女の胸の内部から湧き出てくる自然な感情であった。漱石はこの態度と感情を「小さい自然」と呼んでいる。この小さい自然に従っているために、彼女は漱石の小説のなかの女性としてはめずらしく主体的な行動をとる人物として造形されている。しかし漱石はこの「小さい自然」＝自律を超出する「大きな自然」の控えていることを物語のなかで同時に暗示する。この大きな自然はいまだ彼女の前には出現していないが、読者はいずれそれが彼女の生死にかかわる運命を左右するのではないかと思わせられる。これこそが「世界の外部に位置するもの」である。


本当に彼女の目指す所は、寧《むし》ろ真実相であった。夫に勝つよりも、自分の疑《うたがい》を晴らすのが主眼であった。そうしてその疑いを晴らすのは、津田の愛を対象に置く彼女の生存《せいそん》上、絶対に必要であった。それ自身が既に大きな目的であった。殆んど方便とも手段とも云われない程重い意味を彼女の眼先《めさき》へ突き付けていた。

女は前後の関係から、思量分別の許す限り、全身を挙げて其所《そこ》へ拘泥《こだわ》らなければならなかった。それが彼女の自然であった。然し不幸な事に、自然全体は彼女よりも大きかった。彼女の遙《はる》か上にも続いていた。公平な光りを放って、可憐《かれん》な彼女を殺そうとしてさえ憚《はば》からなかった。

彼女が一口拘泥《こだわ》るたびに、津田は一足彼女から退ぞいた。二口拘泥れば、二足退いた。拘泥るごとに、津田と彼女の距離はだんだん増して行った。大きな自然は、彼女の小さい自然から出た行為を、遠慮なく蹂躙《じゅうりん》した。一歩ごとに彼女の目的を破壊して悔いなかった。彼女は暗に其所へ気が付いた。けれどもその意味を悟る事は出来なかった。(同上書、四五一頁)

この未完に終わった物語では「大きな自然」がその後どのような影響を彼女におよぼすのか、は描かれてはいない。それでもわれわれには、残されたテクストからその後を推測することはできるはずだ。いずれ彼女はこの大きな自然の前に立たされることになるであろう。そして彼女の「小さい自然」は「大きな自然」によって打ち砕かれ、彼女はその前に頭をたれることになるのではないか。その際に、彼女の自律と虚栄は破壊され、彼女は新しい自己となって生まれ変わるのではないか。そこに新たに出現する個人を超える存在を、われわれは「超個人」と呼ぶことにしよう。[*4]

超個人とは何か

『明暗』のなかに出てくるはずの「超個人」は、この作品が発表され始めるわずか数ヵ月前に書かれた随想集に、すでにその姿の一部を覗かせていた。それは『硝子戸の中』というエッセイ集であるが、これらの随想は大正四（一九一五年）年の一月から二月にかけて『朝日新聞』に連載されたものであった。ついでに付け加えるならば、この連載の二ヵ月前に、漱石はわれわれが冒頭で掲げた「私の個人主義」の講演を行なっていたのである。

三十七回にわたって連載された随想集を閉じるにあたって、漱石は自分の書いたそれらのエッセイを振り返って、――それは同時にそこで述べられた自己の来歴を振り返る結果になったのであるが――、過去のすべてを微笑のうちに受け容れることを自分に対して許容していた。そこでは、冬のさなか春を思わせるような陽射しを受けながら、彼は硝子戸の中で恍惚としつつ、あたかも春の微風の如く微笑んでいるのである。

私の冥想《めいそう》は何時まで坐っていても結晶しなかった。筆をとって書こうとすれば、書く種は無尽蔵にあるようなㇸ心持もするし、あれにしようか、これにしようかと迷い出すと、もう何を書いてもつまらないのだという呑気な考も起ってきた。しばらく其所で佇《たた》ずんでいるうちに、今度は今まで書いた事が全く無意味のように思われ出した。何故あんなものを書いたのだろうかという矛盾が私を嘲弄《ちょうろう》し始めた。有難い事に私の神経は静まっていた。この嘲弄の上に乗ってふわふわと高い冥想の領分に上って行くのが自分には大変な愉快になった。自分の馬鹿な性質を、雲の上から見下して笑いたくなった私は、自分で自分を軽蔑《けいべつ》する気分に揺られながら、揺籃《ようらん》の中で眠る小供に過ぎなかった。(『硝子戸の中』新潮文庫、一九五二年、一一四―五頁)

ここには過去の自分のすべてを見下ろしているもうひとりの私がいる。上にいる私が下にいる私を見下ろして、その愚かさのすべてを笑いながら受け容れようとしている。この態度はフロイトのいう「ユーモア」であろうが、さらに文面は次のように進行していくのである。

私の罪は、――もしそれを罪と云い得るならば、――頗《すこ》ぶる明るい処からばかり写されていただろう。其所に或人は一種の不快を感ずるかも知れない。然し私自身は今その不快の上に跨《また》がって、一般の人類をひろく見渡しながら微笑しているのである。今までつまらない事を書いた自分をも、同じ眼で見渡して、あたかもそれが他人であったかの感を抱きつつ、矢張り微笑しているのである。(同上書、一一五―六頁)。

自分を含めた人類を見渡して、彼らのすべてを微笑のうちに受け容れる心境、さらにその自分は「静かな春の光に包まれながら、恍惚《うっとり》とこの稿を書き終る」のであるが、この微笑と恍惚にわれわれは超個人のイメージを抱くのである。「私の個人主義」のなかで個人＝自律と述べた漱石が、わずか二ヵ月後の随想集の末尾で、個人＝自律を超える超個人について述べていることは単なる偶然とは思われない。われわれには、「私の個人主義」は『こころ』と、『硝子戸の中』は『明暗』とそれぞれ響きあっているように感じられる。このように考えるなら、前者から後者への移行を「個人」から「超個人」への移行という言葉で置き換えることもできるであろう。「個人」はホーリズムである「世間」と対立する。「超個人」は、「個人」を超えようとするだけでなく、「個人」と「世間」の対立をも超出しようとする。

しかし誤解を避けるためにひとこと断わっておかなくてはならない。すなわち、われわれが漱石の晩年の作品群のうちに個人から超個人への移行を見たといっても、漱石自身が個人主義の価値観を放棄したといおうとしているわけではない、ということである。なぜなら、漱石は講演のなかで「私はこの自己本位という言葉を自分の手に握ってから大変強くなりました。〔中略〕自己本位というその時得た私の考は依然としてつづいています。否年《いな》を経るに従ってだんだん強くなります」と述べていたことを想起するからである（「私の個人主義」前掲書、一三六－七頁）。現実の日常生活を送っている漱石に、価値観の上で大きな変化があったわけでもない。しかしその日常生活にあっても、個人として生きていこうとするならば、どうしてもその限界に突き当たらずにはいられないことも確かであろう。世界観＝思想の上でその限界を乗り越える可能性を探ること、それによって少なくともそこに光明を見出そうとしていたのではないか、われわれはこう言いたいだけである。

注

＊1　大逆事件と漱石については、中村文雄『漱石と子規、漱石と修——大逆事件をめぐって』和泉書院、二〇〇二年、を参照した。

＊2　阿部謹也は、『我が輩は猫である』も『坊ちゃん』も世間からはずれた人たちの物語であるとし、『それから』『門』にいたっては、世間との闘いをとおして排除された人物を描いていると述べている（『世間とは何か』講談社現代新書、一九九五年）。

＊3　このような解釈は、作田啓一『個人主義の運命——近代小説と社会学』岩波新書、一九八一年、によった。

＊4　「超個人」という言葉は以下の書からとった。作田啓一『個人』（一語の辞典）三省堂、一九九六年。

第一部　作品にみる個人主義の問題

第一章　個人主義の困難と自己変容──『それから』をめぐって

　ここでは、夏目漱石の『それから』を主要なテクストにして、小説のなかに描かれた個人主義の問題を理解していくつもりである。だがその前に、作品をどのように読み解いていくのか、そのための方法論として、社会学における自己論の考え方を整理することから始めることにしよう。[*1]

自己の変化と自己システムの統合

　常日頃、われわれは、過去の経験がいつの間にかその意味を変えてしまっていることに気づくことがある。たとえば、かつて見たことのある映画を時を隔てて見返すとき、以前とまったく違った印象を抱いてしまうことがよくある。あるいはまた、転校や転職を余儀なくされて、自分の所属する集団を変えてしまうとき、あたかも自分がいままでの自分ではなくなって、別な自分になったかのような感覚になることがある。これらの事態をどのように捉えたらよいのだろうか。

　上記の疑問に答える前に、世界や対象が意味を有するのはどのような働きによるのか、まずこの点から考えてみよう。われわれが、世界や対象に意味を感じ取るのは、意味の枠組み（meaning scheme）をそれらに当てはめるからである。言い換えると、われわれは意味の枠組みを媒介にして世界や対象を把握する。分かりやすい例は言語である。「赤い」と感じるのは、「赤い」という言語を介して対象を知覚しているからである。逆にいうと、「赤い」という言葉がなければ、われわれは赤色を知覚できないであろう。ここからするなら、意味が変化するという事態は、意味枠組みが取り替えられるせいである、ということになる。このことは、ルビンの有名な錯視図形を使って説明すると分かりやすい（図1参照）。

図1　ルビンの盃と顔
（今井省吾『錯視図形』サイエンス社，1984年）

　ルビンの図形では、同一図形が一方では盃に見えるし、他方では二人の人物が向かい合っているようにも見える。この図形は、いわゆる反転する図形になっているが、これはどうした事態なのだろう。いま、人物を「地」にして盃を「図」に浮かび上がらせると、そこには盃という意味が出現する。他方で、盃を「地」にして人物を「図」にするなら、今度はそこには向かい合う二人の人物という意味が出現することになる。このように理解するなら、同じ対象を見つめていながら、別々な二つの意味の出現する仕組みが分かるだろう。つまり、そこには二つの意味が共存しており、いわばそれらが裏表になっているのだ。一方の意味枠組み（盃）から他方の意味枠組み（人物）に転じると、そこには意味の変化が生じてしまう。

　先にあげた疑問も、このような意味の変化と考えることができるだろう。過去に見た映画の印象は現在の時点で解釈しなおされる。映画についての意味は現在の意味枠組みから生じているのであって、過去の時点における意味枠組みによるのではない。それゆえに印象の意味変化が生じているのだ。同様にして、所属集団を変えることは、自分を規定する意味枠組みを変えることになる。学生としての自分から社会人としての自分への変化は、同時に自己を規定する意味枠組みの変化を生じさせる。自分という中身は変わっていないにもかかわらず、自分が変わって感じられるのは、所属する集団の変化が同時に自己を規定する意味枠組みの変化をもたらすからである。

ところで、この後者の例にはもう一つの要素が絡んでくる。つまり、自己の変化という中身の問題である。通常われわれは、経験する世界には意味があると感じている。それは意味の枠組みを通して世界を捉えているせいである。そこには当然ながら、当の有意味世界を経験する主体が存在している。ある意味枠組みに準拠して世界を経験している主体を、ここでは「小自己」(self) と呼んでおこう。小自己とは聞き慣れない表現であるが、後に見るF・フィンガレットの用語法にしたがって、このような言葉を使用したい (H. Fingarette, *The Self in Transformation*, Harper and Row, 1963)。小自己とは意味を経験する主体の主観的側面のことである。つまり、小自己とは特定の意味枠組みを固定させる点であって、そこから世界を眺めるパースペクティヴのことである。小自己をこのように規定するならば、主体が世界を捉えるに際して、ある意味枠組みから別な意味枠組みに移行するということは、意味の変化だけではなく小自己の変化をもたらすことになる。先の事例に引き寄せていうなら、所属集団の変化は自分に関する意味枠組みだけでなく、小自己の変化をもたらすため、自分が変わったように感じるのである。このように意味枠組みの変遷は、主体の側からすると小自己の変化となるが、この主体の側の変化を、われわれは「小自己の変化」(self-transformation) と規定することにしよう。

日常の生活にあって、われわれは絶えずこのような小自己の変化を経験している。この小自己の変化には、変化の程度の比較的軽いものから、バーガーとルックマンが「翻身」(alternation) と呼んだ劇的な変化にいたるものまでを含めて、いくつかの段階が存在している (P・L・バーガー／T・ルックマン『日常世界の構成』山口節郎訳、新曜社、一九七七年)。別な観点からするなら、小自己の変化とは人格の分裂と統合の問題であるともいえよう。ある役割から別な役割へ移行するなら、あるいはまた過去の小自己から現在の小自己へ移行するなら、人格の分裂と統合の問題が生じやすくなるからである。いくつもの小自己の間を移行しながら、ひとつのまとまった人格として行動するためには、それら全体を統合する働きが不可欠となる。つまり、それぞれの小自己 (s_1、s_2、s_3、……s_n) を統合する意味システムが形成される必要がある。ここでは、このような統合的な意味システムを「自己システム」と呼ぶことにする。小自己が意味枠組みの部分的側面であるとすれば、自己システムとは意味枠組みの全体を表わしている。

次に、多様な小自己を統括する様式にはいくつかのタイプが考えられるが、ここでは以下のような二つのタイプを想定することにしよう。

(a) 演出論的統合モデル

この統合の形式では、各々の小自己 (s_1、s_2、s_3、……s_n) は列車のコンパートメントのような個室にそれぞれ押し込められ、各個室が列車のように直列式に連結される。ここにおいては、それぞれの小自己は他の小自己との交錯、混同、葛藤を避けるために、各個室を隔てる仕切りの壁によって隔離される。言い換えるなら、このモデルでは、それぞれの小自己が隔離されることによって逆に連結が成り立っている。この場合、各小自己は互いに他を否定しないように、状況に応じて使い分けられる必要がある。そうしなければ矛盾・対立が露呈する恐れがあるからである。この意味において、われわれはこの統合様式を演出論的統合と呼んでおこう。ところで、この統合様式は、E・ゴッフマンやP・バーガーたちの想定した自己論に類似している。彼らの自己論、とりわけゴッフマンのそれ、においては、通常統合は問題にされないとされているが、そうともいえないのではないか。というのも、われわれの視点からすると、ゴッフマンの議論には暗黙のうちに統合問題が想定されているからである。彼のいう「演出論的自己」では、他者に見られるというメタ次元の観点が想定されている。つまり、そこでは、オブジェクト次元の自己（行為する自己）とメタ次元の自己（見られる自己）という二重性が前提にされている（E・ゴッフマン『行為と演技』石黒毅訳、誠信書房、一九七五年）。後者のメタ次元の自己は、前者の小自己を超越しているので、名目上それらを審級しうる立場にある。しかし、後にも触れるように、その審級作用は強力なものとはいえないけれども、各小自己を連結させる作用だけは担うことができる。つまり、人から見て望ましくない小自己は連結しないという具合である。この点はバーガーらの議論においても同様であろう。彼らにおいても、それぞれの小自己は価値的に相対的と想定されているが、他者との意味の共有の程度によって、どの小自己が優位となるかが決定されるとするからである。

(b) 審判論的統合モデル

次には、先の演出論的統合とは別な統合の形態である。そこでは小自己の群を超えて望ましい自己が抽出され、その望ましい自己に向けて各小自己が統合される、というタイプである。たとえていうと、理想的自己を円錐の頂点にして、各小自己が底辺に配列されるという様式である。演出論型が水平に小自己を配列するのに対して、審判論型は垂直的な配置をとる。ここでいう望ましい自己とは、フロイトのいう「自我理想」(ego ideal) の概念に近いものであるが、ここではあくまで意味論的モデルとして想定したい。フロイトによれば、自我理想とは自分がそうなりたい理想的自我のことであり、価値の上では現実的な自我に対して優位に位置していた。この超越性のために、自我理想には他の自我を審級する作用が想定されていた。

この点はわれわれのモデルにおいても同様である。理想的自己は特定の価値尺度にしたがって、それぞれの小自己を審級する。このような審級作用によって、おのおのの小自己は価値尺度に応じて、底面に並行して切り取られる各平面に配列され、上下左右において互いに親和する側面が強化される。このような審級作用のために、先の演出論的統合よりは遙かに統合の程度が高くなる。しかしながら、逆にいうなら、理想的自己と価値の上で相容れない自己はこの統合領域から排除されずにはいない。排除された小自己は、この自己システムの外部に意味の小領域を形成する。意味論の立場からすると、フロイトのいう「抑圧」というメカニズムはこのような小領域の成立と言い換えられる。この自己システムにおいては、一方における高度な統合に対する他方における隠された部分の存在という両面性が特徴となる。

さて、次にはこれら二タイプの変容について述べておきたい。(a)の演出論型においては、新しい小自己の出現は新しいコンパートメントの付加として受け取られる。列車に新しいコンパートメントが連結されるように、新しい小自己は自己システムに直列に連結される。その際に、それは他の小自己と比較・照合されることは稀である。というのも、先に触れたように、この統合モデルでは理想的自己が存在しないので新しい要素を審級する作用が極端に弱く、各要素間での比較検討がなされることがないためである。したがって、この統合モデルでは小自己相互間に矛盾や葛藤を生じることがありえないことになる。

(b)の審判論タイプはどうか。フロイトの神経症治療において示されたように、審判型においても排除・孤立させられていた小自己(たとえば新しい小自己s_4)が新たに自己システムに組み入れられる事態が生ずる場合がある。理想的自己によって統合されていた自己システムが、その統合と相容れない小自己を編入しようとすれば、自己システム全体の構造的な変革を余儀なくされるだろう。自己システムはいったん解体され、違和的な小自己を編入する新たな構造に組み換えられる必要がある。その際には、理想的自己も含めた自己システム全体の変化が生じる。F・フィンガレットはこのような自己システム全体の変容を「大自己Self」の成立、あるいは「解脱」と呼んでいる。彼は、宗教が志向するカルマからの脱出と、フロイトのいう神経症的治療とは構造上は同型であるとし、宗教的意味を排除したニュートラルな意味において「解脱」を定義していた。*2 以下においてわれわれが「自己変容」という用語を使用する際には、主としてこの広義の意味をもつものと定義しておきたい。

以上みてきたように、小自己の変化・自己システムの変容はともに自我の分裂と統合に係わる問題であった。バーガーらが言うように、近代社会は地理的移動と社会的移動の激しい社会であり、そのために、そこに生きる人たちに人格の分裂や統合危機を経験させやすい。日本の歴史において、明治という時代は社会変動の激しい時代であった。夏目漱石はその時代を生きる人びとを小説のなかで描いた作家である。その意味で、漱石の描いた人物像は自我統合の危機や分裂にさらされた人びとであった、といってよいだろう。たとえば、ここで取り上げる『それから』の主人公代助の回心の経験、あるいは『門』の主人公宗助の突然の参禅行動、『こころ』の先生の自殺などがそうである。また実生活においても、修善寺の大患として知られている「三十分間の死」の経験において、漱石が自己変容を自ら経験したことが述べられていた。むろん、彼らの自己変容は激しい社会変動に還元されるものではなく、もっと内面的な問題に由来していることは言うまでもない。以下では、自己変容の経験がもっとも鮮烈に描かれていると思われる『それから』という作品を取り上げ、先の自己システムのモデルを通して分析と解釈を行なっていくことにしたい。

ホーリズム対個人主義

『それから』の主人公である長井代助は、三十歳に近い年齢であるにもかかわらず、職に就くこともなく、裕福な父親からの援助によって「趣味の鑑定家」として暮らす、いわゆる「高等遊民」である。三年ぶりに再会した昔の友人である平岡に、「なぜ働かないのか」と問われて次のように答える。

何故働かないって、そりゃ僕が悪いんじゃない。つまり世の中が悪いのだ。もっと、大袈裟《おおげさ》に云うと、日本対西洋の関係が駄目だから働かないのだ。〔中略〕日本は西洋から借金でもしなければ、到底立ち行《ゆ》かない国だ。それでいて、一等国を以て任じている。そうして、無理にも一等国の仲間入をしようとする。だから、あらゆる方面に向って、奥行を削って、一等国だけの間口を張っちまった。なまじい張れるから、なお悲惨なものだ。牛と競争をする蛙《かえる》と同じ事で、もう君、腹が裂けるよ。その影響はみんな我々個人の上に反射しているから見給え。こう西洋の圧迫を受けている国民は、頭に余裕がないから、碌《ろく》な仕事は出来ない。悉《ことごと》く切り詰めた教育で、そうして目の廻る程こき使われるから、揃《そろ》って神経衰弱になっちまう。話をして見給え大抵は馬鹿だから。自分の事と、自分の今日の、只今の事より外に、何も考えてやしない。考えられない程疲労しているんだから仕方がない。精神の困憊《こんぱい》と、身体《しんたい》の衰弱とは不幸にして伴なっている。のみならず、道徳の敗退も一所に来ている。日本国中何所を見渡したって、輝いてる断面は一寸四方も無いじゃないか。悉く暗黒だ。(夏目漱石『それから』新潮文庫、一九四六年、八七―八頁。以下の引用はすべてこの書に拠る、その際頁数のみ記す)

代助の口を借りて述べられている文明批評は、ほぼ同時期になされた漱石の講演「現代日本の開化」の内容とほぼ同じものである。そこではこう述べられていた。明治日本の開化(近代化)は、内発的に生じたものではなく、外部である西洋の脅威の下に無理にも生じさせられた事態であった。

しかも西洋社会が百年かかって成し遂げた過程を、わずか四、五十年という短期間で行なわなければならなかった。そのために、急激な開化を経験した日本の国民は神経衰弱にかからずにはいない。ところで、われわれの立場からすると、開化とは世界を捉える意味枠組みの変化に当たる。つまり、旧来の伝統的な意味枠組みに換えて、西洋社会の意味枠組みに移行することである。この移行に際して、日本人の側の内的な必然性が伴っていないがために、こういう開化を受ける国民にはどこか「空虚の感」が否めないものになる。すなわち、新たな小自己が自己システム全体に加わるとき、それが自己システム全体の自然な作用によって生み出されたのであれば、そこには内的な連続性が存在することになる。ところが、外部から無理やりに押し付けられるならば、内的な連続性を欠くことになり、自己変容がいわば強制されることになる。さらに、短期間のうちに次から次へと意味枠組みの移行を迫られるとき、空虚を避けようとして現在の意味枠組みに留まるならば、この急激な社会変動から置き去りにされてしまう。逆に焦って流行に追いつこうとすると、空虚と不安がますます募っていかざるをえない。こうした悪循環の仕組みのなかに投げ入れられているために、代助の言うように、近代日本の国民は神経衰弱にかかることが避けられないのである。

このような急激な社会変動のなかにあって、神経衰弱を昂進させることもなく状況に適応してゆくには、どのような自己統合が要求されるのだろうか。それを知るために、われわれは、次に『それから』に登場する主要な三人の人物をとりあげて、彼らの自己統合のあり方を具体的に検討してみなければならない。

代助の父はこの変動期を経験したいわば第一世代である。維新前はある藩の武士であったが、維新後は実業家として成功し、一代で現在の富と地位を築いた人物である。彼はかつて受けた儒教教育の教えを今でも信奉しており、自分が成功したのもその教えに従って天下・国家のために働いた賜物であると確信している。資本主義の経済体制の下で私的利益を追求することと、「誠は天の道也」とする儒教道徳とは、原理上において互いに相容れないはずである。なぜなら、利益の追求は道義を考慮の外に置くために、道義を破綻させずにはいないからである。ところが、彼においては、実利志向（生活慾）と理念志向（道義慾）との矛盾することが自覚されていない。われわれの先のモデルで言い換えると、彼は演出論的な自己統合に従っている。実利を追求する小自己と道徳を求める小自己とがそれぞれ別々なコンパートメントに閉じ込められていて、互いに出会うことがないように隔離されているのだ。そのために、彼には葛藤や苦悩を感じることがないのである。

ところで、このように矛盾しあう小自己の共存が可能なのは、日本の社会が保有する「ホーリズム wholism」の原理のおかげであると思われる。ここにいうホーリズムという用語はL・デュモンの概念をさしている。彼は、個人に価値を置く価値原理を「個人主義」、逆に、集団や社会のように個を含む全体に価値を置く価値原理を「ホーリズム」と呼ぶ（L・デュモン『個人主義論考』渡辺公三・浅野房一訳、言叢社、一九九三年）。ホーリズムに基づく社会では、個という存在は職業や身分を構成する一単位でしかない。このようなデュモンの考え方は、西洋社会とインド社会との比較研究から導き出されたものであるが、それに従うならば、儒教の教えを奉じる社会もホーリズム社会として捉えられるだろう。なぜなら、儒教の教えでは個は社会や宇宙という全体を構成する要素であり、しかもそこにおいて個は全体と調和すると定義されており、それゆえにその道徳の下では個は個人として尊重されることがないからである。つまり、個よりも先に全体が前提にされていて、個はそうした全体を構成する単位に過ぎないとされる。

日本の社会をホーリズムに基づく社会であると規定することを、R・N・ベラーも支持していると思われる。彼によると、日本の社会では政治的価値が他の価値に比較して常に優先するために、絶えず個は全体（集団・世間・社会）への忠誠を要請される、という。たとえば次のように述べる。「人が家族であれ、藩であれ、全体としての日本であれ、考慮に入れているのは、人が構成メンバーをなしている一つの個別的な体系ないし集合体である。これに献身することが、真理とか正義とかに対する普遍主義的献身よりも優先する傾向をもつ」（R・N・ベラー『日本近代化と宗教倫理』堀一郎・池田昭訳、未來社、一九六六年、四二頁）。確かにベラーの指摘にあるように、ホーリズム原理の支配する日本の集団や社会にあっては、部分は常により上位の全体に貢献することを要請される。つまり、個は所属する集団に、さらに当の所属集団はより上位に位置する集団に、それぞれ奉仕することが求められる。

また他方において、集団の成員は、集団への忠誠とは別に、業績価値の追求も要請される。たとえば、資本主義経済の下にある会社では、メンバーにはまず会社の利益を上げることが求められる。しかし業績価値の追求は、先の公共価値の追求と通常では矛盾しあうはずであるが、日本の集団や社会ではそうとはならない。というのは、先のホーリズムの原理から、これら両者は容易に結合するからである。私的利益の追求は会社のためであり、その会社が繁栄すれば、それは国家の利益となりひいては万民のためになる。こうして、下位の集団（たとえば会社）においての業績達成は、上位の集団（たとえば地域社会）への忠誠、公共の利益になると評価される。

ところが、代助の指摘にあるように、これら両者の価値の追求は本来ならば相容れないはずである。実利を探求することは必ずしも道徳の実現にはつながらない。「もし〔生活慾と道義慾の――引用者注〕双方をそのままに存在させようとすれば、これを敢えてする個人は、矛盾の為に大苦痛を受けなければならない」（前掲書、一二二頁）ことになる。そこでこの矛盾を回避するには、これら両者を別々に隔離して状況ごとに使い分ける必要がある。ここには、われわれのいう演出論的自己統合が適合する。演出論的な自己統合では、各々の小自己を審級する作用は極端に弱く、矛盾しあう小自己は相互の葛藤を避けるべく、それぞれのコンパートメントに押し込められていたからである。これが近代日本人の自己システム統合の形態である。そこでは「自己を隠蔽する偽君子」あるいは矛盾に気づかない「分別の足らない愚物」が生み出される。

では、この状況に対して、代助はどのような態度をとるのか。父のようなホーリズムに由来する偽君子になることを拒否して、あるいはまた神経衰弱になることも排して、彼は個人主義者の生き方を選択するのである。彼の考える個人主義原理とは、具体的には次のようなものであった。

彼の考によると、人間はある目的を以て、生れたものではなかった。これと反対に、生れた人間に、始めてある目的が出来て来るのであった。最初から客観的にある目的を拵《こし》らえて、それを人間に附着するのは、その人間の自由な活動を、既に生れる時に奪ったと同じ事になる。だから人間の目的は、生れた本人が、本人自身に作ったものでなければならない。けれども、如何《いか》な本人でも、これを随意に作る事は出来ない。自己存在の目的は、自己存在の経験が、既にこれを天下に向って発表したと同様だからである。
この根本義から出立《しゅったつ》した代助は、自己本来の活動を、自己本来の目的としていた。歩きたいから歩く。すると歩くのが目的になる。（一五〇頁）

ついでにいえば、後に漱石は「私の個人主義」のなかで個人主義についての意見を開陳しているが、代助の自己本位の内容と漱石のそれとはほぼ重なり合っている、とみなすことができる。両者には、西洋の近代社会で発達した個人主義の価値観を構成する基本的な要素が認められる。すなわち、個人の人格の尊厳、自律性、個性の発達、理性の尊重などという要素である。先の代助の言葉にも窺えるように、われわれには、彼の生き方を個人主義的である、とみなすことができるであろう。彼はそうした生き方を自覚的に選択したのであった。確かに学生時代の彼は、この価値観を意識して選択したわけではなかった。一般に学生時代は、一時的ではあれ世俗的世界（実利）から遊離してすごすことになる。そのために、青年たちは程度の差はあっても理想主義的になりやすく、この点において代助も例外ではなかった。しかし、平岡と別れた後の三年という月日は、彼にとって試練の歳月でもあった。

生まれついての明敏な頭脳と最善の教育によって得た教養は、彼に高い理想を植え付けた。「天爵的に貴族となった」者は理想に合致する生活を求めずにはいられない。冒頭の平岡の詰問に対する代助の応答は、学生時代特有の坊ちゃん的理想主義を示すものではない。彼によれば、現在の日本には自分の理想を実現する場がないこと、といって生活のために働くならば、必ず理想を裏切る結果となり誠実さを欠くものとならずにはいない。この点からして、理想にしたがって誠実に生きようという代助の選択は、周りのホーリズムに抗して自覚的に選び取られた生き方であることが分かる。ここには、漱石が西洋文学の研究に際して行き着いた矛盾——すなわち日本人である自分にどこまで西洋人の内面が理解できるのか——という難問を問い続けた果てに選び取った「自己本位」と同じ次元の、また同じだけの苦闘があったはずである。だからこそ、社会に出て戦ってきたという自負を持つ平岡から、坊ちゃん呼ばわりをされても、ビクともしなかったのである。

先の自己システム論の立場からするなら、このような代助の価値観である「自己本位」をどのように理解できるのか。われわれのモデルからいえば、代助の自己統合のあり方は審判型に当たるであろう。というのは、彼においては、それぞれの小自己が常に理想的自己によって審判されているからである。変動する社会が彼に要請する小自己に対して、この審判は鋭く作用せずにはいない。たとえば、父の勧める縁談も、また平岡の奨励する労働も、ともに理想的自己が承認する小自己ではないがために、すべてこの統制外に排除されざるを得ない。一見するとネガティヴと思える彼の高等遊民という生き方は、このような鋭い自己審判の結果、自ら選択した積極的な生き方であったともいえるのである。

それでは平岡の場合はどうなのか。平岡は代助の中学時代以来の友人である。学生時代を通して、三千代の兄である菅沼、代助、平岡の間では、分け隔てのない友人関係が結ばれていた。学生時代はある程度実利的世界から隔離されるがゆえに、理念を共有する友人たちの間で、擬似的な友愛共同体が生じやすい傾向にある。学生時代の友人関係は、世俗世界にあっても特別な意味を持つことになる。平岡も、かつてこの共同体の一員であったことから、理想主義的な志向を一部共有する人物であったと解してもよいであろう。

ところが、生活のために職を得て、大阪に下っていた三年の間に、彼は以前の人物とは異なってしまった。東京から大阪へという地理的変化に伴う、理念的世界から世俗的世界への移行を余儀なくされた彼は、自己システムの変容を促されたのである。彼はホーリズムの社会のなかで実利志向を追求するうちに、かつての理想がなんら役に立たないことを思い知った。そこで理念志向の水準の格下げを行なう半面、実利志向を強化することによって、社会に適応しようと図った。もともと他の二人に比べれば、理念志向の傾向は弱かったので、この変容は彼にたいした変化をもたらしてはいない。自己システムのモデルでいえば、彼は演出論タイプであった。友愛共同体のなかで培われた理想的自己をコンパートメントの一つとして有していた。その自己システムという列車に、今度は実利的自己という貨車が付加されたに過ぎないのである。これら両者の小自己は隔離されているので対立することはない。かくして、開化という変動期に適応する演出論的タイプの二代目がここに生誕することになる。

二代目が初代と異なる点は、価値の力点を理想的自己から実利志向的自己に変更したことにある。むろん理想的自己を残していたとしても、それよりも遙かに強力な実利的自己を連結したのである。その結果、理想的自己の格下げを行なわざるを得ないことになったが、二代目は格下げを行なったという事実を自覚している。ちなみに、代助の兄もこのタイプの人物といえるだろう。その自覚ゆえに彼には後ろめたさがあり、代助の行為にあえて口を挟まないのである。いずれにせよ、平岡も兄も個人の利益の追求が「道義慾」を満たしえないこと、この両者は絶えず矛盾しあうこと、を充分に意識している。それは代助の指摘のとおりである。

　この二つの因数《ファクター》（生活慾と道義慾―引用者注）は、何処《どこ》かで平衡を得なければならない。けれども、貧弱な日本が、欧洲の最強国と、財力に於《おい》て肩を較《なら》べる日の来るまでは、この平衡は日本に於て得られないものと代助は信じていた。そうして、かかる日は、到底日本の上を照らさないものと諦《あきら》めていた。だからこの窮地に陥った日本紳士の多数は、日毎に法律に触れない程度に於て、もしくはただ頭の中に於て、罪悪を犯さなければならない。そうして、相手が今如何なる罪悪を犯しつつあるかを、互に黙知しつつ、談笑しなければならない。（一一二頁）

　このように、価値の力点を理想的自己から実利的自己へと切り替えることが、近代日本の社会においては必然的な過程とされ、こうした「転向」が一人前になるための前提条件とされてきた。

　確かにこの点において、開化期の二代目たちは初代たちが陥っていた「無意識の欺瞞」を免れることができた。しかしながら、彼らにとって、理念とは実利志向の露骨さを隠蔽するための単なる「無花果《いちじく》の葉」の役目しか有していない。そして彼らは、代助のような理念を掲げて行為する個人主義者たちを、青臭い書生として冷笑するばかりである。平岡が代助にする質問にも、また代助に対する兄の態度のうちにも、このような演出論的自己統制が有するシニシズムが色濃く漂っている。

彼らはといえば、神経衰弱にかかることもなく、また自己欺瞞をも回避してはいるけれども、小自己を状況ごとにまるで仮面を替えるごとくに使い分けなくてはならない。小自己の各々をコンパートメントに閉じ込めておいて、それらが何かの折に接触することによって葛藤を引き起こさないようにと、常に細心の注意をはらうことを怠ってはならないのだ。彼らの心的エネルギーの大半は、このような心的防衛のために使用される。この故に、たとえ彼らが「生活慾」の旺盛なところを発揮したとしても、「生命力」の緩慢な衰弱にさらされずにはいないであろう。

こうして近代日本を代表する典型的なパーソナリティが成立するのであるが、ホーリズム社会に適合する演出論モデルと、ホーリズム社会にあっても自己実現を図る審判論モデルとは、次第にその対立を明らかにしていかざるを得ない。

個人主義の困難と自己変容

この小説では冒頭から代助の不安が描かれている。朝起きると、枕元に赤ん坊の頭ほどもある椿の花弁が落下している。おもむろに代助は自分の心臓に手を当てて、その鼓動を確かめてみずにはいられない。そして、「この鼓動の下に、温かい紅の血潮の緩く流れる様を想像して見た」(三頁)のである。このような動作をいたる折に彼は繰り返さざるを得ない。まるで自分が今生きていることを確認しなければ、不安でたまらないかのようである。

その不安は、この小説のなかでは、「赤色」という色彩によって象徴的に表現されている。先ほどの椿の花弁にしてみても、その色合いは表現されてはいないが、血潮の紅と重なって、読むものには赤い花弁のイメージが浮かんでくる。このような赤色は、あたかもこの小説の通奏低音でもあるかのように、小説の各場面を浸し、随所においてその顔をのぞかせる。たとえば、庭の花の色に、電車の信号灯に、日の光に、という具合である。この小説を読み解いていくもう一つの鍵は、この赤色に象徴される代助の不安――それがどこからくるのか、彼自身にさえも理解できないものであるが――の正体を突き止めることにある。

われわれには、この不安は、近代日本人の経験せざるを得なかった神経衰弱から派生したものではないように思われる。なぜなら、前節で述べたように、代助には、文明の分裂がそれを受ける国民にいかようにして神経衰弱を引き起こすか、その仕組みが充分に自覚されており、それゆえに、彼においてはそれを回避する工夫がなされていたはずであるからである。彼が労働しないのも、そのような工夫の一つであったと思われる。われわれの眼には、彼の不安は神経衰弱的不安というよりも、「存在論的不安」とでも呼ぶべきものに見える。このことは以下のような描写からも明らかではないだろうか。

湯のなかに、静かに浸っていた代助は、何の気なしに右の手を左の胸の上に持って行ったが、〔中略〕すぐ流しへ下りた。そうして、其所に胡坐《あぐら》をかいたまま、茫然と、自分の足を見詰めていた。するとその足が変になり始めた。どうも自分の胴から生えているんでなくて、自分とは全く無関係のものが、其所に無作法に横《よこた》わっている様に思われて来た。そうなると、今までは気が付かなかったが、実に見るに堪えない程醜くいものである。〔中略〕幅の厚い西洋髪剃《かみそり》で、顎と頬を剃る段になって、その鋭い刃が、鏡の裏で閃《ひらめ》く色が、一種むず痒《がゆ》い様な気持を起さした。これが烈しくなると、高い塔の上から、遙《はる》かの下を見下すのと同じになるのだと意識しながら、漸《ようや》く剃り終った。（九三—四頁）

ここには、自分の身体が自分のものではないかのように異化される、二重視の現象が生じている。また、身体と自分との分裂の恐怖から、自分の身体であることを確認するために、自ら身体を傷つけようとする、自己擦傷の誘惑も描かれている。こうしてみるなら、この不安は、ある種の分裂病者たちが示すような、「在ることの不安」とみなすこともできるであろう。これを理解するためには、われわれは再度代助の個人主義すなわち審判型の自己統合モデルの問題に立ち返る必要がある。

代助の不安は、彼の人格統合の困難さに由来していると思われるが、それは言い換えるなら、近代日本の社会において個人主義的な生き方を選択した者が経験する困難さでもある。このことは、単に、彼が尊敬の念を持ち得ない父に依存しながらも、自己の独立を維持しようとしている、その中途半端な姿勢からやってくるものではない。審判型の自己統合モデルで示したように、個人主義に基づく自己システムは常にその内部に統合不能の意味領域（たとえば S_4）を抱えていた。そのために生じる自己システムの根本的な分裂は、この統合様式を担う主体に生の不安や存在の無意味さを体験させずにはいない。このように考えるなら、代助をとらえる存在論的な不安は、彼の個人主義的な生き方つまり審判型の自己統合に由来しているとみなすことが妥当と思われる。

もしそうであるとするなら、代助の自己統合において排除されざるを得ない小自己とは一体どのようなものであるのだろう。これを解く鍵は、平岡の接近から生ずる代助の不安の増大にある。というのも、平岡夫妻と代助との間の地理的・社会的な距離が縮小するにつれて、代助の側に不安の回数とその濃度が明らかに増してくるからである。彼らと近接するにつれて、代助のなかで、彼らと親しく付き合っていた過去が蘇ってくる。その過去にまつわる自分は忌むべきものである。排除・孤立させられなければならなかったのは、過去の自己の姿である。前節で見たように、彼らは擬似的な友愛共同体を形成していた。とりわけ、代助と三千代との間柄は特別なものであった。

兄は趣味に関する妹の教育を、凡て代助に委任した如くに見えた。代助を待って啓発されべき妹の頭脳に、接触の機会を出来るだけ与える様に力《つと》めた。代助も辞退はしなかった。後から顧みると、自ら進んでその任に当ったと思われる痕跡《こんせき》もあった。三千代は固より喜んで彼の指導を受けた。三人はかくして、巴《ともえ》の如くに回転しつつ、月から月へと進んで行った。有意識か無意識か、巴の輪は回《めぐ》るに従って次第に狭まって来た。遂に三巴《みつどもえ》が一所に寄って、丸い円になろうとする少し前の所で、忽然《こつぜん》その一つが欠けたため、残る二つは平衡を失った。（二三四頁）

代助における過去の自己は、三千代に対してとった行動と重なっていた。三千代の兄から任されたように、彼は彼女を妹と思おうとした。自分に向けられた三千代からの自然な愛情に、彼は兄妹の愛情で応えようとしたのである。ここには彼の三千代に対する裏切りが隠されている。さらに彼は、三千代を友人の平岡の結婚相手に周旋するという、大きな裏切りを重ねた。この二重の裏切りが代助の三千代に対して犯した罪である。過去の自己には、このような罪の影がつきまとうために、彼の自己システムにおいて過去の自己は次第にその統制下からその外部へと排除されていかざるを得なかったのである。

しかし代助は三千代に対してだけではなく、平岡に対しても罪を犯していた。確かに平岡はかつて友愛共同体の一員でもあったが、前節でも触れたように、後の変節を予想させる男であることを、代助はよく心得ていたはずである。代助、菅沼、三千代という、三人によって形成されていた巴の輪に、加わることのふさわしい人物ではなかった。そのことを知りつつ、代助は平岡という友人の依頼に応えるという、いわば義侠心に駆られて、三千代を結婚相手に周旋する労を採っていたのである。一時的にせよ、代助は平岡を巴の輪に入れるという誤りを犯していた。それは、三千代に対してだけでなく、平岡自身をも裏切る行為であったし、何よりも、自分で自分を裏切るという自己欺瞞を犯すことに他ならなかった。平岡夫妻と接近することは、過去に犯したこれらの罪のすべてを認めること、つまり理念に誠実に生きることを決意している自分こそ何よりも自己欺瞞に陥っていたこと、を認めなければならないことを意味していた。現在の彼の不安の根底には、一度は自己統制の外部に排除していた、このような過去の自己が平岡夫妻の接近とともに浮上してきて、三年の間に打ち立てていた現在の自己システムを破壊しそうになる予感が伏在している。

ところで、代助の個人的な経験を一般的な問題へ移してみよう。個人主義的な価値観に基づく西欧の社会では、審判型の自己統合が前提にされており、それゆえに個人は罪を犯した自己を統制外へと排除することが当然とされる。すなわち、審判型の自己統合の下では、一部の自己が自己システム全体から排除・孤立を余儀なくされ、その結果として、自己システムの分裂が引き起こされる。この分裂の危機をどのようにして回避するのか。これについて考察を進めるには、個人主義についてのいま少しの議論が必要とされよう。A・D・リンゼイは、近代西洋の個人主義を理解するには、近代以前の西洋精神史との結びつきを考慮に入れなければならない、と言う。そして、個人主義とギリシャ思想・初期キリスト教の教えとの関連性を挙げている。すなわち、個人と友愛的共同体との関係が、エピクロスの哲学ではどのように捉えられていたのか、また初期キリスト教徒の間では友愛共同体がどのような意味を担っていたのか、彼はこうした関連性を重要視している（A. D. Lindsay, "Individualism", *Encyclopaedia of Social Sciences*, Vol. 7）。

エピクロスの教えによれば、個人という原子（atom）は、友愛関係（friendship）という自発的で自由な関係によって支えられなくてはならない。それは政治的・法的な強制的な結社とは違って、あくまで自発的な結社であって、メンバーの契約の下に成立する。他方、こうした友愛的共同体の概念はキリスト教の伝統の下でも強調されてきた。福音書のなかで、イエスは個人が神と直接的な関係を結ぶことを強調した。神の前において平等である信徒たちは同朋（brethren）の関係を取り結び、共同体への奉仕の下で自己を充全に達成することが可能となる。以上のようなリンゼイの説はそれほど特別な説ではあるまい。なぜなら、L・デュモンもほぼ同様な考えを展開しているからだ。つまり、初期キリスト教徒たちは、世俗外において信徒集団を形成したが、「個人」という価値はこの信徒集団の下においてのみ実現された、とデュモンは述べている（デュモン、前掲書）。

ここで言われている友愛共同体は、先にわれわれが述べたホーリズムに基づく集団とは決定的に異なっている。神の子である信徒は神という永遠と結ばれており、この意味において、法や慣習に守られている世俗世界を超え出てしまう。生きとし生けるものは、神の前において平等であるとともに、神の生命を分かち合う同朋でもあるのだ。この意味から、信徒たちの結合は世俗世界を超越した、生命全体との結びつきであるといえよう。そこで形成される連帯はベルクソンのいう「開かれた社会」のそれであるといってよいであろう。これに対して、前節で触れたホーリズムの原理とは、全体（集団・世間・社会）を主とし、従である個は全体のなかの単位（身分・職業）を構成する要素に過ぎない、とする価値観である。そこでは、外部に敵を想定する、ベルクソンのいう「閉じた社会」の連帯が中心となる。

ところで、リンゼイとデュモンの両者の言うところを延長して一般化すると、次のようになる。個人主義はその背景に開かれた生命＝友愛共同体を有しており、これによって補完される必要がある、ということだ。この命題をわれわれの文脈に移すなら、次のように定式化することが許されるのではないか。すなわち、個人主義に基づく自己統合（審判型）は、その内部に常に自己分裂を生じさせずにはいないが、生命的な結合を有する友愛共同体のなかに組み入れられることによって、その分裂による苦悩が解消される。自己システムのはらむ分裂は、個人を超えた生命の環のなかで補完され、新たに統合されるのである。

このような観点からすれば、代助を捉える不安がさらによく理解できる。彼は父や平岡たちとは違って、ホーリズム社会のなかにありながら、個人主義に基づく生き方を自覚的に選択した人間であった（ちなみに、漱石の記述のなかでは社会と世間とは区別されず、同じ存在として捉えられていることに注意する必要がある）。[*3] もとより、この選択がホーリズム社会からの反発を招き、代助自身がそこから排除される恐れのあることは承知の上であった。ところが他方において、彼は自己の内部に自分でも承認しえない自己を絶えず抱え込まずにはいられず、それを意識下へ排除し続けることを余儀なくされる。その自己とは罪を犯した過去の自己であった。過去の自己を意識下に排除しながら、自己システムを統合していくためには、先の生命＝友愛共同体が不可欠となるであろう。にもかかわらず、われわれのホーリズム社会（世間）にあっては、友愛共同体の伝統はもとより存在しておらず、現実世界においてそれを期待することはできない。そのために、代助の孤立の苦悩は倍加されずにはいない。

代助が犯した罪は、彼が、平岡、三千代と接触を重ねるごとに明白になっていく。たとえば、こうである。

平岡は貰うべからざる人を貰い、三千代は嫁ぐ可《べ》からざる人に嫁いだのだと解決した。代助は心の中《うち》で痛く自分が平岡の依頼に応じて、三千代を彼の為に周旋した事を後悔した。（一九七頁）

それとともに、自分の三千代に対する愛情を自然なものと自覚していく。

代助は二人の過去を順次に溯《さかの》ぼってみて、いずれの断面にも、二人の間に燃る愛の炎を見出さない事はなかった。必竟は、三千代が平岡に嫁ぐ前、既に自分に嫁いでいたのも同じ事だと考え詰めた時、彼は堪えがたき重いものを、胸の中に投げ込まれた。彼はその重量の為に、足がふらついた。（一九九―二〇〇頁）

ここにいたって、われわれには代助の苦境と不安の正体が明確になる。代助は、平岡と三千代に対して自らが犯した罪を認めた上で、過去の自己を自己システムのうちに組み入れる以外にはない。排除され孤立させられていた、過去の自己（S_4）を組み入れるとは、現在の自己をもう一度過去の自己に移して、それを再度生き直すことを意味する。そうするためには、現在の自己システムをいったん解体する必要がある。つまり、自己システム全体を解体して、過去の自己を受け容れ、再度新たな統合をもたらさねばならない。このプロセスをわれわれは「自己変容」と呼んできた。

代助にとってこの自己変容は突如としてやってくる。梅雨前の夕刻、彼は買ってきた数多くの白百合の花の濃密な香りに包まれながら、三千代の来訪を待っている。このとき、彼の自己が香りに浸透されでもしたように、自己システムの変容が始まるのである。

代助は、百合の花を眺めながら、部屋を掩《おお》う強い香《か》の中に、残りなく自己を放擲《ほうてき》した。彼はこの嗅覚《きゅうかく》の刺激のうちに、三千代の過去を分明《ふんみょう》に認めた。その過去には離すべからざる、わが昔の影が烟《けむり》の如く這《は》い纏《まつ》わっていた。彼はしばらくして、

「今日始めて自然の昔に帰るんだ」と胸の中で云った。こう云い得た時、彼は年頃にない安慰を総身に覚えた。何故もっと早く帰る事が出来なかったのかと思った。始から何故自然に抵抗したのかと思った。彼は雨の中に、百合の中に、再現の昔のなかに、純一無雑に平和な生命を見出した。その生命の裏にも表にも、慾得《よくとく》はなかった、利害はなかった、自己を圧迫する道徳はなかった。雲の様な自由と、水の如き自然とがあった。そうして凡てが幸《ブリス》であった。だから凡てが美しかった。(二二八―九頁)

ここに生じている自己変容は、過去の自己(S4)を編入するために、自己システム全体が構造的に解体されると同時に、新たな構造として再生されることである。このとき、主体はいっきに全体化される経験をする。これをフィンガレットは、「小さな自己」(self)が一瞬にして「大きな自己」(Self)へと変貌を遂げると形容した。彼によれば、宗教における回心あるいは解脱、精神分析治療における自己洞察などは、このような全体化の経験である。また、作田啓一は、これを自己と外界、自己と他者を分け隔てている自己境界が崩れて、自己が外部へと流出し、外部・他者と溶解し合う体験として捉えている(作田啓一『三次元の人間』行路社、一九九五年)。いずれの場合においても、この体験をしている主体においては、世界のすべてが今までとは違って生き生きと輝いて見えはじめ、自己と世界がまるで新しい生命を吹き込まれたかのように体験されることである。

このような対象との「透明なコミュニケーション」の成立は、当然ながら三千代と代助との間にも生じる。それは三千代を呼んで部屋の中で二人が対座する場面において描かれている。

「僕の存在には貴方が必要だ。どうしても必要だ。僕はそれだけの事を貴方に話したい為にわざわざ貴方を呼んだのです」〔中略〕

「僕はそれを貴方に承知して貰いたいのです。承知して下さい」

三千代は猶泣いた。〔中略〕代助は自分の告白が遅過ぎたと云う事を切に自覚した。打ち明けるならば三千代が平岡に嫁ぐ前に打ち明けなければならない筈であった。〔中略〕「僕は三四年前に、貴方にそう打ち明けなければならなかったのです」と云って、憮然《ぶぜん》として口を閉じた。

三千代は急に手帛《ハンケチ》から顔を離した。瞼の赤くなった眼を突然代助の上に睜《みは》って、

「打ち明けて下さらなくても可いから、何故」と云い掛けて、一寸躊躇《ちゅうちょ》したが、思い切って、

「何故棄ててしまったんです」と云うや否や、又手帛《ハンケチ》を顔に当てて又泣いた。

「僕が悪い。堪忍して下さい」（二三五―六頁）

三千代はやはり俯《う》つ向いていていた。代助は思い切った判断を、自分の質問の上に与えようとして、既にその言葉が口まで出掛った時、三千代は不意に顔を上げた。その顔には今見た不安も苦悩も殆んど消えていた。涙さえ大抵は乾いた。頬の色は固《もと》より蒼かったが、唇は確《しか》として、動く気色はなかった。その間から、低く重い言葉が、繋がらない様に、一字ずつ出た。

「仕様がない。覚悟を極めましょう」

代助は背中から水を被《かぶ》った様に顫えた。社会から逐い放たるべき二人の魂は、ただ二人対《むか》い

合って、互を穴の明く程眺めていた。そうして、凡てに逆《さか》らって、互を一所に持ち来たした力を互と怖れ戦《おのの》いた。〔中略〕二人はこう凝としている中《うち》に、五十年を眼《ま》のあたりに縮めた程の精神の緊張を感じた。そうしてその緊張と共に、二人が相並んで存在しておると云う自覚を失わなかった。(二三九―四〇頁)

代助の経験した自己変容(回心)は、三千代との間に透明なコミュニケーションをもたらし、その結果、彼らの間に生命=友愛共同体を成立させた。ここに新しい自己統合がもたらされたのである。生命=友愛共同体を背景にして、いったん解体された自己システムは理想的自己をさらに上昇させながら、新しい自己システムとして再生する。なるほど自己システムは新たに組み換えられたが、それはまた新たな審判型の自己統合を行なっており、それゆえに、いずれまた新たに別な小自己を排除させることになるだろう。しかし、たとえそうであったとしても、そこから生じるはずの不安と苦悩は、背後に生命=友愛共同体を保有することによって緩められるはずである。ホーリズム原理に基づく社会(世間)の下で、個人主義的な生き方を追求するならば、当の社会から反発を招き、挙句の果てには、排除される怖れがある。その際に個人は、自己の背後に生命=友愛共同体を有することで、精神的な安定を確保し、それを通してホーリズム社会(世間)との対立に耐えていくことが可能になる。

代助の場合も、三千代との小さな生命=友愛共同体を形成することで、不安と苦悩から解放された。しかし、それは生活という世間とのさらに別な闘いの開始でもあった。漱石は「私の個人主義」の運命を、恋愛によって成り立つ生命＝友愛共同体の行方にゆだねたかのように見える。

彼は自ら切り開いたこの運命の断片を頭に乗せて、父と決戦すべき準備を整えた。父の後には兄がいた、嫂《あによめ》がいた。これ等と戦った後には平岡がいた。これ等を切り抜けても大きな社会があった。個人の自由と情実を毫《ごう》も斟酌《しんしゃく》してくれない器械の様な社会があった。代助にはこの社会が今全然暗黒に見えた。代助は凡てと戦う覚悟をした。（二四一頁）

彼は彼の頭の中《うち》に、彼自身に正当な道を歩んだという自信があった。彼はそれで満足であった。その満足を理解してくれるものは三千代だけであった。三千代以外には、父も兄も社会も人間も悉《ことごと》く敵であった。彼等は赫赫《かくかく》たる火の裡《うち》に、二人を包んで焼き殺そうとしている。代助は無言のまま、三千代と抱き合って、この焔《ほのお》の風に早く己を焼き尽すのを、この上もない本望とした。（二八七頁）

仮に彼らのその後を『門』という作品に読み取ることが許されるとするなら、宗助とお米の生活がそうであるように、彼らは社会（世間）から隠れて暮らさなければならないことになったであろう。阿部謹也がいうように、日本の社会（世間）のなかで個人主義的な生き方をするなら、当人たちは隠遁者のような暮らしを余儀なくされるはずである。その意味からすれば、『門』の夫婦はまさに隠遁者とも見える。しかしながら、主人公の宗助が抱える分裂は、われわれが指摘した新たな自己システムに由来しているとも言えるだろう。

注

＊1　この論文は漱石と個人主義について書いた最初のものであり、現在の時点から顧みると、他の論文と時間的にも方法論的にも隔たっていることは明らかである。たとえば、他のものはラカン理論の影響のもとに書かれているが、ここでは意味システム論をベースにしている。今回できるだけ一貫性を持つように書き直したが、それにも限界があった。しかし、個人主義理解についての基礎知識を述べたものとして省くわけにはいかなかった。

＊2　フィンガレットは哲学の立場から、精神分析および宗教の問題を捉え返そうとする。その視点からするなら、精神分析治療における「自己洞察」と仏教、特に禅宗、における「解脱」とは、構造的に相同とみなすことが可能になる、というのである（フィンガレット、前掲書）。

＊3　阿部はその著書のなかで、個人主義者を描いた代表的な作家として、夏目漱石を取り上げている。彼によると、初期の作品たとえば『坊ちゃん』では、世間知らずの主人公が「世間」と対立する様子を描いた。それに対して、『それから』以降では、対立はより深刻になり、内面の問題にまで及ぶ、という趣旨のことを述べている（阿部謹也『「世間」とは何か』講談社現代新書、一九九五年）。

第二章　テュケーの効果――『夢十夜』の第三夜をめぐって

『夢十夜』の位置と構造

『夢十夜』は漱石の創作歴からみるなら過渡的な時期（明治四十一年）に発表された作品である。前年（明治四十年）に『虞美人草』を『朝日新聞』に、引き続いてその年の年末から翌年の四月にかけて『坑夫』を同紙に連載した。明治四十一年八月からの『三四郎』連載までの過渡的な期間に『文鳥』を『大阪朝日』に、また『夢十夜』の「第一夜」を同紙に、続きを『朝日新聞』に連載した。この意味において、『夢十夜』は後期の本格的な作品にいたる途上に位置している。たとえば『坊ちゃん』『草枕』などに見られる、前期の戯作風、美文調が消失して、ここに後期において展開される内容がいわば露頭していると見ることができるだろう。この点は伊藤整によって早くから指摘されてきたところである。伊藤は次のように述べている。

「野分」と「坑夫」という言わば二つの目立たない作品によって、漱石はともすれば幻想的に、または観念的に、または諷刺的になる自分の才能を抑制して、写実的な重厚な後期の作風の基礎を作ったと言うべきであろう。

そして彼はこの年の七月、「夢十夜」を書いた。これは漱石文学のなかで量的に言うと小さなものであるが質的には特殊な意味を持っている作品である。簡単に言えば、漱石の中にあった夢幻的な詩的なものが散文らしい散文、「坑夫」以後の写実性の中でとらえられている。そしてその結果、美文的な調子が失われたために、詩的なものの本質はかえって正確に描き出されている。現実のすぐ隣りにある夢や幻想の与える怖ろしさ、一種の人間存在の原罪的な不安がとらえられている。この試作的な作品によって彼はその内的な不安な精神にはっきりした現実感を与えたのである。それは後期の作品「それから」「明暗」などで写実的でありながら自ら漂う一種の鬼気的な不安を作っているところの要素である。(「夏目漱石」『伊藤整全集』十九巻、新潮社、一九七三年、一三〇―一頁)

伊藤のこの指摘は当時(昭和二十四年)においては新鮮なものであったらしく、荒正人もそれについて「漱石の暗い部分」という評論において次のように評している。「『夢十夜』については、伊藤整が「人間存在の原罪的不安」と評したが、これは鋭い批評である。この程度のことでも、これまで、漱石の解説者たちはいわなかつたのである」(荒正人『夏目漱石』五月書房、一九五八年、一一八頁)。荒自身も漱石の暗い部分について、フロイトを使って解釈を試みているが、それについては後に詳しくふれることになるだろう。最近においては、柄谷行人の解釈「内側から見た生」が注目されるが、われわれの解釈はこうした〈伊藤―荒―柄谷〉と繋がる一連の系譜を参考にしたうえで、彼らが十分には解明していない謎にせまる視点を呈示しようとするものである。しかしながら、漱石の作品群のうちに『夢十夜』が占める位置とその特色をはっきりさせるにあたって、とりわけ柄谷の解釈は参考になるので、柄谷の解釈のポイントを次に要約しておきたい。

よく知られているように、漱石の長編小説には何か不自然な分裂が見られる。たとえば『門』において、主人公は突然に参禅する。確かに彼には過去において社会的に受け容れられがたい罪を犯した形跡がうかがわれる。それは『それから』に描かれたように、人妻と駆け落ちをしたことに発している。崖の下の家でひっそりと暮らす二人の姿には、そうした過去の暗い影が見え隠れしている。しかし、このことと主人公の参禅という行動との間には随分と飛躍があることは誰しもが認めるところだろう。あるいはまた、『こころ』という作品における先生の自殺については、読者にはどうしても納得しえない点が残るであろう。このような作品における分裂には漱石その人の分裂が反映している、というのが柄谷説である。すなわち、人間には社会から認められる自己と、自分の内面においてしか分からない内側から見た自己とが存在している。代助や宗助が犯したとされる罪は、この社会的自己の次元にかかわっている。この社会的水準に所属している自己が、後期においては写実的に表現されることになった。ところが、このような外側に位置している自己とは別に、自己にすらよく理解されていない内側から見た自己がある。この水準の自己が漱石にあっては作品のうちに時折不意に噴出してくるのである。

この内側の自己が抱える不安が伊藤整のいう「人間存在の原罪的な不安」であり、また荒正人のいう「漱石の暗い部分」をなしているといえる。柄谷によれば、内側の自己が最も鮮明に表現される世界が夢の世界であり、それを作品化したのが『夢十夜』だとされる。

「私」はどこから来て、どこへ行くのか、こういう問いに「答える」ことはできない。ぼくらが知っているのは他人が生れ死ぬことであって、自己自身の生誕についても死についても何も知らないし、知ることもできない。これは懐疑のための懐疑ではなくて、本質的な不可知性である。「私」は何であるか、こんな問いにもぼくらは「答える」ことはできない。どんな答えも結局自己を外側から他者としてみているにすぎないので、ぼくらは「私」自身から永遠に疎隔されているというほかはない。〔中略〕自己を他者としてではなく、いわば自己の内側からみようとすれば、どうなるだろうか。ぼくが漱石の『夢十夜』をここでとりあげるのは、夢のなかでは外界は遮断されており自己を内側からみるほかないからである。夢のなかでは自他を区別する反省意識はなく、内側からみた自己だけが露出している。漱石という作家を、外側からではなく、純粋に内側からみるにもっともふさわしいテクストは『夢十夜』をおいてない。なぜならそこには漱石自身の「内側から見た生」(life as seen from inside)のほかに何もないからだ。(柄谷行人『漱石論集成』第三文明社、一九九二年、七〇―一頁)

次に、『夢十夜』それ自体の構成について見てみよう。この作品は十夜の夢から成り立っている。一見、それらの夢の間には何の関連もなく、ばらばらなように見えるかも知れないが、注意して見てみると、二つの系列に分けることができるように思える。第一の系列は描かれたそれぞれの内容が作者の生活経験に比較的容易に還元できる作品群であり、この基準に該当するのは、第二夜、第四夜、第六夜、第七夜、第八夜、第九夜、第十夜であろう。それらは残りの物語のもっている謎めいた「暗い穴」をのぞかせていず、読んで比較的に分かりやすい作品となっている。つまり、桶谷秀昭のいうように、「夢というよりは追憶に近く、しかしたんなる追憶ではなくて、非合理なあいまいな描写が混入しているが、決定的な謎にはなっていない」のである。これに対して、もう一つの系列は謎を有する作品群であり、これには第一夜、第三夜、第五夜が含まれる。これらはいずれも読む者に、「その暗い穴に直面して謎めいた印象」を与える。「いわば作者の過去の生活経験（あるいは観念）にどんな意味ででも還元することを拒んでいるような物語群」である、といってよいだろう（桶谷秀昭『増補版　夏目漱石論』河出書房新社、一九八三年、八二頁）。

第三夜の位置と構造

ここで取り上げたい作品は後者の物語群であり、そのなかでもとりわけ第三夜である。その理由をこれら三つの作品の間にある構成関係から導き出してみよう。桶谷のいうように、これらはいずれも暗い穴を思わせる作品群であり、その意味では暗い闇が作品を支配している。この点を色で譬えるなら、黒という色調が基調となっている世界であるといえよう。さらに、それらに共通している点を挙げていくならば、その黒という色調が同時に死と結び付いていることである。たとえば、第一夜では女が死という言葉をしきりに発する。そればかりか、実際に女は死んでしまうのである。第三夜では、主人公は下手人として人を殺しているとされる。第五夜では、主人公は自分が殺される前に好きな女に会おうとするが、当の女自身も彼に会いにいく途上において死を余儀なくされるのであった。

さらにいうなら、三作に共通するもう一つの色彩は赤という色であろう。第一夜では、「温かい血の色」「唇の赤」「赤い日」が先の黒を背景として浮き出す。第三夜においては、別れ道にいたったとき、道しるべの文字が「井守《いもり》の腹の様な色」すなわち赤色で描かれていた。第五夜では、夜の暗闇を照明するために篝火《かがりび》がたかれており、その火の照り返しが人々の顔をほの赤く浮き立たせている。このように、これら三作ともに死と漆黒の支配する世界を描きながらも、それをバックにして、赤い色がくっきりと浮き上がってくる情景となっている。

ところが、第三夜を他の二夜と差異化する点が注目されなければならない。言い換えると、第一夜と第五夜とが共通していて、それらと第三夜とが区別されるということである。第一夜と第五夜とはともに愛する女に会うという話であった。一方は、死んだ後百年たって会うのであり、他方は、処刑される前に女が会いにこようとするが果たせないという話である。この二人の女性はあるいは同じ女性の二つのイメージかも知れない。二人ともが白という色によって体現されていることにその共通性を読み取ることができる。第一夜では、女は「白い百合」となって再出現し、第五夜では「白い馬」にまたがって疾駆するのである。この白という色調は、第一夜で明らかなように、「救済」あるいは「至福（ブリス）」を象徴していると思われる。白い花弁に口づけすることで、自分は百年待った甲斐があったと実感されている。いうまでもなく、後の作品『それから』では白い百合が物語の進行において重要な役割を果たしていたばかりか、至福（ブリス）の瞬間をもたらしていたことからも分かるだろう（この点については、コラム2と第一章において述べてきた）。つまり、この二作品においては救済が存在しているということである。二人の女はともに死を迎えるが、その死は第三夜の死とは意味を異にしているのだ。

第三夜の構造を調べる前に、先の二夜との違いを先取りしていえば、先の二夜における死は生きた後に迎える死であるのに対して、第三夜の死は生存以前の死、すなわち誕生以前の世界を支配する死であり、その漆黒の闇である。この相違が第三夜を逆に際立たせることになる。そこには、いわば救いのない世界が出現しているように感じられるからである。それでは、それはどのような世界なのかを、次には作品の分析を通して明らかにしていこう。

ここにおいて、第三夜の物語を紹介しておこう。ある雨模様の夜、私は一人の子供を背負って山際の田圃の中の道をたどっている。その子はどうも私の子供であるらしく、私をお父さんと呼ぶ。どういうわけか、その子は盲目のうえに、頭が青坊主なのである。盲目なくせに、彼は辺りのことに詳しく、行き先を指示する。そればかりか、私の過去や未来をも知っているように見えるのだ。薄気味悪くなった私はどこかにこの子をうっちゃってしまいたいと思わずにはいられなくなる。そのことを察した子供は、ある杉木立のもとにやって来たとき恐ろしい話を打ち明けるのだ。今から百年前に、ここでお前は私を殺したのだ、というのである。この言葉を聞いた私は自分が人殺しであったことに気がつくのである。

この夢の内容において注目すべき点は、語りの進行にともなって次第に闇が濃くなっていくことである。「鷺《さぎ》の影が時々闇に差す」「左を見ると最先《さっき》の森が闇の影を、高い空から自分等の頭の上へ抛《な》げかけていた」「雨は最先《さっき》から降っている。路はだんだん暗くなる」。そして、その濃くなる闇とともに自分の恐怖がふくらんでいく。恐怖が最高潮に達するのは、隠されていた事実がまるでデルフォイの神託のごとく明かされる時である。つまり、お前（自分＝父＝夢を見た人）は百年前におれ（青坊主＝子＝盲目）を殺したのだという事実の指摘である。さらに、指摘された自分はまるですでにその事実を知っていたかのように、素直に受け容れるのである。

この語りに見られる恐怖の正体は、背中に張り付いた子供と自分との関係にあるといってもよいだろう。確かに彼は自分の子供であるはずなのに、なぜか盲目であり、しかも青坊主なのである。そのうえ、子供であるなら当然父である自分の言葉に柔順であるはずなのに、これまたなぜか、彼の方がいばっていて父親のようにも思えてくる。というのも、彼は「声は子供の声に相違ないが、言葉つきはまるで大人」であって、対等な口の利き方をするためである。しかも、不思議なことには、盲目であるのだから状況は見えないはずであるのに、まるですべてが見えているかのように振る舞うのである。ここにも逆転現象が生じている。さらに、彼は父である自分の過去・現在・未来にわたってすべてを見通している節すらうかがえる。

最後に明かされる秘密＝真実は以上のことから次のことをほのめかしているように思われる。つまり、お前がいま、ここに存在しているのは、その誕生以前に身内の者を殺害したからである、と。そこで、「百年前」という言葉が気になる。第一夜においてもこの言葉は見かけられたのであるが、柄谷がいうように、これは次元を異にする世界という意味に理解してもよいだろう。すなわち、生を超えた世界、死という意味でもある。しかし、先に述べたように、第一夜と第五夜における死は生の後の死ということであったが、ここ第三夜では自分が生まれる以前の死の世界、その意味で未生以前の闇が暗示されている。自分は生まれる以前に誰か身内の者を殺害していたと思われること、つまりそこには「父母未生以前」の殺人が示唆されている。

しかも、自分には父母未生以前の殺人になんとなく覚えがあり、「何だか知ってる様な気がし出した」のである。それゆえに真実を告げられたときも忽然としてそれを受け容れることができたのである。この受容は自己の罪を承認することである。その罪悪感は物語のなかにおいては「赤」という色によって示されている。別れ道に来たとき、青坊主は「左が好いだろう」と言ったが、その道しるべには「井守《いもり》の腹の様な」赤い文字が書き付けられていた。第一夜、第五夜も同様にして漱石の罪悪感を示している。というのは、『それから』のなかで、代助が三千代を貰い受けたいと平岡に告げた後、職を探しに町に出ると世界は赤色に満たされていたが、それは多くの人が指摘したように、代助＝漱石の罪悪感を象徴していたからである。

このように見てくるなら、『夢十夜』のなかで最も印象深いのは第三夜であり、その印象を一言でいうなら「不気味さ」であるといってよいだろう。夜の闇、暗い穴の中でも最もその闇を濃くする作品であり、読む者をして何かぞっとさせるためである。これについても柄谷の説は聴くべきものを有している。彼によると、グロテスクなものを真の意味で描いたのは通説でいう泉鏡花ではなく、漱石であるという。

今日たとえば泉鏡花をカイザーやホッケの理論に照らして過大に評価する傾向があるが、私は同意できない。私の考えでは、「グロテスクの経験」を本当にもったのは、鏡花よりむしろ『夢十夜』や『猫』を書いた漱石である。『道草』のようにリアリスティックな小説に露出するグロテスクな感触は、漱石の生の存在論的な亀裂からきている。重要なのは、漱石がグロテスクな経験から逃れようと必死になっていることであって、それは当然の反応といわねばならない。グロテスクなものを趣味とするのは、実はグロテスクな体験と本質的に無縁だからにすぎない。（柄谷、前掲書、三八一―二頁）

ちなみに、ここにいうグロテスクとはカイザーのいう意味であろうが、彼はそれを美学的な意味において定義していた（W・カイザー『グロテスクなもの――その絵画と文学における表現』竹内豊治訳、法政大学出版局、一九六八年）。これに対して、フロイトはグロテスクなものに対するときの人々の反応に注目して、情動的な側面から「不気味なもの」（unheimlich）と呼んだ。この意味においてわれわれは第三夜に見られる不気味なものとは一体何であるのか、に興味をもっている。さらに、この不気味さが単に漱石一人の経験するところではなく、読む者も同様に感じることにも興味をおぼえる。このことは、すぐれた芸術家がそのある時期の作品において、こうした不気味なものを表現することの意義を問うことにも結び付く。たとえば、画家ゴヤの暗い絵を思い出していただけたらよいだろう。そこで、次にはこの二つの問いをフロイトとラカンの議論を通して解釈していきたい。

原父殺しという解釈

広く知られているように、フロイトは「不気味なもの」をまず語源から定義した。それによれば、不気味なものとは「古くから知られているもの・昔からなじんでいるものに還元されるところの、ある種の恐ろしいもの」である。ドイツ語の heimlich という言葉には「家庭の、おなじみの、馴れた、打ちとけた」などという意味のほかに、「隠れた、秘められた、秘密にされた」などという先の意味とは正反対の意味が含まれている。というのも、隠されたもの、危険なものの意味がさらに発展し、結果 heimlich には普通では反意語の unheimlich がもっているような意味を有することになった（S・フロイト「無気味なもの」高橋義孝訳『フロイト著作集』3、人文書院、一九六九年）。

この二重の意味の成り立ちを説明するために、フロイトは抑圧の概念を持ち出すわけである。むかし馴れ親しんでいたものが抑圧され、当人の意識から除外された場合、この抑圧を受けたものがもう一度還ってくるとき、当人には無関係と思えながら恐怖を呼び起こす。こうしたものの代表として、子供の去勢恐怖が持ち出される。たとえば、ホフマンの『砂男』において恐怖を呼び起こす場面とは、砂男が子供の目の中に砂を投げ込んで目玉をはじきだして持ち帰るというところである。精神分析の知見によれば、この目玉と男根との間には代理的な関係が想定される。エディプス期にいたると、子供は父の威嚇によって自分は男根を去勢されるのではないか、という不安を抱くことになる。しかし、この不安は抑圧されて、彼の心のうちに心的なコンプレックスを構成する。目を奪われるという表現は、彼にこのコンプレックスをよみがえらせる。ここには当然ながら父と自分との関係が想定されるはずである。子供は父を憎まずにはいられないのであるが、それは父の死を望んだということと同義である。こうして去勢コンプレックス＝父の死となるわけだが、『砂男』にもこの点がはっきりと描かれている。

さらにもう一つの意味系列として、フロイトは克服された古い思考様式の再現（たとえばドッペルゲンガー）を挙げている。ドッペルゲンガーは自己の万能を信ずる幼児的ナルシシズムに発している。自己を分裂させて二つの存在にすることは、自己が不死になるということでもある。ところが、心的体制が発達するにつれて、これが逆の意味をもつことになる。すなわち、幼児は自己が認めたくない要素をもう一つの自己に投射するために、もう一つの自己は死を予言する存在、死の象徴と化すからである。このような古い思考様式のうちには、観念の万能を信ずるアニミズムや死に対する態度などが含まれる。

ところで、先に見たフロイトのエディプス・コンプレックスと去勢コンプレックスの関連を利用して第三夜を解釈したのが荒正人の説である。荒は漱石と父親との現実の関係をこの第三夜に直接適用して解釈した。彼によると、眼のつぶれた子供とは漱石の年老いた父親を意味した。よく知られているように、漱石は兄弟のうちの末っ子であり、彼が生まれたとき父親は五十四歳になっていた。そのために漱石の記憶に残る父親は六〇歳に近い老爺であったはずである。荒は漱石がこの父親を殺害したというのである。盲目の子が父親でもあったという証拠を荒は「急に重くなった」という点に認めていた。

「第三夜」は、奇怪な夢の話であるが、その根底になつているものは、フロイトのいう「父親殺し」である。物語では、父と子の関係が逆になつているが、これは、夢のなかにおける倒錯とみてよいであろう。最後になれば、この倒錯がもとにもどるのである。つまり、盲目というのは、年老いた父親のことである。その父親を殺した罪の意識を自覚する仕組みである。〔中略〕倫理観の強い人間の深層心理のなかには、「父親殺し」のような自覚が宿つていることも指摘しなければならぬ。これが、罪悪感の根底なのである。（荒、前掲書、一一七―八頁）

以上が荒説の大まかな骨子である。ここではエディプス理論がそのまま適用されている。みてきたように、この荒説についてはいくつかの批判が可能であろう。たとえば、柄谷は夢とは暗喩の世界であるから、それに対して荒のように事実の一義的な対応を読み取ることにはそもそも無理がある、と述べている。われわれもこの批判には賛成であるが、ほかにも荒説には不満が残る。というのも、先に導き出した、この物語がもつ究極的な「不気味さ」がどこに由来するのかが明らかでないからである。さらに、生誕する以前の、いわれなき殺人、その真実の告知が有する恐怖を説明することにも成功していないからだ。確かにフロイトのいうように去勢コンプレックスは抑圧によって生じる。抑圧されたものは何度も回帰してくるが、その由来を自覚できない主体は回帰のたびに不気味さを感じる。言い換えると、ここでいう不気味さとは神経症的不安であるといってよいだろう。ところが、われわれが問題にしたい父母未生以前の殺人とは、主体の存在の根拠のなさ、自分はどこから来てどこへ行くのかという、柄谷の提起した存在論的な問題である。フロイトの神経症論によるなら、この存在論的な問題を解釈することは困難とならずにはいない。ここにおいて、フロイト理論を存在論的に読み換えたラカン理論にもとづく解釈が要請されることになる。

現実界の侵入による解釈

ラカンの理論は難解をもって知られているが、ここでは作田・新堂の解釈に依拠することにしたい。[*1] 当面の問題の解釈にかかわる部分に限定したうえで、象徴的世界と現実界に関する理論を以下において簡単に要約しておくことにしよう。

われわれ人間は意味のある世界に住んでいる。意味のある世界とはどういうことか。世界を構成する要素がそれぞれ分節されており、しかもそれらを人が表象できるということである。たとえば、机の上にリンゴがのっているとすると、人が机に近づいてそれを取り上げ、食べることができるということである。言語は究極的にAはBではないという差異にもとづいているが、差異によって分節された諸要素のすべてが意識にのぼるわけではないとしても、少なくとも努力すれば想起は可能である。このように世界は言語によって分節されている。言語＝象徴によって秩序づけられた領域を〈世界〉と呼ぶことにしよう。

ところで、言語＝記号によって分節された〈世界〉（象徴的世界）は〈象徴的父〉と呼ばれる存在によって可能となる。象徴的父は〈世界〉の外に位置していて、〈世界〉のなかへ言語に代表される法をもたらす。この意味において彼は立法者であるが、立法者は原則として法の外部に立脚していなければならない。〈世界〉に位置している主体からするなら、〈象徴的父〉は法の外の〈大文字の他者〉（l'Autre）にあたる。ところで人間は生存の当初から象徴的世界に組み込まれているわけではない。象徴的世界に入る前の彼は母なるものと一体化している。この幼児をつき動かす衝動が欲動と呼ばれるエネルギーである。幼児は母親の乳房を求めるが、それは食欲を充たす欲求にすぎない。というのも、乳房は母親の身体の一部であって、いわば身体全体に代替する部分的対象であるからだ。欲動が求めるのは母親の身体全体である。「というよりも、それが求めているものは母親の身体全体において出現する〈もの〉であって、決して到達できない対象なのだ」[*2]。

幼児が原初的に一体化している母は〈現実的他者〉と呼ばれる。後に述べるように、彼女は〈現実界〉の住人であって、そこから幼児のもとにやって来たあと、すぐにまたそこへと立ち戻る。〈現実界〉は〈世界〉の外部に位置しており、そこにいる現実的他者＝母は主体にとってのもう一人の〈大文字の他者〉である。〈世界〉から母が立ち去った後に残された主体になる以前の半主体は、立ち去った母の残像を求めて幻想のうちで母との一体化を夢見る[*3]。幻想のうちで現実的他者＝母と一体化している状態では、彼はまだ十分に〈もの〉から切断されているとはいえない。それゆえに、半主体は〈象徴的父〉によって現実的他者＝母から再度切断されなければならない。〈象徴的父〉は、母子一体の幻想に浸り続ける半主体に対して、「去勢を受け容れよ」と通告する。この通告を彼は彼の司る言語によって行なう。言語は「子は母ではない」という形で、主体とそうでないものとの区別を主体に明示するからである。この通告によって、子の現実的他者＝母からの切断は決定的になる。

先に述べたように、全体から引き離された半主体（部分）はいまだ現実的他者＝母（全体）との一体化を夢見ていたが、象徴的父によって〈世界〉に引き入れられるにさいして、この半主体に切断がもたらされる。これが去勢である。半主体は象徴的主体と成るが、逆にいえば、半主体の、現実的他者＝母からの完全な別離である。幻想ではあれ、半主体はいまだ現実的他者である母と一体化していたからである。言い換えるなら、この切断は現実的他者＝母の殺害を意味することになるであろう。さらに、現実的他者＝母の殺害は、それと一体化していたはずの半主体＝自己の死（殺害）をも意味するはずである。というのも、幻想のなかで現実的他者＝母と半主体＝自己とは一体化していたので、全体（母）から切り離された部分（半主体）のうちには、いまだ幻想としての母が残っていたからである。その意味において現実的他者＝母の殺害は半主体＝自己の死を意味することになる。人は象徴的主体になることが避けられないとするなら、この母と自己の両者の殺害は不可避であるというほかはない。それは「存在の喪失」の不可避性とも言い換えることができる。現実的他者＝母と一体化している状態が存在の充実（十全性 plénitude）であるとするなら、そこから引き離されることは存在の喪失と同義となるはずであるからだ。こうして、人が〈世界〉のうちに存在者として生まれることは、存在の喪失を必然的にともなうことになる。

ところで先に、われわれは現実的他者＝母は現実界に引き返すと述べた。それでは〈現実界〉とは一体何なのか、これについても少し説明を加えておかなければならない。〈現実界〉とは〈世界〉の外部領域のことで、胎児が〈現実的他者〉である母と一体となっていたのは象徴的世界の外での体験であった。象徴的世界とは言語に代表される記号によって分節された、「意味のある領域」のことである。そこにおいては人は象徴的主体として自らも分節化され、彼の行動自体も意味を有するものにされる。このように〈世界〉は構造化された領域をなしているのに対して、その外側の

〈現実界〉とは構造化されざる領域といえよう。構造の外部とは言語に代表される記号によってとらえることのできない領域を意味する。〈現実界〉はいわば〈世界〉誕生以前の領域であり、〈世界〉の外部にあって〈世界〉を支える支点をなしているともいえる。

〈現実界〉が言語によって分節化される以前の領域であるということは、言語によってとらえることが不可能な領域であるということになる。つまり、それは「名づけようもないもの」というほかはない。構造の内部に位置している象徴的主体にしてみれば、自らの存在はそこに由来しているにもかかわらず、〈現実界〉それ自体を〈世界〉の内部から把握することは不可能とならざるをえない。この〈現実界〉が〈もの〉として〈世界〉に突如侵入してくるとき、不気味な感情が引き起こされるだろう。名づけえないものが象徴的秩序の内部に侵入するなら、それは、秩序のうちに位置づけられないばかりか、秩序そのものに解体をもたらしかねない。ラカンは、フロイトの説明とは異なって、象徴的世界への〈現実界〉の侵入こそが不気味な感情を呼び起こすと考えた。しかも、この〈もの〉はいつ出現するのか、象徴的主体には予想すらできない。不意に、突発的に出現するため、象徴的主体のよって立つ〈世界〉それ自体を根底から震撼させずにはいないのだ。先に、われわれは、人が〈現実界〉から切断される事態に去勢を読み取ってきた。母子一体の幻想に浸っていたとき、半主体はいまだ生命の十全性のうちにいた。そこから切り離されることは死にも等しいことである。事実、象徴的切断を受ける主体には常に十全性を喪失した空虚が経験される。とはいえ、象徴的主体にとって死をめぐる〈世界〉と〈もの〉との関係は逆転してしまうことになる。象徴的主体にしてみれば、〈もの〉から切断されて〈世界〉に入ることが去勢＝死となるが、逆に

〈世界〉に入った後には、〈現実界〉からの〈世界〉への〈もの〉の侵入こそが死のしるしとならずにはいない。このように、不気味なものと死が等価なものとみなされることになる。

ここにいたって、われわれは第三夜の新しい解釈を試みることができるだろう。前節で述べたように、第三夜の夢が与える最大の印象は不気味さであった。そのクライマックスは、背中に背負った子供が父親である自分を告発する情景であった。百年前、この木立のもとでお前は子供である私を殺したというのである。この場面に代表される、この夢の不気味さは今述べたラカンの理論に従うなら次のように解釈できる。

ここで殺された子供とは、象徴的切断によって切り離された母子一体化していたはずの自己である。殺害されるのは現実的他者＝母の一部であるとともに、それと結び付いていた幼児＝自己でもある。この殺害された幼児である自己が、象徴的主体となった今の自分（＝父親）を告発しているということになる。殺したという意味は、主体となるために自分は存在を喪失したということである。言い換えると、人は誰でも存在者として〈世界〉に生存するためには、十全性から切断されること、すなわち存在の喪失を避けて通ることはできないのである。

さらに、このことから、われわれはまたいくつかの疑問に対する答えを得るだろう。たとえば、父母未生以前の殺人ということも次のように解釈できる。人は主体となる以前には〈世界〉の外部にあった。そこにおいて現実的他者である母と一体化していた。どの人においても、この外部における体験があったのであり、そこは象徴＝法という光の差し込む以前の原初的な闇の領域であった。それはまた父母未生以前の闇でもある。先にものべたように、人は〈世界〉に入ることと引き換えに自分（幼児＝自己）を殺害せざるをえないが、殺されたはずの子供（自己）が青坊主で盲目である理由もここに由来する。原初的母子一体から切断されるということは去勢を意味していた。精神分析の知見によれば、オイディプスがそうであったように、盲目とは去勢の隠喩であったし、またメドゥーサの神話から石像はこれまた去勢のしるしとされてきた。この意味から、子供は「盲目」であり「青坊主」であると解される。ただし、ラカンのいう去勢はあくまで象徴的切断という意味においての去勢であることに注意しなければならない。

それでは不気味さは一体どこから来るのか。不気味さとは〈現実界〉の不意の侵入によって引き起こされる感情であるとわれわれは述べた。盲目の青坊主がなぜ「私」の背中に張り付いているのか、「私」には理解できないし、彼の究極的な発言もまったく唐突なものであった。現実界からやって来る〈もの〉は象徴的世界のうちに場所を占めることができなかった。というのも、それは〈世界〉の外部のものであり、それゆえに名づけえないからであった。名づけえないものの侵入は象徴的世界の秩序を根幹から破壊しかねない。それはまた、そこの住人である主体を心底から震撼させずにはいない。これが不気味さの原因であった。この点においても死が想起されるだろう。死こそは象徴的秩序のうちに位置づけえないものであり、それを破壊する力を有している。去勢が死の象徴とされる一方で、〈もの〉の出現もまた死と同義となり、死の陰を色濃く帯びるのである。

〈もの〉の象徴的世界への不意の襲来を、ラカンはアリストテレスにならって「テュケー」（tuchè 偶然性）と呼んだ。彼がこの言葉で意味しようとしたのは次の二つのことであった。一つは、因果性や必然性という論理によっては把握されず、線的な時間を破って、急激に瞬間的に、また突然に現われ、しかも、その出現によって主体を解体させる機能をもつことであった。もう一つの意味は、テュケーの事実性によって、主体は倫理的な判断をせまられるということである。象徴的主体にとってテュケーは意味不明に思われる。不気味さをおぼえながら、逆にまた、それに魅了されずにはいられない。〈もの〉が帯びる両義的な意味がそこにはあるが、それはこの語が幸福または幸運を意味すると同時に不幸、災厄をも意味していることと結び付いているからである（若森栄樹『精神分析の空間――ラカンの分析理論』弘文堂、一九九八年、五七―八頁）。

しかし、テュケーは真実を告げるものでもある。「お前は私（＝子供）を殺すことによって、現在の自分があるのだ」――この発言は、人であれば誰においても真実であるというほかはない。この真実の告知と関連してここで注目しなければならないのは、盲目であるはずの背中の子供が何でも知っていることである。精神分析では盲目は「真実の告知」とも理解される。たとえば、真実を告げられたオイディプスは自ら両眼をつぶして盲目となった。盲目とは目明きにはとらえられない真実を知る者のしるしとなる。これはバタイユの非-知につうずる知である（G・バタイユ『新訂増補　非-知――閉じざる思考』西谷修訳、平凡社ライブラリー、一九九九年）。真実とはわれわれの目からは隠されていて、通常の認識によっては到達することのできないものである。そこに到達しうるのは夜の知であり、盲目の知である。こうしてわれわれは「お前がおれを殺した」という言葉を真実の宣告として受け止めることができる。そして、真実を受け止めるとき、われわれは罪悪の感情をおぼえる。人は主体となる以前に母とともに自己をも殺さずにはいられなかった。そうした「存在の喪失」によってのみ、人は主体として出現できたのである。それゆえに自分には未生以前の殺人に責任＝罪があることになる。この罪責の感情が夢の中では赤い色として出現していた。したがって、われわれの説では、荒説が主要な根拠とした罪悪感は父親の殺害とは関連していないことになる。

われわれは、『夢十夜』の第三夜のなかに、作家の罪悪感を見る批評の系譜を読み返すことから出発した。その罪悪感が原父殺しに由来すると見る荒説に対し、柄谷は、「私」自身から永遠に疎隔されているための存在論的不安をこの作品のなかに見た。柄谷が示唆するにとどめたこの「私」からの疎隔を、ラカン理論にもとづいて、半主体の象徴的な切断であると解し、第三夜への新しい読解を試みたのが以上である。

最後に、『夢十夜』だけでなく漱石の作品は、以上に述べた半主体の象徴的切断による不安または罪悪感の表現に尽きるものではないことを断わっておきたい。彼の作品には第一夜や第五夜が示しているようにエロスの世界が垣間見られる。ここでいう罪悪感あるいはエロスの世界の表現は作家が象徴的切断の場所に立ち戻ってくることによって可能となる。この回帰を説明するために、ラカンの欲動の概念に全体欲動が含まれていると見る作田の解釈を参考にしよう。

現実的他者＝母という全体から切り離されてしまったために、主体はその全体に代わる部分＝〈対象ａ〉を追求するが、それの周りをめぐるだけで満足に到達することはない。全体欲動とはこれらの部分欲動の背後にあって出発点であった象徴的父のもとへ回帰する欲動のことをいう。象徴的父のもとへ回帰するとは、主体が再び〈世界〉の外へ出て象徴的父に同一化することであるから、これは自己が去勢されている事実を是認することと同義である。そして主体は、この象徴的父の場所においてエクリチュール（作品）を創造することをつうじて、現実的他者＝母の到来を待つ。それが到来するとは、失われた現実界の十全性が作品のなかに宿ることであり、これが昇華にほかならない。

存在者の多くは部分欲動に駆られたままで、〈対象a〉の周りの旋回を繰り返すのに対し、すぐれた芸術家はその旋回を超えて全体欲動の軌跡をたどろうとする。かつての十全性に回帰することを願うためである。その願いが満たされたとき、現実的他者＝母が訪れ、美とエロスの世界が出現するだろう。それが「至福（ブリス）」の瞬間である。『夢十夜』では、作家は第三夜においては象徴的父への回帰の表現に、第一夜と第五夜においては現実的他者＝母の到来の表現にそれぞれ力点を置いているように思われる。漱石の他の作品のいくつかにおいても、去勢の是認によるある種の断念と、にもかかわらず生き残る十全性への願望とが、同時に表現されていることは、彼の読者が知るとおりである。

注

＊1 作田啓一「フロイト―ラカンによる昇華概念の検討」『Becoming』第二号、一九九八年。新堂粧子「精神病・倒錯・神経症・昇華への序論――ラカン＝ジュランヴィルによる」『Becoming』第三号、一九九九年。

＊2 作田、前掲論文、七九頁。

＊3 作田は現実的他者＝母と一体化している自己を「前主体」、母が立ち去った後にも幻想のうちで一体化を夢見ている自己を「半主体」と定義して、両者を区別している（作田、前掲論文、八〇―一頁）。

第三章　他者の発見あるいは倫理の根拠——『道草』をめぐって

『道草』を構成する要素

初めて漱石の作品を読みだした頃の印象、とりわけ『道草』についての印象、を思い出してみることにしよう。私が漱石を読み始めたのは確か十五歳の頃であった。たまたま家にあった角川版の漱石全集を手当たり次第に読んでいった。あれこれ読み進めていったのであったが、どういうわけか『道草』は当時の私のお気に入りの一冊であった。今から思うと随分と渋い好みというほかはないのだが、それまでほとんどまともな読書経験のなかったにもかかわらず、このような地味な作品に惹かれたのは今から思えば不思議ともいえる。しかし、面白いと感じたことは事実であった。

改めて読み返してみると、この作品には漱石のそれまでの主要な要素がすべてまとまって含まれていることに気づかされる。それらを挙げてみよう。その第一の要素は作品におけるリアリズム的なものである。諸家の論じるように、『野分』『坑夫』に始まるとされる漱石におけるリアリズム的な要素は、後期の漱石の作風の形成に大きな意義を占めている。『道草』では主人公を取り巻く人間関係が日常生活のさまざまなものを背景にして細かく描写されている。とりわけ夫婦間での常に食い違う関係が執拗なまでに描かれている。他方でまた、日常生活の現実が「お金」の関係としてとらえられている。そこにおいては金銭をめぐる人間関係がこれまた執拗に描き出されているのだ。これほどまでに金銭の貸し借りについて述べられた小説はおそらく稀であるといえるのではないだろうか。

第二の要素としては幻想的なものが挙げられるだろう。第二章で論じたように、『夢十夜』以降、漱石における幻想的なものは、彼の中の深い分裂を示すものとして作品のあちこちに露出している。『道草』でいえば、健三の幼児期の記憶がこのような幻想的なものの表出の代表的なものであろう。記憶の奥底から浮かんでくる「大きな四角な家」、誰もいない部屋にあった「唐金《からかね》の仏様」、「濁った水の底を幻影《まぼろし》の様に赤くする」緋鯉のいる池、その水底に引き込まれそうになった経験、これらはそのような幻想的要素の一端を構成しているといって間違いはない。

次に第三の要素として漱石のユーモア精神がある。『道草』は夫婦や親族の間のリアルな関係が深刻な様相に描かれているので、読むものからすると、いったいどこにユーモアを感じさせるところがあるのか、と反論されそうであるが、私にとってはどこか笑いを引き起こされずにはいないところがある。たとえば、主人公健三の妻に対する態度に妻の側からとる反応がそうである。娯楽も社交も避けて、孤独に仕事に打ち込む健三が苦しくてたまらなくなって、せめてそうした自分を理解してほしさに話すことがらが、妻にしてみるとわけの分からぬ理屈屋の話にしかならない。最も身近な存在であるはずの妻との間の、このような関係の齟齬とそのエスカレーションは、確かに読むものにとっては胸をつく話ではあるが、そうした妻の批評は的を射たところもあって、「気の毒な事に健三はこうした細君の批評を超越する事が出来な」いでいる。主人公が妻の目を介することによってここまで自己を卑小化しうるには、自己と他者を超えた第三の視線を必要とするはずである。こうした妻との関係の悪循環を減殺させるのは、当事者相互を突き放す、彼らの視線を超えた上位の視線の存在が感じられるからである。この点については、後に〈他者の発見〉と〈視線の転換によるユーモア〉という結論をわれわれは導くことになるはずだが、今からすれば、十五歳の私がこの作品に惹かれた理由は、以上のような三つの要素が見事に統合されていたことに由来していたといえるのではないだろうか。むろん、これは後から付け加えた分析ではあるが、この家族をめぐる深刻な話のなかにあるユーモアは『吾輩は猫である』以来のそれでもあり、この要素がこの作品に透明感を与え、読むものに救いをもたらしていることは否めない。

自己発見の物語なのか

次に、『道草』についての代表的な解釈として評価の定まった江藤淳の評論の要旨を紹介する。というのも、われわれの解釈は江藤のそれと一部において重なるからである。しかしながら、われわれのそれは江藤の観点をさらに一八〇度転回させることになる。われわれの解釈との類似と差異を明らかにするという意味において、ここで江藤の論を要約しておく必要がある。彼の『道草』論は次のように書き出されている。「仮りに人間の資質を倫理的なものと、非倫理的——感覚的——なものとに分類出来るものとすれば、しばしば自分でも語り、作中人物にも語らせているように、漱石はまさしく倫理的な人間であった。それにもかかわらず、彼が真に倫理的な主題を取り扱ったのは『道草』に於てを嚆矢《こうし》とする」。このような規定に対してわれわれにはほとんど異論はない。ここでいう倫理的とは、続いて江藤が述べているように、「自己と同一の平面に存在する人間としての他者」との関係を意味している（江藤淳「『道草』――日常生活と思想」『決定版　夏目漱石』新潮文庫、一九七九年、一四〇頁）。

『道草』についての江藤の論点をひとことで要約するなら、「帰って来た男の自己発見」ということになるだろう。そこでいわれる「帰って来た」という言葉には多重の意味が込められている。まずそのひとつの意味は、主人公である健三が文字通り英国への留学から帰って来たところから物語が始められていることである。この作品は大正四（一九一五）年の作でありながら、明治三十六（一九〇三）年頃の、漱石が留学から帰国した時期の状況が自伝的な要素に基づきながら語られている。といっても、注意しなければならないのは、これはいわゆる私小説ではないということである。柄谷行人の定義に従って私小説を「小説の内部のコンテクスト以外のコンテクストを必要とする小説」と理解するなら、これは明らかに私小説とはいえない。だからこそ、前節で述べたように、漱石の経歴を知らないうえに小説に慣れていない高校生の私にも理解ができたのであったし、また十分に楽しめたのであった。江藤においても同様の指摘がなされている。さらに彼はこの点を積極的な意味においてとらえて、私小説との対比すら行なっている。彼によると、私小説とは田舎から出て来た男たちの自己実現の物語であるのに対して、『道草』は執拗な我執との闘いに疲れ果てた男の自己抹殺の物語であるという。つまり、英国という地において、自己と自らの所属する文明をかけて、他の社会および文化との闘いを追求することで疲労困憊した男は、自分の育ったかつての環境、親族、家族のもとに帰って来て、改めて自己を再発見したというのである。

この小説の過程は、知的並びに倫理的優越者であると信じていた健三が、実は自らの軽蔑の対象である他人と同一の平面に立っているにすぎないことを知る幻滅の過程であるといってよいので、ここにある「主題」は、漱石の成功作がしばしばそうであったように、「自己発見」の主題である。他人も自分もともに同じ一つの平面に存在するとすれば、自らの「我執」を容認することは、そのまま他人の「我執」を容認することにほかならない。(同上書、一四七頁)

さらに、上記の評論から七年後に書かれた評論においても、江藤は

健三のエリートの誇りはうちやぶられて、彼は自分が自分の嫌っている一族の人間と何のかわりもない只の日本人にすぎない、ということを否応なしに悟らされて行く。(「『道草』と『明暗』」同上書、二九一頁)

と述べる。つまり、江藤は、この小説は主人公が「同一平面に立つ」他者と同様に、自分もまた日本人であるということを自覚する物語であることを強調している。なおそのうえに、江藤はこのことから漱石は社会の次元(「平面的倫理」)を描いた作家であるとして、これまた私小説家の対極に位置づけるのである。なぜなら、私小説家たちは自己の本能という自然を追求し、この小さな自然

をより大きな自然に溶け込ませることを探求していたからであるという。たとえば志賀直哉の『暗夜行路』に代表されるように、私小説家は自然の軸（「垂直的倫理」）を徹底して追求したために、社会という軸を放棄せざるを得なくつてしまった。

それではこのような評価からするなら、この作品に見られる幻想的な要素はどのように解釈できるのであろうか。

健三は、彼が接触するあらゆる人間からお前はいったい何者なのだと問われつづけている。一体おれはだれだ、何者なのだと彼はこの問いをうけて自問しつづけなければならない。この問いは健三をその不幸な幼年時代に、その孤独感の核心に、あるいはその人生に対する怖れの奥底につれて行きます。（同上書、二九一頁）

島田というかつての養父の出現を介して、健三の忘れてしまいたい幼年時代が恐れとして彼に立ち返ってくるのである。この恐れの奥底に、江藤は「生命の力」を見ている。その力はこれだけに尽きるものではない。池の中に幼い彼を引き込もうとした恐ろしい力も、また生まれたばかりの赤ん坊の気味の悪さにも、江藤は人間に生命を与える「暗い力」を見ている。これは鋭い指摘である。そして、このような「暗い力」はどのような人間の自己の奥底にもあって、「人間の生命の、つまり我執の原形質」をなしていると指摘する。さらに続けて江藤は次のように言う。

漱石は、ここで、こういう薄気味の悪いものの力で人間は生きているのだという深い認識にまで到達しています。それはいやなものであるけれども、人間はそれからのがれることができない。これが人生を支えている根源の要素であって、そういうおそろしい生命というものを持っているために人間は決して本当に触れ合ったり、理解し合ったり、愛し合ったりすることはできない。（同上書、二九七頁）

こういう暗い力を「絶対的なもの」とするなら、先に述べている日常の人々の間というものは「相対的なもの」ということになるであろうが、これら両者はどのような関係にあるのだろうか。先の文章に続けて江藤は次のように述べる。「こういうおそろしい生命に支えられているために、人間は決して血縁から切りはなされてひとりになることもできない。」

われわれにはこの一節は非常に重要ではあるが肯定しがたい指摘であるように思われる。相対的な他者であるはずの血縁者の間にこそ、このような暗い力が働いているのであって、それこそが自己の源であると言っているからである。つまり、江藤の論理に従うならば、漱石の「自己本位」というものはたいしたものではないと言っているのも同然である。じじつ、江藤は漱石のいう個人主義などというものは、啓蒙的な要素の強いものであって、単なる文明批評の次元に属するものであり、小説家としての漱石の本質に根差すものではないと言い切っている。この指摘をわれわれは肯定するわけにはいかない。というのは、われわれの理解からするなら、漱石は生涯をかけて個人であることの根拠を問う自己探求を行なったのであって、それは一時的な外国かぶれのものであったとはとても思えないからである。漱石の我執にまつわる苦悩はそうした自己を正当化するための根拠が見当たらないことに由来している。われわれも江藤のいうように暗い力が自己を脅かす生命の力であることを認めることにやぶさかではないが、それは自己の奥底にあるがために相対的な他者を血によって結び付けるのだという江藤の後半部分の指摘を受け容れることはできないのである。

つまり、われわれにしてみると、暗い力に関する江藤の指摘の前半部分は肯うことはできるが、その後半部分を肯うことはできないということである。さらに、ことは江藤のいう自己発見についても同様である。われわれには、江藤のいうように、自己は相対的な他者の間で見いだされるとは思われないのだ。われわれと江藤との間でどうしてこのような意見の相異が生ずるのか、それは江藤のいう他者と、われわれのいう他者の概念とが次元を異にしているためである。そこで次には、われわれのいう他者について述べなくてはならないが、次節において展開すべきことを先取りして、以下にわれわれの説を江藤説と対比させておくことにしよう。

(1)われわれが主張したいのは自己発見ではなくて、他者の発見であること、
(2)相対的な他者と絶対的な他者とは区別されなければならないこと、
(3)倫理の根拠は相対的な他者にではなく、絶対的な他者に由来すること、

である。次には、これらの指摘について述べていくことにする。

絶対的他者の発見

前節で述べたように、江藤の解釈とわれわれの解釈とが根本的に相違するのは、他者についての

理解にあった。この点を明らかにするために、まず作品に描かれた日常生活をともにする他者について見てみる必要がある。

『道草』のなかで健三が主に日常で出会う人たちに、血縁を同じくするものたち、たとえば姉や兄がいる。彼らは健三と同じ親族に属するものたちでありながら、われわれの目には健三より一時代前の住民のように映る。というのも、彼らは江戸末期の文化のなごりのうちに生を受け、それを糧として成長し、生きてきたように見えるからである。彼らは血縁によって結び付いた親族共同体の存在に疑いをもつことすらない。確かに弟の健三は洋行帰りのエリートではあるが、自分たちの親族の一員でもあるので、いわゆる他人に対する場合とは違った態度で接することができること、たとえば小遣いをせびること、が許されると信じている。しかしながら、文明の開化はこのような旧時代の風潮を背負った人たちを容赦なく巻き込んで進展していかずにはいない。言い換えるなら資本主義の経済システムは親族共同体においてもその論理を貫徹するのである。親族の間にも金銭をめぐる問題が介入し、深刻なトラブルが生ずることになる。この点に注目するなら、『道草』は金銭問題を扱った経済小説であるといっても言い過ぎにはならないであろう（小森陽一『漱石を読みなおす』ちくま新書、一九九五年）。

この意味において、金銭は親族を含めた共同体における交渉の象徴になっている。社会学の用語では互酬性のシステムの交換物といえよう。弟の健三は毎月自らの収入の一部を割いて姉に小遣いを渡しているのだが、彼女はそれを負担に思うこともなく、ある時には健三からの月々のこづかいに幾分か加増したうえで祝い金として平気で彼にお返しをしたりする。なるほど、ここにはポトラッチに代表される互酬性の原理が働いている。そして、そうした原理で結び付いた関係がこの物語に登場する人物たちの意識と行動を拘束しているのである。このような日常の関係のなかでは、お互いがお互いに対して鏡の役割をすることになる。つまり、親族の他者たちは互いの姿を反射しあう関係にある。言い換えると、そこで交渉する人々は相互に立場を交換することが可能な「相対的な他者」であるといえよう。

もうひとつの重要な他者との関係は健三の夫婦関係である。健三とお住との関係は先の親族のそれとはまた異なったものである。この関係はG・ベイトソンのいう永遠にもつれあう「終わりなき離反と連合の舞踏」といってよいだろう。お住は健三の姉とは明らかに違ったタイプの、近代的な側面をもつ女性である。この意味から後の『明暗』のお延につうじる女性であるといってもよい。この夫婦は長年連れ添っているにもかかわらず、常に互いの意志がつうじ合わずに、いつもそれがズレてしまう関係にある。一方の当事者たる健三は自己に執着する男である。たとえ世渡りの下手な変人と皆から見なされようとも、自分が合理的な論理として納得し得ないならば、どんなことでも認めることができない男である。そのような己れに強い執着をもつ自分を妻にも理解してほしいと常日頃から望んでいる。

ところが、他方の妻もまた自分をもった女性である。彼女自身は父が政治家であるという家風の家庭に育ったのであるが、自分も一人前の女性として認めてほしいという願望を強く抱いている。このような二人は常日頃から互いにすれ違ってしまうのである。というのは、健三は妻に対して何でも自分の言うことを素直に受け容れてくれることをご都合主義的に望んでいるのだが、これは個人主義者としては矛盾しているはずである。自分を認めてほしければ、当然ながら他者（妻）も自己をもつ存在であり、それを受け容れることが要求されるからである。しかし、彼には彼女を受け容れることができないのだ。両者の間のこのような関係のズレは生活のなかで絶えず行き違いを生じさせ、その日々の交渉の過程でますますそのズレを増幅させていかずにはいない。この悪循環の極限に男の側の癇癪が爆発し、女の側にヒステリーが突発するのである。

夫婦は何処まで行っても背中合せのままで暮した。二人の関係が極端な緊張の度合に達すると、健三はいつも細君に向って生家《せいか》へ帰れと云った。細君の方ではまた帰ろうが帰るまいが此方《こっち》の勝手だという顔をした。（『道草』新潮文庫、一九五一年、一四二頁。以下の引用および引用頁はすべてこれによる。）

夫はどうしても気違染みた癇癪持《かんしゃくもち》として評価されなければならなかった。（一四〇頁）

幸《さいわい》にして自然は緩和剤としての歇斯的里《ヒステリー》を細君に与えた。（二〇二頁）

この二人の間柄も先の鏡像的な関係にある。お互いが鏡となりあって、相互のズレを反映しあい、それを次々に増幅させることによって悪循環を昂進させるのである。江藤は鏡像の関係（ラカンのいう〈想像界〉）をなす他者を「相対的な他者」としてとらえていた。そして、この物語では、このような相対的な他者たちの間に帰って来た主人公が自己を発見するというのであった。われわれは彼のいう自己の発見をアイデンティティの確認と言い換えてもよいだろう。社会学をはじめとする人間科学においては、アイデンティティは相対的な他者による承認に依存するとされている。そこでは自己が何者であるかは日常に出会う他者によって承認される必要があると考えるからである。しかし、このような相対的な他者による承認によって自己が果たして発見されるのであろうか。両者の間で生ずる絶え間のない鏡像的な反映は、自己が相対的であることを示すものである。そうした考え方に従うなら、出会う他者により自己は常に変わるということになり、自己とは出会う他者の反映である数々の自己の集積以外のものではないことになる。そこにおいては、アイデンティティを構成する重要な要件である、一貫性を求めることは困難となるだろう。

ここにもうひとりの別なタイプの他者が出現する。それは健三の養父を名のる老人である。この物語はいわばこの島田老人と彼の体現する世界をめぐる物語と見なすこともできるので、この意味からわれわれは、彼が出現する状況を詳しく見てみる必要がある。少し長くなるが、彼が出現する状況を引用してみよう。

ある日小雨《こさめ》が降った。その時彼は外套《がいとう》も雨具も着けずに、ただ傘《かさ》を差しただけで、何時《いっ》もの通りを本郷の方へ例刻に歩いて行った。すると車屋の少しさきで思い懸けない人にはたりと出会った。その人は根津権現《ねづごんげん》の裏門の坂を上《あが》って、彼と反対に北へ向いて歩いて来たものと見えて、健三が行手を何気なく眺《なが》めた時、十間位先から既に彼の視線に入ったのである。そうして思わず彼の眼をわきへ外《そら》させたのである。〔中略〕往来は静《しずか》であった。二人の間にはただ細《ほそ》い雨の糸が絶間なく落ちているだけなので、御互が御互の顔を認めるには何の困難もなかった。〔中略〕彼はこの男に何年会わなかったろう。彼がこの男と縁を切ったのは、彼がまだ二十歳《はたち》になるかならない昔の事であった。それから今日《こんにち》までに十五六年の月日が経《た》っているが、その間《あいだ》彼等はついぞ一度も顔を合せた事がなかったのである。〔中略〕帽子なしで外出する昔ながらの癖を今でも押通しているその人の特色も、彼には異な気分を与える媒介《なかだち》となった。〔中略〕その日彼は家へ帰っても途中で会った男の事を忘れ得なかった。折々は道端へ立ち止《ど》まって凝《じっ》と彼を見送っていたその人の眼付に悩まされた。（五―七頁）

さらに、この男については次の記述が続く。

こうした無事の日が五日続いた後《あと》、六日目の朝になって帽子を被らない男は突然又根津権現の坂の蔭から現われて健三を脅やかした。それがこの前と略《ほぼ》同じ場所で、時間も殆《ほとん》どこの前と違わなかった。その時健三は相手の自分に近付くのを意識しつつ、何時《いつ》もの通り器械のように又義務のように歩こうとした。けれども先方の態度は正反対であった。何人《なんびと》をも不安にしなければ已《や》まない程な注意を双眼に集めて彼を凝視した。（七頁）

この「帽子を被らない男」が健三を心底から脅かしていることは文面から明らかである。とりわけ、彼の凝視するその双眼は不気味としかいいようのない感じを読むものにも伝えてやまない。これ以後、養父は「帽子を被らない男」として、また気味の悪い双眼をともなって、健三の前に出現することになる。この男をわれわれは先に見た「相対的な他者」に分類できるだろうか。江藤はそのようにとらえているが、われわれには明らかにそれとは相違する他者であるように思われる。それは同じように健三のもとに金を借りに来る妻の実父と比較してみると分かりやすい。岳父は政治家として世に認められてきた人であったが、それゆえに、常に他人を値踏みしながら駆引きをすることにたけた人物である。この点からして、彼が「相対的な他者」であることは明らかであろう。彼には島田老人の体現するような不気味さがいささかもない。島田老人の描き方の主な特徴はその不気味さの表現にある。ついでにいうなら、後に健三は訪ねて来た養父を家に上げ、あげくの果てに金をせびられることになるのだが、その段階にいたっても、養父にまとわりついた不気味な要素は消えることがない。健三の過去に結びついたこの男の不気味さは、同時に健三の過去の暗い世界と呼応している。それゆえに、養父の不気味さは主人公の健三が脅える暗い世界を読み解く鍵になるはずである。

ここにおいて、われわれは、E・レヴィナスの〈他者〉の概念を持ち込まなければならない。というのは、先にも述べたように、社会学や心理学に代表される人間科学では、われわれと同じ世界にいる「相対的な他者」を基盤にして理論が組み立てられているのであり、それゆえに、そのような知識によっては、このような「不気味な他者」を扱うことができないからである。レヴィナスはこれらの定義とは異なった別な他者の概念を提出している。[*1] それは、世界の外部に位置している

「絶対的な他者」のことである。ここでは養父の島田老人をレヴィナスのいう外部性の表示者としてとらえてみよう。われわれの住む世界は主に言語に代表される記号によって分節された、秩序ある世界をなしている。そこにおいては、すべてのものが名前をもち、意味を有している。これに対して、その外部とは構造化されていない領域のことであり、そこには秩序がなく、どんなものも名付けられていないために意味をなさない。

外部性の問題は現代思想の重要なテーマであり、レヴィナス以外にも、たとえばJ・ラカンによって語られてきた。レヴィナスのいう〈全体性〉と〈無限〉は、ラカンのいう〈想像界〉と〈現実界〉にほぼ対応している。レヴィナスは全体性を支配する〈同〉の論理に対して、無限の概念を提示し、この無限を表示する存在として〈他者〉すなわち「絶対的他者」をおいた。ところで、この絶対的他者は主体とどのようにかかわるのだろうか。相対的世界を生きる存在者をレヴィナスは〈自我 moi〉と呼ぶ。〈自我〉は自分に向けて他の対象を同化して取り入れ、自らを拡大していく性向を有している。たとえば、道具を使用することによって、主体は自然を加工して自らの内に取り込み生存を確保する。人間の有する表象能力も言語もすべてこのような作用を果たしている。このように主体へすべてを同化する性向を〈同〉と呼び、その性向によって形成される世界の性向を全体性と呼んでいる。ところが、〈自我〉は存在から上向してきた存在者でもあるので、存在と切り離すことはできない。存在へ開いた主体を〈自己 soi〉と名付けるなら、〈自我 moi〉と〈自己 soi〉とは互いに他を必要としていることになる。この関係はH・ベルクソンのいう「表層の自己」と「深層の自己」に相当しているといってもよい。そして、〈自我 moi〉に対応している他者が「相対的な他者」であり、〈自己soi〉に対応している他者が「絶対的な他者」ということになる。

これらの関係を分かりやすくするために図を使って説明しよう（図2参照）。真ん中の縦の系列は主体の軸を意味しており、存在（il y a）は存在者へと向かうことにより世界の形成をになう。図の右半分が主体と他者との関係を表わしている。世界内の他者は〈自我moi〉に向き合う相対的な他者であり、世界外の他者は〈自己soi〉に向き合う絶対的な他者のことである。健三の親族も妻もこの相対的他者であるのに対して、島田老人は絶対的な他者としてとらえることができる。江藤においてはこの区別がなされていない。それゆえに、彼には島田老人の不気味さがどこからくるのか、を明らかにできなかったのである。

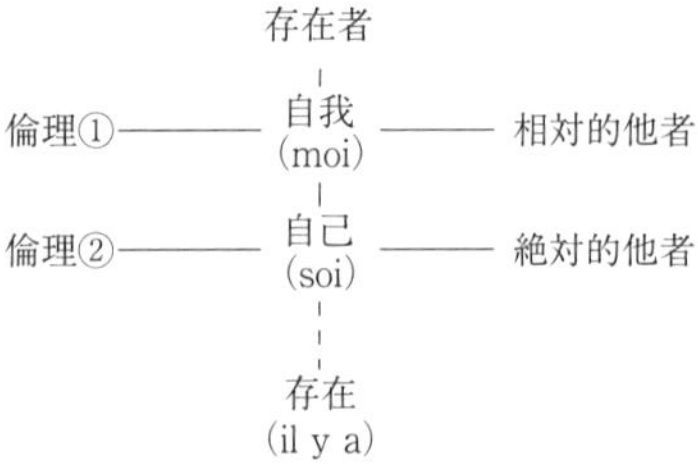

図2　自己・他者・倫理の関係

われわれは絶対的な他者は世界の外に位置していると述べてきた。それは名付けられないものであり、秩序をもたないものであった。こうした名付け得ないものをラカンは〈現実界〉に位置づけた。われわれが以前に述べたように、〈現実界〉が突然世界に侵入してくるとき、われわれは不気味な感覚に襲われるのである（第二章参照）。〈現実界〉を体現するのが〈もの〉であり、その〈もの〉は名付けようもない。それゆえに〈現実界〉の侵入とは〈もの〉の侵入のことであるが、これはわれわれの〈世界〉と知覚の秩序を破壊してしまうために、われわれに不気味さをもたらす。

島田老人はこのような〈もの〉の様相を帯びていたのである。むろん、彼は健三と同じこの〈世界〉に所属しているのであって、彼自身がこの世の外にいるわけではない。彼は〈もの〉の一部を体現しており、いわば絶対的な他者の一部を共有している。レヴィナスは、この世にとどまるそのような絶対的な他者の体現者として、打ち捨てられたものたち、たとえば寡婦、孤児などを挙げているが、島田のような老人を彼らのうちに含めてもよいと思われる。[*2] なるほど、彼の不気味さは、一方においてこのように見ることができるが、他方において健三の思い込みに由来するともいえる。暗い過去のために健三は彼を心の底から嫌っているのだが、彼に世話になったこと、ある時は彼に愛情さえ抱いていたことも記憶にとどめており、嫌悪とは裏腹に恩義をも感じている。そのことが彼に強迫神経症的な不安を与えている。罪を犯したと錯覚する神経症者が絶えず罪を償わなければならない、という強迫的な思いに駆られるのと同様に、彼は相手に自分を脅かす存在を見ることになる。おそらくこの両側面（絶対的な他者としての側面と健三の強迫的な側面）は重なっているのだろうが、われわれは主に前者を中心にして論じていくことにする。

ところで、養父の体現する不気味さが外部の〈もの〉に由来すると理解するなら、われわれはさらに健三の暗い過去がこれまたなぜ不気味なのかも了解できることになる。養父を通してよみがえってくる暗い過去は〈世界〉の外部につうじており、それは〈もの〉がもつ暗い力に満ちているからである。その代表的な場面があの有名な池の場面である。

或日彼は誰も宅《うち》にいない時を見計って、不細工な布袋竹《ほていちく》の先へ一枚糸を着けて、餌《えさ》と共に池の中に投げ込んだら、すぐ糸を引く気味の悪いものに脅かされた。彼は水の底に引っ張り込まなければ已《や》まないその強い力が二の腕まで伝った時、彼は恐ろしくなって、すぐ竿《さお》を放り出した。そうして翌日《あくるひ》静かに水面に浮いている一尺余りの緋鯉を見出《みいだ》した。彼は独《ひと》り怖《こわ》がった。（一〇〇頁）

同様にして、産み落とされたばかりの赤ん坊に触ったときの、健三が覚えた気味の悪い感触は、この外部の〈もの〉に触れる感触ということができよう。[*3] 江藤の指摘にあったように、それは「生命の暗い力」であったのであるが、生命とはいわばわれわれの〈世界〉の外部に位置する力であり、それゆえにわれわれにはどうすることもできない。コントロールできない圧倒的な力はわれわれには不気味なものという以外にはない。

その或物は寒天のようにぷりぷりしていた。そうして輪廓からいっても恰好《かっこう》の判然《はんぜん》しない何《なに》かの塊《かたまり》に過ぎなかった。彼は気味の悪い感じを彼の全身に伝えるこの塊を軽く指頭《しとう》で撫《な》でて見た。塊りは動きもしなければ泣きもしなかった。ただ撫でるたんびにぷりぷりした寒天のようなものが剝《は》げ落ちるように思えた。若《も》し強く抑《おさ》えたり持ったりすれば、全体がきっと崩《くず》れてしまうに違ないと彼は考えた。彼は恐ろしくなって急に手を引込めた。（二〇八―〇九頁）

ついでにいうなら、このような気味の悪い塊を産み落とす女性は、〈もの〉の領域に属す存在であると考えられる。じじつ、健三が妻のお住に見たのは先の相対的な他者の姿ばかりではなかった。

相互の行き違いが増幅していった果てに起こす妻のヒステリーは、健三にするとわけの分からない事態であり、ここにおいても彼は恐怖を覚えないではいられなかった。目を開けたまま虚空を凝視する姿や、弓なりに反った体は、まるで何か得体の知れない力に襲われた状態としてしかとらえられない。漱石が女性に感じた魅惑的ではあるが不気味なものは、このように絶対的な他者が有する〈もの〉の側面であったということができる（女性の外部性については第四章で述べる）。漱石が常に経験した存在の違和は幻想的なものとして表現されるという、柄谷の指摘はこのことに関連している。池の場面も、出産の場面も、そして女性の神秘さも、すべて〈世界〉の外部に由来するのであり、それゆえに、幻想的なものとしてしか表現できないのである。

倫理の根拠

この物語には、島田老人をめぐって理解しにくいことがなお残っている。次にはそれに関して詳しく述べてみたい。最初、健三の家を訪ねて来たのは島田の代理を名のる人物であった。代理人が訪れたときあいにく彼は病で臥せっていた。病が快癒した後、妻からその件の報告を受けたとき、代理人と会うかどうかをめぐって彼と妻は意見の食違いを見せる。

「来るだろう。どうせ島田の代理だと名乗る以上は又来るに極《きま》ってるさ」

「然しあなた御会いになって？　若《も》し来たら」

実をいうと彼は会いたくなかった。細君はなおの事夫をこの変な男に会わせたくなかった。

「御会いにならない方が好いでしょう」

「会っても好い。何も怖《こわ》い事はないいんだから」

細君には夫の言葉が、また例の我だと取れた。健三はそれを厭《いや》だけれども正しい方法だから仕方がないのだと考えた。（三二頁）

こうして彼は代理人と会うことになる。厭だけれども会うことが正しいからそうするのだ、と健三は自分に言い聞かせている。この正しいことに従うという態度は、倫理的な作家の倫理的な作品としては当然であろうが、この正しさをめぐって、さらに事態が進展していくのである。というのは、代理人は当然ながら島田老人との交際の再開を要求してくるからである。その要求に対して健三はどのような理由からどのように対応するのか。


「どんなものでしょう。老人も取る年で近頃は大変心細そうな事ばかり云っていますが、――どうかして元通りの御交際《おつきあい》は願えないものでしょうか」

健三は一寸《ちょっと》返答に窮した。（中略）彼の頭のなかには、重たそうに毛繻子《けじゅす》の洋傘《こうもり》をさして、異様の瞳《ひとみ》を彼の上に据えたその老人の面影がありありと浮かんだ。彼はその人の世話になった昔を忘れる訳に行《ゆ》かなかった。同時に人格の反射から来るその人に対しての嫌悪《けんお》の情も禁ずる事が出来なかった。両方の間に板挾《いたばさ》みとなった彼は、しばらく口を開き得なかった。

「手前《てまえ》も折角こうして上がったものですから、これだけはどうぞ曲げて御承知を願いたいもので」

吉田の様子は愈《いよいよ》丁寧になった。①どう考えても交際《つきあう》のは厭でならなかった健三は、またどうしてもそれを断わるのを不義理と認めなければ済まなかった。②彼は厭でも正しい方に従おうと思い極《きわ》めた。（三四頁。傍線部引用者）

一読すると見過ごしてしまいそうな節であるが、桶谷秀昭はここに『道草』解釈の要点があると指摘する（桶谷秀昭『増補版 夏目漱石論』河出書房新社、一九八三年）。そして、この節（とりわけ傍線部分）の解釈の困難さがこの小説を難解にしているという。というのは、桶谷は前段である①と後段②との間には意味の飛躍がある、と考えるからだ。これは重要な指摘であるのだが、それをめぐる桶谷の解釈には曖昧さが否めないように思われる。桶谷の指摘に従ってこの節を読み直してみると、確かにわれわれにとっても腑に落ちないものが残る。というのは、昔のいきさつから健三は島田に強い嫌悪の情を今でも抱いていることは明らかである。そうであるなら「交際《つきあう》」ことを断わるのが自然な動きであると思われるからである。ところが、他方で彼は昔世話になったことを自覚しているのだから、その返恩から島田と「交際《つきあう》」のは世俗的な倫理にかなうことであることも承知している。しかし、健三が「交際《つきあう》」ことを受け容れる論理はこのような倫理の観点からではない。こうした倫理はわれわれの日常の生活を律している相対的な倫理であるといってよいが、この意味においてなら、島田と健三の父との間で既に随分以前に金銭によって決着がついているはずである。しかし健三は島田に対して、岳父に対するように義理の範囲内の関係ですますことができないでいる。健三はお住が勧める感情に基づく論理に従うのではなく、かといって相対的な倫理に従うのでもなく、「厭でも正しい方」に従おうとする。彼にとって「正しさ」とは何であるのか。ここでもういちど傍線部①②の文章に注目してみる必要がある。桶谷のいうように、これら二つの文章の間には飛躍があり、何度読んでも意味が曖昧であることはまぬがれない。なぜそうなのか。ここには通常の論理を超えた何かがあり、われわれもそれが意味を不明にしていると考えるほかはない。

それならわれわれはどのように解釈するのか。ここでふたたび前節で述べたレヴィナスの議論にもどることになる。先に、われわれは養父の体現する不気味さは〈世界〉の外部に由来するととらえた。すなわち、養父は絶対的他者の体現者であるのだ。レヴィナスによれば、絶対的他者は〈全体性〉の彼方に位置する〈他〉なるものである。それはまた他者の〈顔〉として、主体に「汝殺すなかれ」という命令を発する。この命令により責任を端緒とする倫理が生起するという。ところで、絶対的他者は存在の領域にあって〈自己 soi〉と結び付いていた。〈自己 soi〉は〈自我 moi〉の求心性（閉じる性向）に対する遠心性（開く性向）を有している。存在が存在者に先立つとすれば、〈自我〉と相対的他者との間に成立する相対的な倫理（これを倫理①と呼ぼう）よりも、〈自己〉と絶対的他者との間に成立する倫理（これを倫理②と呼ぶ）の方が優先権を有することになる（図2参照）。

健三が従おうとした「正しさ」は倫理①ではなく倫理②であったとするなら、先に意味の飛躍があると指摘した箇所のつながりを理解することができるのではないだろうか。自分の気持にある「厭だ」という正直な感情も、また姉や兄が勧める世間的な根拠（義絶）も、さらに妻の制止も、すべて相対的な正しさに従うことを意味していた。しかしながら、このような倫理①には根本的な正当性の根拠が欠けている。なぜなら、そこでの正しさは相対的であるのであるから、たとえば所属する集団によって変化せざるを得ないはずであるからである。健三は厭であっても「正しい方」に従おうとする。倫理②は〈世界〉の外部に由来する倫理であるために、絶対的なものである。それこそが個我の存立する根拠となる。〈世界〉の外部（絶対的なもの）という〈他〉が、〈世界〉の内部という相対的なものである〈同〉（主体）を存立させるのである。[*4] 我執の人健三が我執を超える「正しさ」を求めるとしたら、倫理②しかあり得ない。確かに『道草』において漱石は倫理を論じているのであり、この点は江藤の言うとおりであろうが、われわれの論理に従うならば、晩年において漱石は啓蒙的個人主義者としての道を捨てたという江藤の指摘は的外れであるといわなければならない。

ここで、前節の図を参照しながらその左半分に注目してみよう。存在者である〈自我 moi〉は存在である〈自己 soi〉に根差しているのであり、前者は後者なくしてはあり得ない。後者の〈自己〉はといえば、それは絶対的他者と関係せずにはいないのであるから、主体である〈自我〉は絶対的他者によって根拠づけられているはずだ。しかし、外部に位置する他者はいわゆる神ではない。あくまで暴力によって苦しめられる人々の顔として顕現する打ち捨てられたものたちの〈顔〉である。[*5]

「己が悪いのじゃない。己の悪くない事は、仮令《たとい》あの男に解っていなくっても、己には能く解っている」

無信心な彼はどうしても、「神には能く解っている」と云う事が出来なかった。もしそういい得たならばどんなに仕合せだろうという気さえ起らなかった。彼の道徳は何時でも自己に始まった。そうして自己に終るぎりであった。（一四八頁）

漱石が神を持ち出している以上、彼が個人主義の根拠を自己充足に求めることはできないと考えていたことは明らかであって、個人の〈同〉の倫理は、神ではないにしてもやはり外部の〈他〉の倫理によってしか保証されないことを知っていたと思われる。このことは個人主義の放棄ではなくして、そのいっそうの深化ととらえるべきであろう。

さて、以上のように、われわれは漱石における、もう一つの他者の発見について述べてきた。ここにおける他者の発見とは外部性の設定と言い換えることができる。そして、この外部性の設定がこの作品にユーモアを生じさせることにもつうじている。最後にこの点について簡単に述べておこう。絶対的な他者に向けて相対的な世界の主体（自我）が開かれるということは、視点を変えるなら、外部から相対的世界を眺めることが可能になるということでもある。漱石の処女作とされる『吾輩は猫である』では、主人公を猫という人間界の外部者に設定することで、人間界という相対的な世界を超える視点が確保された。それゆえに、人間たちの愚かしさをとらえることが可能となった。猫から見れば、人間たちの行為はわけの分からない、滑稽なものに見えるはずである。これと似た視点が『道草』においても確保され、それゆえにユーモアが生ずる結果となった。しかし、

『猫』と『道草』における視線は必ずしも一致しない。というのは、人間ではない動物を話者としているものの、猫はフィクションにすぎないので、それに仮託された著者の視線はあくまで相対的な世界の内部にとどまっているからである。それに対して、『道草』の視線は相対的世界を通り抜けさらにその外部へと向けられているために、そこでのユーモアは必然的に苛烈なものにならざるを得ない。それはたとえば自分の子供の描写に見られる。

彼女〔長女——引用者注〕の顔は段々丈《たけ》が詰って来た。輪廓に角が立った。健三はこの娘の容貌の中《うち》にいつか成長しつつある自分の相好《そうごう》の悪い所を明らかに認めなければならなかった。次女は年が年中腫物《できもの》だらけの頭をしていた。〔中略〕顋《あご》の短かい眼の大きなその子は、海坊主の化物のような風をして、其所いらをうろうろしていた。三番目の子だけが器量好く育とうとは親の慾目にも思えなかった。

「ああ云うものが続々生れて来て、必竟《ひっきょう》どうするんだろう」

彼は親らしくもない感想を起した。（二一〇頁）

これをユーモアというかどうかは意見が分かれるところかも知れない。しかしながら、親として自分の子供をここまで突き放して眺めることができるには外部の視線による以外にはないと思われる。それは同時に親である自分とその運命についても同様であるはずだ。おそらく、このような外部性の設定が、次の作品となる『明暗』のポリフォニックな構造を生み出す契機になったのではないだろうか（これについては第七章で述べる）。

注

＊1　E・レヴィナス『全体性と無限──外部性についての試論』合田正人訳、国文社、一九八九年。なお、レヴィナス解釈については以下の書を参照した。港道隆『レヴィナス──法-外な思想』（現代思想の冒険者たち16）講談社、一九九七年。熊野純彦『レヴィナス──移ろいゆくものへの視線』岩波書店、一九九九年。

＊2　レヴィナスはこのような存在を「異邦人」あるいは「プロレタリア」と呼んでいる（『全体性と無限』）。

＊3　柄谷はこれらを「非存在の現れ」と言っている。そして、漱石においてはフィジカルなものがメタフィジカルな意味を帯びるとも指摘している（柄谷行人『漱石論集成』第三文明社、一九九二年、五三─五頁）。

＊4　社会の外部において、個が超越的なものに出会うところに「個人」の成立の根拠があるという説は、レヴィナスとは別に作田啓一によっても論じられてきた。作田啓一「文学・芸術におけるエロスとタナトス」『岩波講座　現代社会学8　文学と芸術の社会学』岩波書店、一九九六年。同『個人』（一語の辞典）三省堂、一九九六年。

＊5　注3で、漱石においてはフィジカルなものがメタフィジカルな意味を帯びるという柄谷の指摘を引用したが、ここでフィジカルなものを〈顔〉、メタフィジカルなものを絶対的他者と考えれば、柄谷とレヴィナスの言うところは一致する。

第四章　外部性の探求と個人主義――『行人』をめぐって

漱石のすべての小説のなかで、現在までに最も数多く論評されてきた作品は『こころ』であるとされ、ついで多いのが『行人』といわれている。本章では以下において『行人』について論ずるのであるが、それに際してまず気になるのはその題名の由来であろう。従来、漱石は題名にあまり拘泥するところがなく、比較的分かりやすい題名を付けるとされてきた。ところが、『行人』という作品におけるこの題名は、このような傾向からするなら、むしろ例外にあたるのではないかと思われる。事実、『行人』という題名をめぐってはさまざまな説が流布しているが、さらに面倒なことに、漱石自身がこれについてはほとんど解説をしておらず、そのために意味を決定しにくくしているという事情がある。

そこで、われわれはここでは千谷七郎の説を採用したいと思う。千谷は「行人」とは『論語』に由来するといい、「行人」とは「使い」という意味であるとする。このように解釈する理由として、彼は次の三つの根拠を挙げている。第一に、漱石は題名を決めるに際して、わりあい簡単なものにするきらいが強かったこと。第二に、後期の漱石の作品のほとんどが新聞に連載されたという事情から、読者に題名の意味が早く伝わるように、連載の比較的初めのあたりで読み取れる記述をこころがけており、この作品においても例外ではないということ。第三に、ここにいう「使い」の役を二郎が果たしていることである。彼が物語の進行をつかさどる役を演じている——これは先の第二の指摘とも関連している——ことが、物語の早い回に分かるようにしてある。たとえば、最初の大阪での場面において、二郎はお貞さんの結婚のことで岡田夫妻に会ってその取次ぎの役を演じていることは誰の眼にも明らかである。この役だけでなく、以後、彼はこの物語の中心となる、兄の一郎とお直の夫婦関係における仲介者のような役割を演ずることにもなる。また、最後の章である「塵労」においても、一郎の件で家族とHさんとの間で仲介の役を買って出ている。以上の三点から判断してみるなら、われわれには上記の千谷説が十分に納得できる説であることが理解できるであろう（千谷七郎『漱石の病跡——病気と作品から』勁草書房、一九六三年）。

ところで、この作品においては、さらに小説の構成についての評価をめぐって、諸家の説は大きく二つに分かれている。構成のあちこちにゆるみが見えるという指摘（江藤淳）がある一方で、用意周到なる準備と緻密な構成のうえに展開されているという説（森田草平、荒正人）が他方にある。しかし、この二つの説とは別に、これら二説はともにどちらも正当な指摘であるとする解釈もある。この説は宮井一郎によってとなえられた。彼によると、確かに漱石は『彼岸過迄』の失敗を受けて、その失敗を取り戻すために、並々ならぬ決意のもとで『行人』の連載に取り組んだという。それゆえに用意周到に準備を重ね、構成を構想していたと思われる。ところが、連載を継続しているうちに例の神経の病気がぶり返してきて、連載を中断せざるを得なくなる。そして、半年間の休載の後に連載が再開されたが、それが最後の章にあたる「塵労」であった。しかし、この章をそれ以前に書かれていた章との関連において見るとき、両者の間には生命的な連続性のとぼしいことが明らかである。その主な理由は、前半で展開されていた「性の争闘」の主題が後半になると後景にしりぞいてしまい、「塵労」にいたっては、一郎の苦しみ――とくに当時の漱石に特有であった神経の病の症状を思わせるような記述――がその中心をなしてしまうことになるからである。そのために両者の間には連続性が見られないことになってしまったというのである（宮井一郎『漱石の世界』講談社、一九六七年）。われわれは、宮井のいう二点――前半部における緻密な構成、また前半部と後半部における生命的な不連続性――を承認することができるが、同時に後者の指摘については、後に示すように連続性が部分的に保たれているという視点を提示したいと思う。

さて、以上のように表題の解釈および小説の構成についての理解の大枠を示してきたが、このことは小説の解釈の方向をも指し示すことになるはずである。そこで、このような前提に基づいて、次の四点について論じていくことにしたい。

(1)前半で主に展開される幾つかの「性の争闘」のかたちを整理し、それらを我執の現われである「嫉妬の問題」としてとらえること。そのとき、女性をめぐる男性間の嫉妬と見えるものが、実は男性たちの女性に対する嫉妬ではないかと考えられること。

(2)先の指摘を受けて、一郎と二郎はなにゆえにあれほどまでにお直という女性に嫉妬を覚えなくてはならないのか――これは、男性が女性に覚える根源的な嫉妬といえるのではないか、ということ。

(3)後半部で展開される、一郎をとらえる苦悩とは一体何か。とりわけ彼のいう「心臓の恐ろしさ」と「宿なしの乞食《こじき》」の不安とは何か、について考察を試みること。

(4)もしも一郎の苦悩に救済があるとするなら、それはどのようなものなのか、少なくとも筆者漱石はそれをどのようにとらえていたかを提示してみること。

嫉妬のかたち

『行人』という小説は、明治期、都会の上流階層の家庭における人間関係を描いた、いわば家庭小説の体裁をとっている。しかし、そこで描かれる人間関係は、通常、われわれが家庭小説というジャンルから思い浮かべるような生やさしいものではとうていあり得ない。『彼岸過迄』『行人』『こころ』と続く三作品は俗に「我執三部作」と呼ばれているが、確かに『行人』においても、我に強く固執する人たちの姿が濃密に描出されている。先にふれた宮井によるなら、この作品では「性」をめぐる男女両性の嫉妬が描かれるはずであったという。というのは、前作『彼岸過迄』で展開されるはずであった我執の問題、とりわけその現われである「嫉妬」という主題が、そこでは十分に表現され得なかった。そのために、次回作『行人』においてこそ、その主題が展開されなくてはならなかったであろう、というのである(宮井、前掲書、一四八―九頁)。

このようなとらえ方はあながち見当外れとはいえない。なるほど、この作品においては夫婦兄弟の間での「性の争闘」が取り上げられ、それが極限とも思われるところまで追求されているからである。一郎と二郎とお直の三者（この三者関係を以下において〈後者〉と呼ぼう）をめぐる感情のあやは複雑に入り組んで、読者の予想をはるかに超えるところまで描かれずにはいなかった。この〈後者〉の三者関係が展開される以前に、小説ではもう一つの三者関係が描かれていた。それは二郎と友人の三沢、そして前夜に二郎が出会った芸者の「あの女」の間に生ずる「性の争闘」のことである。この関係の描写が、小説のとっかかりになっているために、いわば、〈後者〉の三者関係の前奏曲をなしているかにも思える。それゆえに、われわれは「あの女」をめぐる二郎と三沢の間での三者関係を〈前者〉と呼んでおくことにしたい。

二郎は大阪で三沢が到着するのを待ち受けていた。彼と一緒に高野山に登るという約束をしていたためである。先に大阪にやって来たのにはまた別な理由があった。というのは、二郎は、長野家でお手伝いをしているお貞さんの縁談の仲介役を果たすことを、両親からおおせつかっていたからである。ところが、遅れて到着した三沢は酷い暑さと疲労のために持病の胃の調子を悪化させて病院に入院してしまう。その病院で、二人は「あの女」に遭遇してしまうのだが、二郎はというと、一目で「あの女」に興味を抱かずにはいられなくなる。実は、その女性は先夜に三沢が見知った芸者であったが、不思議な因縁というべきか彼女も胃病のために三沢と同じ病院に入院してくることになる。こうして、「あの女」に対する三沢と二郎の興味は日ごとに増していくことにならずにはいないのだが、反面でまた、二人はそのことを互いに隠しあっており、両者は彼女をめぐって牽制しあうことになる。とりわけ、二郎は自分に先んじていると思われる三沢に対して激しい嫉妬を覚えてしまう。しかも、この感情が彼の内部で日増しに増大してくることになるのである。

二郎・三沢・「あの女」の三者の関係について考えてみるなら、明らかに二郎は「あの女」をめぐって三沢に嫉妬を感じているといってよい。恋愛の対象である「あの女」に対して、三沢の方が自分よりも接近していると思われるところが、二郎に嫉妬を引き起こす主な要因になっている（さらに〈前者〉の背後にはもう一つの三者関係が存在していた。病院で三沢の世話をする「美しい看護婦」が二郎と親しくなっていくのを見て、三沢が二郎に嫉妬をおぼえるからである。つまり、ここには総計三つもの三者関係が描かれているともいえる）。R・ジラールにならっていうなら、嫉妬とは愛の対象である女性（O）の、主体A、Bに対する「愛の配分」の相違から由来するといえるからだ。対象（「あの女」）の愛をA（三沢）の方がB（二郎）よりも多く所有していると思えることが、二郎の嫉妬の原因である、と同時に、その感情の増幅の源である。

……自分〔二郎のこと―引用者注〕はどうしても三沢と「あの女」とをそう懇意にしたくなかった。三沢も又、あの美しい看護婦をどうする了簡《りょうけん》もない癖に、自分だけが段段彼女に近づいて行くのを見て、平気でいる訳には行かなかった。其処に自分達の心付かない暗闘があった。其処に持って生れた人間の我儘《わがまま》と嫉妬《しっと》があった。其処に調和にも衝突にも発展し得ない、中心を欠いた興味があった。要するに其処には性の争いがあったのである。そうして両方共それを露骨に云う事が出来なかったのである。（夏目漱石『行人』新潮文庫、一九八九年〔一九五二年〕、六一頁。なお、以下の頁数はすべてこの版による）

読者は、二郎の巻き込まれた三者関係を、筆者がなぜこれほどまで克明に描かなければならなかったかを、読み進むうちに知ることになる。実は、この三者関係〈前者〉はもう一つの三者関係〈後者〉を浮上させるための背景をなしているのだ。しかも、ここにおいても二郎は関係者の一人にされるのであるが、こちらの三者関係〈後者〉は先の三者関係〈前者〉よりもはるかに深刻である。というのも、それは嫂《あによめ》をめぐる兄弟二人の間に生ずる「性の争闘」であるからだ。この三者の関係を詳しく述べるためには、彼らの所属する長野家という家族の関係にふれなければならない。

長野家は都会の上流階層に属する家族として設定されている。父はもと高級官僚で、現在は引退しているが、かつての知人との関係において、今でも社会的勢力をある程度は有しているとされている。家族は、両親と一郎・二郎の兄弟、妹のお重、それに一郎の妻お直とその子どもという七人の家族から成り立っている。長野家は今でも武家風の家風に支配されているので、長男の一郎は他の子どもたちとは違って、特別な保護をもって大切に育てられた。そのために、一郎はわがままな性格の持ち主であり、他の兄弟とは異なる特別な地位を有している。家族の誰もが彼を長男として扱い、一歩距離をおいて接さざるを得ない存在とされている。

このような親族共同体における地位が、一郎に家族から孤立した状態を生み出すことにもなっている。彼は大学で進化論を教える立場にあるが、この職業もまた彼の気難しさを助長させる要因である。これに対して二郎は、次男という地位のために、両親から比較的気楽に育てられており、家族の誰もが彼を呑気なお調子者と思っており、常日ごろからそのような存在として対応されている。

嫂のお直が、長野家において唯一人気を許して彼に応対できるのは、二郎のこうした地位とその性格から由来しているのであり、それらから切り離しては考えられない。お直は長男の一郎に嫁して一女の母であるが、長野家にあっては、嫁として常に気をはっていなければならないことは明らかである。

もう一つの三者関係はこの三人をめぐって生ずる。誰の眼からしても、一郎とお直との夫婦関係がうまくいっているようには思えない。じじつ、母親は絶えず両者の関係を気遣っているが、こうした家族からの視線がさらにお直に緊張を強いることにもなる。一郎はといえば、お直が自分には示したこともない親しさの感情を、二郎に対して見せることを気にして、お直は自分よりも二郎の方に好意を寄せているのではないかと疑心にかられている。そして、遂にはこのことを二郎に打ち明けるのである。

「直は御前に惚《ほれ》てるんじゃないか」
兄の言葉は突然であった。かつ普通兄の有っている品格にあたいしなかった。〔中略〕
「……何も文《ふみ》を拾ったとか、接吻したところを見たとか云う実証から来た話ではないんだから。……」
「だって嫂《ねえ》さんですぜ相手は。夫のある婦人、殊《こと》に現在の嫂《あによめ》ですぜ」（一一五―六頁）
あげくに、彼は二郎にとんでもない提案をするのであった。

「……実は直の節操を御前に試《ため》して貰いたいのだ」
自分は「節操を試す」という言葉を聞いた時、本当に驚いた。〔中略〕只あっけに取られて、呆然《ぼうぜん》としていた。（一二八頁）

ところが、この提案は思いがけないかたちで実現される。兄の、嫂を和歌山見物に連れていってほしいという二郎への依頼を受けて、二人して出かけたところ、暴風雨に遭遇して帰れなくなり、二人は図らずも一夜を宿屋の同じ部屋で過ごすはめになったためである。問題は、その晩の二人が対面する場面である。「正直なところ姉さんは兄さんが好きなんですか、又嫌《きらい》なんですか」と問い詰める二郎に対して、嫂は涙をぽろぽろこぼしながら、「兄さんが好きか嫌いかなんて。妾《あたし》が兄さん以外に好いてる男でもあると思っていらっしゃるの」（一四七頁）と答える。それを見て二郎は可哀そうに思って、自分のハンカチで涙をふいてやりたい気持にかられる。そして、場面はますます緊迫した情景となっていく。

室《へや》の中は裸蠟燭の灯《ひ》で渦を巻くように動揺した。自分も嫂も眉《まゆ》を顰《ひそ》めて燃える焔《ほのお》の先を見詰めていた。そうして落付のない淋《さび》しさとでも形容すべき心持を味わった。〔中略〕真黒《まっくろ》な空が真黒いなりに活動して、瞬間も休まない様に感ぜられた。自分は恐ろしい空の中で、黒い電光が擦《す》れ合って、互に黒い針に似たものを隙間《すきま》なく出しながら、この暗さを大きな音の中に維持し

ているのだと想像し、かつその想像の前に畏縮《いしゅく》した。(一五七頁)
迫り来る暴風雨の音を聞きながら、二郎は普段の彼女からはとても想像し得ない過激な発言を聞くのである。

「……妾《あたし》死ぬなら首を縊《くく》ったり咽喉《のど》を突いたり、そんな小刀細工をするのは嫌《きらい》よ。大水に攫《さら》われるとか、雷火に打たれるとか、猛烈で一息《ひといき》な死に方がしたいんですもの」〔中略〕
「……嘘《うそ》だと思うならこれから二人で和歌の浦へ行って浪でも海嘯《つなみ》でも構わない、一所に飛び込んで御目に懸けましょうか」〔中略〕
「……大抵の男は意気地《いくじ》なしね、いざとなると」(一五九―六〇頁)

こうしたお直の対応を見聞きするうちに、二郎は彼女に〈無気味なもの〉〈恐ろしいもの〉を感じてしまうのだが、こうした得体の知れない力に、翻弄されながら、他方でどこかまた楽しさをも享受する。

嫂は何処からどう押しても押し様のない女であった。此方《こっち》が積極的に進むとまるで暖簾《のれん》の様に抵抗《たわい》がなかった。仕方なしに此方が引き込むと、突然変なところへ強い力を見せた。その力の中《うち》にはとても寄り付けそうにない恐ろしいものもあった。〔中略〕自分は彼女と話している間始終彼女から飜弄《ほんろう》されつつある様な心持がした。……その飜弄される心持が、自分に取て不愉快であるべき筈だのに、却て愉快でならなかった。〔中略〕嫂に対しては何処となく無気味な感じがあった。そうしてその無気味さが甚《はなは》だ狎《な》れ易い感じと妙に相伴《あいともな》っていた。（一六〇―一頁）

そして二郎は、お直の有する〈無気味なもの〉〈恐ろしいもの〉は、彼女を超えた女性そのものに由来するのではないかと感じてしまう。ここにおいて二郎が覚えている〈無気味さ〉〈恐ろしさ〉は、女性なるものの有する力であるといってよかろう。この〈力〉こそが一郎と二郎を魅き付けるとともに、その〈得体の知れなさ〉に当惑を感じさせ、ひいては彼ら両者の間に対立を生じさせている。一郎が二郎に対して嫉妬を感じるのは、二郎の方が自分よりもお直の愛情を多く受けていると思われるところに、つまり二郎の一郎に対する愛の配分の優位性にあった。またそれゆえに、二郎はお直に「狎《な》れ易い感じ」を抱いたのであった。しかしながら、この嫉妬の感情は一郎対二郎の間にのみ生じているのではない。一見そう見えるのではあるが、実はそうではなく、二人ともが女性の〈無気味さ〉〈恐ろしさ〉〈得体の知れなさ〉に翻弄されているのだ。ここにはそれゆえに、男性が女性に感じる嫉妬（羨望）が描かれているというべきである。[*1]

この点は、「帰り」の節における列車の中で、二郎が想像する場面においてさらに明確に描き出されている。この場面で重要なのは、二郎が自分も兄と同じ立場であったなら、兄以上に神経をわずらわしていたであろうと思いいたるところである。自分の有している優位性は既に問題ではなく、「まるで八幡《やわた》の藪《やぶ》知らずへ這入った様に、凡《すべ》てが解らなくなった」（一六三頁）。そのあげく、彼は兄と嫂とを次のように思い描くことになる。

凡ての女は、男から観察しようとすると、みんな正体の知れない嫂の如きものに帰着するのではあるまいか。〔中略〕よし並べたって最後の一句は正体が知れないという簡単な事実に帰するだけであった。或は兄自身も自分と同じく、この正体を見届ようと煩悶《はんもん》し抜いた結果、こんな事になったのではなかろうか。自分は自分が若《も》し兄と同じ運命に遭遇したら、或は兄以上に神経を悩ましはしまいかと思って、始て恐ろしい心持がした。（一六三―四頁）

そして、自分たち男は、この〈正体の知れないもの〉に巻きつかれてにっちもさっちも行かない状況に追い込まれてしまわずにはいられないのではないか、と判断する。こうした状況を、思わず二郎は青大将に巻きつかれた兄の姿として想像してしまうのである。

何だか柔かい青大将に身体《からだ》を絡《から》まれるような心持もした。〔中略〕その寝ている精神を、ぐにゃぐにゃした例の青大将が筋違《すじかい》に頭から足の先まで巻き詰めている如く感じた。自分の想像にはその青大将が時々熱くなったり冷たくなったりした。それからその巻きようが緩《ゆる》くなったり、緊《かた》くなったりした。兄の顔色は青大将の熱度の変ずる度に、それからその絡みつく強さの変ずる度《たび》に、変った。（一七八―九頁）

漱石が描出する女性には、このお直の系統に属する女性が数多く登場するといってもよいだろう。たとえば、『三四郎』の美禰子、あるいは『それから』の三千代などがそうである。[*2] 彼女たちが示す〈力〉は一体どこに由来するというべきなのだろう。これを解釈するにはJ・ラカンの〈現実界〉の考えに頼るのが適当であろう。ラカンによると、われわれは意味のある領域である〈世界〉に住んでいる。そこは言語を中心にした「法＝掟」によって秩序づけられた領域をなしており、人は生まれた限り母子一体の状態から切断されて、この領域に入っていかざるを得ない。これが象徴的父による去勢である。人は人である限りこの過程を避けることはできない。ところが、〈世界〉の内にあっても、人は自分が由来した〈世界〉の外との結びつきを幻想のかたちで維持せずにはいられない。この〈世界〉の外こそ〈現実界〉である。〈現実界〉はいまだ象徴によって分節化されない余剰（名付け得ないもの）であり、それゆえに〈もの〉として〈世界〉の内に侵入するとき、〈世界〉はそのカオス（〈力〉）によって破壊されずにはいない。女性は〈世界〉の内にいながら、この外部と結び付いているとされる。彼女たちが有するとされる〈力〉はここに由来するのである（西山けい子「黒猫の棲む領界」『Becoming』第三号、一九九九年）。

以上見てきたように、〈前者〉と〈後者〉の三者関係があたかも対照させられるかのように構成されていた。ともに一人の女性をめぐる男たちの「性の争闘」（嫉妬）と見えるのだが、二つを重ね合わせてみるなら、男たちが女性に恐れを抱いていることが分かるであろう。彼らは彼女たちの、その〈正体の知れなさ〉に嫉妬（羨望）しているとみるべきではあるまいか。この点を次の節ではより具体的に述べていくことにしよう。[*3]

「ありていの本当」の自分と無気味なもの

われわれは、一郎も二郎も、その態度の奥底にお直という女性に対する嫉妬を隠し持っていると述べてきた。すると当然ながら、次のような疑問が浮かんでこずにはいないだろう。「彼ら男性たちはなぜ女性を妬ましく思わずにはいられないのだろうか」と。この疑問は、二郎がお直に抱いた気持をさらに詳しく見ることによって理解できるようになる。二郎から兄さんが好きか嫌いかと問われて、嫂は泣き出してしまう。その姿を見ているうちに、二郎はますます彼女が可哀そうになって、思わず自分のハンカチで彼女の涙をふいてやりそうになる。「彼女の顔に手を出したくて堪《たま》らなかった。けれども、何とも知れない力が又その手をぐっと抑えて動けないように締め付けている感じが強く働いた」（二四七頁）。明らかに、こうした情景からも、二郎が嫂に好意以上のものを抱いていることがよく分かる。もし、彼がこの気持に正直に答えて、彼女の顔に手を出していたとしたら、二人は恐らく嫂と義弟という関係を超えてしまっていたに違いない。

自分のなかの気持に自然に従おうという意欲と、それを強く引きとめる力とが葛藤する場面は何もこの状況にのみ限られているわけではない。我を通すことと自分の内の自然に従って生きることとは強く結合している。漱石は、これをこの小説のなかでは「ありていの本当」の心（自分）と呼んでいる。「ありていの本当」の自分になることは、個人としての自己のあり方の理想である。しかし、二郎が恐怖をもって危惧するように、「ありていの本当」の自分として生きようとするなら、今までの、家族を含めたすべての関係を破壊してしまうことになる。これ以前の作品において漱石は、このようにしか生きることのできなかった人物たちを描いてきた。たとえば、『それから』の代助、『門』の宗助たちがそうであった（この点については「コラム2」、第一章で述べてきた）。ところが、『行人』に登場する男たちには既に彼らのような生き方はできなくなっていると思われる。

親族共同体の掟（法）を破ってしまうことは、二郎には、〈世界〉の破壊につながると意識されている。だからこそ、嫂に手を貸すことができなかったのである。しかし、自分が「ありていの本当」として生きることが、個人としての本領であるなら、〈世界〉の向こう側に位置する、〈世界〉の外に向かわざるを得ないことを自覚していたはずである。その意味において、お直が示す〈無気味さ〉〈恐ろしさ〉〈得体の知れなさ〉とは〈世界〉の外を示す表徴であるといってよいだろう。

同様にして、一郎もお直との感情的な合一を希求していた。親族共同体における孤立、そして彼の教養に見合うことのない社会における孤立――このような状態のなかで最も身近な存在であるお直との間にのみ、せめて感情的な次元で一致することを求めていたのである。「自分はどうあっても女の霊というか魂というか、所謂《いわゆる》スピリットを攫《つか》まなければ満足が出来ない」（一二一頁）。彼自身もお直のうちに、二郎が認めた〈得体の知れなさ〉を感じ取っていたはずである。さらにまた、彼自身こそが個人として生きることを誰よりも強く望んでいたといえるはずである。

作田啓一が述べたように、個人主義における個人とは、社会の外部に位置する超越的なものとの一体化を介してのみ、個人として成り立つことが可能になるとするなら、一郎がお直のうちに見ていたのは、二郎が見ていたのと同様に〈外部性〉であったといってよいだろう。[*4] 彼もまた「ありていの本当」の自分でいるためには、外部との融合がなくてはならないと感じていたからである。つまり、一郎も二郎もともに「ありていの本当」の自分であらんがためには、〈世界〉の内部からその外部に向かわざるを得なかったのであり、それゆえに二人ともが、〈外部性〉の体現者であるお直に固執しなければならなかったのである。言い換えるなら、彼らはともに、自分たちに欠けているはずの〈外部性〉をお直に見いだし、その所有者である彼女に嫉妬していたのである。

それでは、なぜ一郎はお直の愛を得られなかったのだろうか。思うに、お直は一郎の態度のうちに欺瞞を感じ取っていたからではないだろうか。確かに、一郎は他の人よりもはるかにすぐれた知性と教養を有する人物であり、二郎が認めたように詩人の資質にもめぐまれ、何よりも自分に正直に生きることを望んでいることは、お直にもよく了解できていたはずである。「まるで妻に恋人を求めているようだ」と評されるように、彼は親族共同体のなかの妻に「純一無比な愛」を求めようとする。親族共同体に属する妻の地位と、「純一無比な愛」とが両立できるかのように信じている。二郎が恐怖を覚えるように、また一郎がダンテの神曲の一部（「パオロとフランチェスカの恋」）を引いて述べるように、純一な愛の追求は親族共同体そのものの秩序を破壊せずにはいない。一郎は、このような、〈世界〉の内部に外部をもたらす行為が、〈世界〉そのものを破壊せしめることに自覚的ではない。この無自覚を自己欺瞞と言わずして、われわれは何と言えばよいのだろう。彼は、自分の父に世渡り上手の欺瞞性を見いだして軽蔑を表白するが、自分の内なる欺瞞性には無頓着なままである。一郎のこのような欺瞞性は何もこの点に限られたものではなく、二郎に自分の妻の貞操を試してみてくれと依頼する場面においても露わになっていたことを、われわれは確認しておかなければならない。*5

お直はこうした一郎の傲慢とも見える欺瞞性に抵抗している。あるいは佐藤正英がいうように、「妻に恋人を求めることの幼さに抵抗をおぼえている」と言ってもよいだろう。彼女自身がいうように、彼女は「腑抜《ふぬけ》」のように生きるほかない存在である。後に、二郎に告白するように、親族共同体の内に人の力により植え付けられた女性たちには、諦めにも似た気分が支配しており、「ありていの本当」の自分は放棄されねばならないからである。

「……妾《あたし》なんか丁度親の手で植付けられた鉢植《はちうえ》のようなもので一遍植られたが最後、誰か来て動かしてくれない以上、とても動けやしません。凝《じっ》としているだけです。立枯《たちがれ》になるまで凝としているより外に仕方がないんですもの」(二七三頁)

彼女がいつも浮かべる淋しい表情、「淋しい片靨《かたえくぼ》」は決して彼女の単なる性格というわけにはいかない。女らしさ〈外部性〉を豊かに蔵しているお直は、そうした「ありていの本当」の自分を生きたいと希求する近代的な女性としても描かれている。

彼女は男子さえ超越する事の出来ないあるものを嫁に来たその日から既に超越していた。或《あるい》は彼女には始めから超越すべき牆《かき》も壁もなかった。始めから囚《とら》われない自由な女であった。(二七六―七頁)

このようなところがお貞さんに代表される古いタイプの女性とは大きく異なるところであろう。そしてまた、彼女の〈外部性〉に男たちが魅かれることも、先に見たように正当というべきであろう。しかし他方で、彼女には、一郎や二郎と違って、「ありていの本当」の自分を希求することすら許されてはいない状況がある。親族共同体のなかの嫁という地位にあって、彼女は「ありていの本当」の自分を押し殺して生きるほかはなく、生きながらに死んだ状態、「腑抜」「魂の抜殻」として生きることを強いられている。

こうしてみるなら、一郎も二郎も、そしてお直も、ともに「ありていの本当」の自分でありたいと強く願っているにもかかわらず、そうなれないように強いられて、ただ呆然と立ち尽くしているといえるだろう。このことを佐藤正英は次のように的確に述べている。

> 彼ら三人は、近代日本に生まれたがために必然的に背負いこまざるを得ない運命をわけもっている。そして、同じように立ちすくんだまま動けずにいる。そのことによって互いにのっぴきならない葛藤に陥っている。葛藤は、彼らの孤立をいっそう深める。彼らはそれぞれ、さびしい存在として、ひとり苦しまねばならない。（佐藤、前掲書、五九頁）

われわれには、孤独で淋しい存在であるのは一郎だけではなく、二郎も、そしてまたお直も同様であることが確認できたというべきであろう。

外部性の喪失と個人

「塵労」の章は、漱石の病のために五ヵ月の中断を経て書き継がれた。そのために、宮井一郎のいうように、以前の章との間に生きた結びつきの欠けていることは否めない。前章までの中心的な主題であった「性の争闘」はその影をひそめ、一郎の不安と苦悩とが前面に押し出されるところとなった。前節で述べたように、三人が三人とも「ありていの本当」の自分になろうとして、なり得ないがために、立ち尽くすほかはなかったのであるが、この三人が抱える孤独を最も突き詰めて探求していったのが、一郎である。その意味で、一郎を三人の代表としてとらえるならば、この章は以前の章との間に部分的な連続性を保有していることになるであろう。

それでは、一郎が経験している不安と苦悩とは一体何であるのか。それを考えるには、ここにおいても小説の内容を調べるほかはない。一郎は一緒に旅に出たHさんに自分の胸の内を打ち明ける。まず、彼は、家族のなかにあっての自己の孤立について、次のように述べる（なお、以下においてはHさんの二郎宛ての手紙にそくして記述されているので、一郎のことが「兄さん」と呼ばれることになる）。

「兄さんはただ自分の周囲が偽《いつわり》で成立している」（三四六頁）と言い、「社会に立ってのみならず、家族にあっても一様に孤独であるという痛ましい自白」（三四五頁）をする。こうした自白を聞きながら、Hさんは兄さんの不幸を次のように評する。兄さんは鋭敏すぎる神経の持ち主であり、「美的にも倫理的にも、智的にも鋭敏過ぎて」、世の中の方が兄さんよりもはるかに立ち遅れている。兄さんはそのことに堪え切れないのだ。そして、「自分のこうと思った針金の様に際《きわ》どい線の上を渡って生活の歩を進め」ざるを得ないが、「その代り相手も同じ際どい針金の上を、踏み外さずに進んで来てくれなければ我慢しない」ことになる。

兄さんの予期通りに兄さんに向って働き懸ける世の中を想像してみると、それは今の世の中より遙《はるか》に進んだものでなければなりません。〔中略〕兄さんも自分でその苦しみに堪え切れないで、水に溺《おぼ》れかかった人のように、ひたすら藻掻《もが》いているのです。（三四八頁）

ここには、あくまで自己の基準（美的・倫理的・智的）に執着する兄の姿が描き出されている。この一郎の生き方には、この作品の直後になされた講演「私の個人主義」のうちで言及された、「自己本位」の生き方を貫こうとした漱石の姿が、二重写しに重なってしまうほどである。それは、「あくまで自己に始まって、自己に終わる」という我執の追求といってよい。しかも、この追求が極限にいたるまでになされていて、一郎自身の告白にあるように、狂気の様相を呈するほどである。しかし、注意をしなければならないのは、一郎の不安と苦悩は家族からの、あるいは社会からの孤立に由来しているとはとても思えないことである。確かに、それらは遠因の一つといえるかも知れないが、少なくとも、Hさんの手紙の記述から読み取る限り、それらとは別な要因があると言わなければならない。

それではその要因とは何なのか。作田啓一は、個人主義について述べた先の著書（注4を参照）において、次のような二つのことを定式化した。その一つの指摘は、個人は社会の外部に出て、そこで超越的なものに出会い、それとの一体化を通して個人になることができる、ということ。すなわち、個人は社会の外部に位置する超越的なものと出会い、それを自己の内に取り込み、それが〈個人の尊厳〉の前提になるということである。超越的なものとの出会いこそが、社会内における自律の根拠になるということである。さらに、もう一つの指摘は、近代化された社会においては、〈社会＝内部〉と〈超越的なもの＝外部〉とが相互に入り込み混じりあうところとなり、そのために後者が俗化されていく傾向にあることである。近代化にともない、聖なるものはその力を減退させ、超越的な外部が衰退していく。そのために外部の喪失は〈個人の尊厳〉に基づく個人の自律性を弱体化させる結果となり、近代社会における個人主義の中身を稀薄化させずにはいないことになる。

一郎の我執（個人）の追求は、個人主義の可能性にいわば正面から答えようとする試みであるといえる。〈外部性〉を有さない世俗的な社会にあって、個人に執着し、さらに個人であることの根拠を追求するならば、一体どのような事態にいたるのか——そのような実験結果を、彼の苦悩と不安はありありとわれわれに示してくれていると言えないだろうか。

ここでさらに、われわれは〈外部性〉を別な観点からとらえ返してみよう。H・ベルクソンのいうように、われわれ人間は宇宙の大きな生命の流れのうちに位置している。個人とはこのような生命の流れの一部を切り取り、それを囲い込んだ存在である。超越的なものとわれわれが呼んできたものとは、このような宇宙的な生命の流れのことであり、それと遭遇するとは個がこの生命の流れのうちに位置することの自覚を意味する。大きな流れの一部を囲い込むことを「個体化」と呼ぶなら、生命存在たる人間の個の根底には個体化が不可欠であることになる。この個体化された個が、社会のうちで社会化されることによって「個人」となることができる。

したがって、個体化の過程は個としての「存在」を保証することになる。現に自分が在るということは、自己＝存在者という場所があるのであり、それにともなって、周囲の対象それ自体も存在することになる。それゆえに、〈外部性〉の喪失とは今まで述べてきたことの逆を意味することになる。つまり、外部を喪失するとは生命全体との接触の喪失であり、自己の場所、それにともなう他のものの根拠の喪失ということになり、ひいては存在の根源的な根拠が失われることになるであろう（千谷、前掲書）。一郎が自分の居場所がないと言い、いつも自分は何かに追い立てられている気持がすると言うのも、また、自分の行なう行為には目的がないために、手段が手段にもならないと嘆くのは、このような事態と結び付いている。自分の場所をもたない存在は、存在者としての場所がないのであるから、絶えず追い立てられた気分にならずにはいないだろうし、周囲との関係が成立しないのであるから、自分の行為に目的をもつこともできないし、行為のための手段が手段にもなるはずがない。これが「宿なしの乞食」の不安である。

さらに、彼はこう自白する。

「君の恐ろしいというのは〔中略〕つまり頭の恐ろしさに過ぎないんだろう。僕のは違う。僕のは心臓の恐ろしさだ。脈を打つ活《い》きた恐ろしさだ」（三三五頁）

先に見たように、〈外部性〉の喪失とは生命の流れから取り残されるということであった。生命の流れとは言い換えるなら宇宙のリズムということである。このリズムからはずれてしまうならば、彼は自分が生きているという感覚からも取り残されてしまうことになる。社会の内部での孤立は、彼のいう「頭の恐ろしさ」をもたらすであろうが、生命の流れから、また宇宙のリズムからはじき出されるということは、一郎のいうように本人には「心臓の恐ろしさ」として実感されるはずである。

それでは、生命の流れから疎外され、社会の内部でのみ「ありていの本当」の自分であろうとすることは、一体どのような状況を招くことになるのか。自律の根拠を有することもなく、それでもなお自律を追求するならば、当人には悪循環が待ち受けているというほかはない。鳥は空気の抵抗を利用することで飛翔することができるが、真空にあっては飛翔することは不可能である。一郎は譬えていうなら、真空の中で飛翔を試みる鳥に似ている。はばたいても、はばたいても飛び立てない鳥は、ますます強くはばたこうとするであろう。その果てには疲労困憊した姿が思い浮かんでくるが、一郎の狂気とはこのような姿であるといえるのではないだろうか。

「絶対即相対」の意味

「死ぬか、気が違うか、それでなければ宗教に入《い》るか。僕の前途にはこの三つのものしかない」(三四八頁)という一郎の苦しみは、恐らく人間の極限の苦しみといってよいだろう。それはHさんのいうとおり、宗教の領域にかかわることでもあろう。しかし、神を信じない一郎にはそれは閉ざされた道といえる。ところが、一郎は禅の坊さんの話をしながら、その坊さんのようになりたいともらす。

「どうかして香厳になりたい」と兄さんが云います。兄さんの意味はあなたにも能く解るでしょう。一切の重荷を卸して楽になりたいのです。(三七四頁)

神をもたない兄さんは、その重荷を神にあずかってもらうこともできない、とHさんは言うのだが、それでは兄さんには一切の救済の方途が閉ざされているのかというと、そうもいえない。ほんの一瞬のことではあるが、この苦しみを忘れる瞬間が彼に訪れるからである。Hさんも見抜いていたように、われわれにはそこに救済にいたる道が示唆されているように思われる。それはどのような場面であったのか、われわれはその情景を詳しく調べてみなければならない。

兄さんは、とある別荘の庭で多数の蟹が庭の一角を這い廻る情景に見とれて、立ち尽くしてしまう。

兄さんは暑い日盛に、この庭だか畑だか分らない地面の上に下りて、凝《じっ》と蹲踞《しゃが》んでいる事があります。〔中略〕着いた日などは左隣の長者の別荘の境に生えている薄《すすき》の傍《そば》へ行って、長い間立っていました。〔中略〕兄さんは近づいた私を顧みて、下の方にある薄の根を指さしました。

薄の根には蟹《かに》が這《は》っていました。〔中略〕しばらく見ているうちに、一匹が二匹になり、二匹が三匹になるのです。仕舞には彼処《あすこ》にも此処にも蒼蠅《うるさ》い程眼に着き出します。

「薄の葉を渡る奴があるよ」〔中略〕

兄さんがこういう些細《ささい》な事に気を取られて、殆んど我を忘れるのを見る私は、甚《はなは》だ愉快です。

（三六七―八頁）

Hさんのいうとおり、この見惚れている一瞬においては見る自分と見られる対象とが一体化している。「蟹に見惚れて、自分を忘れるのさ。自分と対象とがぴたりと合えば、君の云う通りになるじゃないか」（三六九頁）。つまり、兄さんが憧れている「香厳」（禅の坊さん）になるというわけだ。このような自己と対象とがその境界を消失して、自他未分になる状態を溶解体験という。先に見たように、われわれ人間は宇宙の生命を一時的に囲い込んで個体化し、その個体化した個が社会という枠の中に入ることで社会化され、社会的な存在と化すはずであった。この〈個体化―社会化〉された存在である個人は常に自と他との間に両者を分かつ境界を有さないわけにはいかない。社会化されるとは、境界化されるとも言い換えることができる。そして、この自己と他者を分ける境界という壁が強くなればなるほど、自己と他者とを貫いて両者の底に流れる生命すなわち社会の外部の〈力〉への感受性は弱められてしまう。個体化を通して生命の流れのうちに自らの場所を得た個が、過剰な境界化によってその流れから切り離され、取り残されてしまうと、自己は不安と孤立の極限へと追い込まれていくほかはない。一郎がそうであったように、溶解体験とはこの境界を解いて、社会化から個体化へといわば先とは逆の道筋をたどることになる。〈社会化から個体化へ〉とたどりなおすことにより、われわれは一郎と同様に生命の流れのうちにもどることが可能になるだろう。[*6]

個体化した個を生命の大きな流れにもどすことは、スピノザのいう〈所産的自然〉から〈能産的自然〉に還ることを意味している。囲い込まれていた自然＝生命の枠がはずれて、大きな生命の流れ、すなわち〈産む自然〉に回帰すること、それは生命の息吹にふれることである。溶解体験を介して〈能産的自然〉にふれるとき、個は個という相対を失って、絶対になっているといえる。それは、Hさんのいうように、所有という次元を超えてしまうことでもある。自分は自分を所有しているのではなく、自分が自然、宇宙の回路に編入されて、所有を失うことであると同時に自然、宇宙に所有されることでもある。

兄さんの所謂《いわゆる》物を所有するという言葉は、必竟《ひっきょう》物に所有されるという意味ではありませんか。だから絶対に物から所有される事、即ち絶対に物を所有する事になるのだろうと思います。神を信じない兄さんは、其処に至って始めて世の中に落付けるのでしょう。（三七〇頁）

ここにいたって、われわれは兄さんの奇妙な言動の意味が理解できたといえるであろう。というのは、兄さんは野に咲く百合を指さして、あれは僕のものだと言うからである。

兄さんは時々立ち留まって茂みの中に咲いている百合《ゆり》を眺めました。一度などは白い花片《はなびら》をとくに指さして、「あれは僕の所有だ」と断りました。〔中略〕兄さんは又足の下に見える森だの谷だのを指して、「あれ等も悉《ことごと》く僕の所有だ」と云いました。（三四三頁）

「神は自己だ」と兄さんが云います。〔中略〕
「僕は絶対だ」と云います。
〔中略〕一度《たび》この境界《きょうがい》に入れば天地も万有も、凡《すべ》ての対象というものが悉《ことごと》くなくなって、唯自分だけが存在するのだと云います。そうしてその時の自分は有《ある》とも無いとも片の付かないものだと云います。〔中略〕俄然として半鐘の音を聞くとすると、その半鐘の音は即ち自分だというのです。〔中略〕絶対即相対になるのだというのです。（三六〇―一頁）

それでは、一郎はこの経験によって完全に救済されたといえるのだろうかと新ためて問うならば、われわれは救済は示唆でしかなかったと答えるしかあるまい。宮井のいうように、この我執の涯に示された救済の道は、やはりあまりにも観念的であり、いまだ完全に漱石のものになっているとはいえないからだ、と答えるべきではないであろうか。だからこそ、次に『こころ』が書かれねばならなかったのである。しかし、観念的な示唆が、本当に体得されるのは『道草』にいたってからではないか。そうした根拠を第三章で示したことがあるので、ここではそれにゆずることにしよう。

以上のように、われわれは「この小説の前半と後半には不連続性と同時に連続性がある」という解釈に基づいて述べてきた。これにそっていうなら、一郎が求めていた救済についても、連続と不連続という両者の側面があるのではないだろうか。

まず、不連続な側面としては、前半において一郎はお直との「純一無比な愛」の一体化を希求していたのに対して、後半においては、蟹に見惚れて立ち尽くす姿にあらわされるように、自然との一瞬間の一体化のうちに我を忘れることに救済を見つけていた。一郎の求める対象には明らかな違い〈不連続〉がある。ところが、この両者にはまた連続性も存在している。「純一無比な愛」も「自然との溶解体験」も、ともに〈世界〉の外部に関係していることである。一郎は図らずも同じようにこの〈世界〉の外を希求していたといえる。ここに前半と後半を結び付ける、もう一つの連続性をわれわれは看て取ることができる。

しかしながら、一郎はあれほど強く望んでいたお直（女性）の愛を得ることはできなかった。女性のうちに〈世界〉の外の表徴を読み取り、それに強く魅かれながらも拒絶され、そこから撤退を余儀なくされるという状況は、漱石の男性主人公たちに共通するところでもある。それはなぜなのかという問いは、稿を改めて解明される必要があるが、ここにわれわれは漱石その人を重ね合わせてしまわずにはいられないことも確かである。そしてまた、一郎が禅の坊さんに憧れ、自然との一体化に救済を見ようとした点においても、われわれは漱石その人の性癖を見てしまうのである。〈世界〉の外からの呼び声はいつも女性から自然へと逸らされてしまうこと、ここに漱石の生の痛ましさを読み取るとしたら、それは不遜であると非難されることなのであろうか。

注

＊1　これは宮井の指摘することと同じである。彼はそれを「男性が原罪のように背負っている嫉妬」である、としている（前掲書、一四九頁）。

＊2　ついでにいえば、三沢が出会った「少し精神に異状を呈していた」娘さんも、この系統の女性であると思われる。娘さんの「黒い眸は始終遠くの方の夢を眺《なが》めているように恍惚《うっとり》と潤って、其処に何だか便《たよ》りのなさそうな憐《あわれ》を漂よわせて」いて、「自分の孤独を訴えるように、その黒い眸を」彼に向けるのであった（七三頁）。

＊3　正確には男たちが女性に羨望を感じているというべきかも知れない。しかし、女性が男たちよりも〈力〉をより多くもっていると思えるのは、それだけ「神の愛の配分」を受けているともいえるのであるから、嫉妬と解しても許されるのではないか。

＊4　作田啓一「文学・芸術におけるエロスとタナトス」『岩波講座　現代社会学8　文学と芸術の社会学』岩波書店、一九九六年。同『個人』（一語の辞典）三省堂、一九九六年。なおこの点についても第一章で述べてきた。

＊5　お直の貞操を試すことは、反面、二郎の貞操を試すことになるが、「おまえのいうことならなんでも信じられる」という一郎の言葉には一郎の最も忌み嫌っているはずの「偽りの技巧」という契機が含まれている、と佐藤正英は指摘するが、その通りである（佐藤正英『隠遁の思想――西行をめぐって』東京大学出版会、一九七七年）。

＊6　このような生命への立ち戻りを、別な個所では「超社会化」と名付けている。拙論「社会化論を超えて」亀山佳明・麻生武・矢野智司編『野性の教育をめざして――子どもの社会化から超社会化へ』新曜社、二〇〇〇年。

コラム1　淡雪の精

夏目漱石といえば、誰でもすぐに『吾輩は猫である』や『こころ』という長編の作品を思い浮かべるだろうが、小品ともいうべき作品が数多くあることは意外に知られていないかもしれない。ここではそのような小品のひとつである『文鳥』を紹介することにしよう。

小春日和の続く晩秋のある日、伽藍のような書斎で漱石が頬杖をついていると、弟子の鈴木三重吉がやってきて、文鳥を飼えとしきりに勧める。そこで漱石は、お金を渡してすべてを彼にまかせることにした。その後しばらくして、三重吉は鳥籠に文鳥をいれてやってくる。文鳥の飼い方をひととおり講釈したあと、漱石は縁側の硝子戸の前に置かれた鳥籠とともにとり残されることになる。

次の朝いつものように遅く起きだした漱石は、さっそく文鳥の籠を取り出してやる。文鳥は既に起きていたとみえて、漱石の方を首を傾けて見るのである。「文鳥の眼は真黒である。瞼《まぶた》の周囲《まわり》に細い淡紅色《ときいろ》の絹糸を縫い附けた様な筋が入っている。眼をぱちつかせる度に絹糸が急に寄って一本になる。と思うと又丸くなる。籠を箱から出すや否や、文鳥は白い首を一寸傾《かたぶ》けながらこの黒い眼を移して始めて自分の顔を見た。そうしてちちと鳴いた」（『文鳥・夢十夜』新潮文庫、一九七六年、一一―一二頁。以下の引用頁はすべてこの版による）。

漱石はそこに小さなものの可憐さ、いとしさを覚えて次第に文鳥に惹かれていくことになる。「文鳥はぱっと留り木を離れた。そうして又留り木に乗った。留まり木は二本ある。〔中略〕その一本を軽く踏まえた足を見ると如何にも華奢《きゃしゃ》に出来ている。細長い薄《うすくれない》紅の端に真珠を削った様な爪が着いて、手頃な留まり木を甘《うま》く抱え込んでいる。〔中略〕しきりに首を左右に傾《かたぶ》ける。傾けかけた首を不図《ふと》持ち直して、心持前へ伸《の》したかと思ったら、白い羽根が又ちらりと動いた。〔中略〕ちちと鳴く。そうして遠くから自分の顔を覗き込んだ」（一二一頁）。

＊

当時、漱石は大学を辞し、朝日新聞に入社して間もないころであった。半年に一本の割合で小説を連載するという約束で雇われた、いわば朝日新聞専属の作家であった。そのために書斎に閉じこもって終日筆を走らせていなければならなかった。「飯《めし》と飯の間は大抵机に向かって筆を握っていた。静かな時は自分で紙の上を走るペンの音を聞く事が出来た。伽藍の様な書斎へは誰も這入って来ない習慣であった。筆の音に淋しさと云う意味を感じた朝も昼も晩もあった」（一二三頁）。

そして仕事の合間をぬっては縁側に出て、文鳥の入った籠を覗きこむのであった。「自分は又籠の傍《そば》へしゃがんだ。文鳥は膨らんだ首を二三度竪横《たてよこ》に向け直した。やがて一団《ひとかたまり》の白い体がぽいと留まり木の上を抜け出した。〔中略〕さすがに文鳥は軽いものだ。何だか淡雪《あわゆき》の精のような気がした」。「文鳥はつと嘴《くちばし》を餌壺の真中に落した。そうして二三度左右に振った。奇麗に平《なら》して入れてあった粟がはらはらと籠の底に零《こぼ》れた。文鳥は嘴を上げた。咽喉《のど》の所で微《かすか》な音がする。又嘴を粟の真中に落す。また微な音がする。その音が面白い。静かに聴いていると、丸くて細やかで、しかも非常に速《すみや》かである。菫《すみれ》程な小さい人が、黄金《こがね》の槌で瑪瑙《めのう》の碁石でもつづけ様に敲《たた》いているような気がする」(一四頁)。

こうして漱石は文鳥の可憐なしぐさに心惹かれ、書斎をぬけだしては鳥籠を覗き込み、また書斎に引き返すという日課を続けながら日々を過ごすことになるのである。

しかし、こうした日課もしばらくのうちであった。当初のものめずらしさは、日がたつにつれて薄れていく。三重吉に教わった給餌や水のやり方もしばらくは続いたのであるが、仕事の忙しさに追われるにつれ、これも次第に人任せになっていく。「小説は次第に忙しくなる。朝は依然として寝坊をする。一度家《うち》のものが文鳥の世話をしてくれてから、何だか自分の責任が軽くなった様な心持がする。家のものが忘れる時は、自分が餌をやる水をやる。籠の出し入れをする」。

初冬の霜の降りるころ、次第に寒さが増していくにつれて、文鳥は漱石を含めて人々の注意をひくことが稀になり、うっちゃられることが多くなっていく。——そして恐れていたこととはいえ、破局は突如としてやってくる。「帰ったのは午後三時頃である。玄関へ外套を懸けて廊下伝いに書斎へ這入る積りで例の縁側へ出てみると、鳥籠が箱の上に出してあった。けれども文鳥は籠の底に反っ繰り返っていた。二本の足を硬く揃えて、胴と直線に伸ばしていた。自分は籠の傍《わき》に立って、じっと文鳥を見守った。黒い眼を眠《ねぶ》っている。瞼の色は薄蒼《うすあお》く変った」(二二頁)。

＊

ここまで読んできて、私たちは文鳥の死に驚くことはないだろう。というよりも、ある時点から死を予感していたといってもよい。あるいはこうも言える。漱石が綴る可憐で愛くるしいしぐさの表現にはいつも死がはらまれていた、と。しかし、いざその死に当面してみるとき、哀切さはひときわ私たちの胸にせまってくる。

一体全体、文鳥はどこから来たというのだろう。かつて古《いにしえ》の人たちは小鳥を黄泉の国からの使者であると考えていた。とりわけ祖霊の生まれ変わりと思っていたふしがある。冬場、彼らは小さな鳥となって山から降りて来て、私たちの庭に姿を見せるのである。漱石の描く文鳥もそうした祖霊の生まれ変わりととれないこともない。しかしながら、文鳥のみせる可憐なしぐさ、愛らしさを思うとき、その解釈とは少し違うのではないかという感じを抱かずにはおれないことも確かである。

読後に残る文鳥に対する私たちの印象は、やはり、手にとってみるとあっという間に消えてしまう、あの淡雪の持つそれに似ている。この世にふっとまぎれ込んできて、あっという間に消えさるもの、私たちの心を一瞬の間につかんでしまいながら、それを反芻する間もなく立ち去ってしまい、ただ、淡い憧れを悔恨が包み込んだような哀切さのみが後に残される。

それはまたこうも表現できるだろう。私たちの住む世界にはどこかに裂け目があって、そこから世界の外部に位置するものが侵入し、一瞬目の前をよぎっていく。それはあるときは木の間からもれる陽の光の乱舞であったり、橋上で聴く不思議なささやき声であったり、そしてまた淡雪のような文鳥であったりするのだ。世界の外部から来訪したものだから、名づけようもないもの——たとえば、「それ」としか呼びようのないもの——なのである。

＊

漱石が文鳥を見たとき、文鳥は「いきなり眼をしばたたいて、心持首をすくめ」て、漱石を見返す。そのしぐさのなかに突如昔の記憶が甦る。「昔し美しい女を知っていた。この女が机に凭《もた》れて何か考えている所を、後《うしろ》から、そっと行って、紫の帯上げの房になった先を、長く垂らして、頸筋《くびすじ》の細いあたりを、上から撫《な》で廻したら、女はものう気に後《うしろ》を向いた。その時女の眉は心持八の字に寄っていた。それで眼尻と口元には笑《わらい》が萌《きざ》していた。同時に恰好の好《よ》い頸を肩まですくめていた。文鳥が自分を見た時、自分は不図この女の事を思い出した。この女は今嫁にいった。自分が紫の帯上でいたずらをしたのは縁談の極った二三日後《あと》である」（一五頁）。

漱石のなかで文鳥と記憶の女が重なったのは、両者に共通したしぐさのせいではなかったか。如露《じょろ》を使って文鳥の籠の上から水をかけてやると、文鳥の「白い羽根から落ちる水が珠になって転がっ」り、「文鳥は絶えず眼をぱちぱちさせていた」。「昔紫の帯上でいたずらをした女が、座敷で仕事をしていた時、裏二階から懐中鏡《ふところかがみ》で女の顔へ春の光線を反射させて楽しんだことがある。女は薄紅くなった頬を上げて、繊《ほそ》い手を額の前に翳《かざ》しながら、不思議そうに瞬《まばたき》をした。この女とこの文鳥とはおそらく同じ心持だろう」（一九頁）。

こうして文鳥と重ねられた女性に読者の注意は向けられる。この女性とは何者なのかと。この女性を実在した人物としてとらえ、彼女を漱石の経歴のなかに捜し出すこころみが幾人かの研究者によってなされてきたことを私たちは知っている。しかし、そうして得られた情報から私たちは何を明らかにできるというのだろうか。文鳥は世界の外から不意にやってきて、世界を横切って消えて行ったのではなかったか。それは捉えることは無論のこと、名づけることさえもできない存在であった。この女性についても事は同様であろう。

＊

この作品が書かれる少し前に、漱石はある詩をノートに記している。それはロンドンから帰朝して一年ほどたったころであった。その一部分を書き移してみよう。

I looked at her as she looked at me :
We looked and stood a moment,
Between Life and Dream

ここに描かれた she と私＝漱石は夢と現実のあわいでしか出会うことができない。ちょうど文鳥と私＝漱石が世界とその外とのあわいでしか出会えなかったように。そしてまた文鳥を介して回想された昔の女性にも、過去と現在のあわいでしか出会えなかったのである。

恐らく、と私＝筆者は言うほかはないのだが、「文鳥」の女性はこの時点で既に幽明の境を異にしていたのではないだろうか。生と死のあわいにしかこの女性は住んではいないのだ。私＝漱石は望むときにいつでも女性＝ she に出会えるわけではない。ほんの偶然の折に、しかも一瞬のうちにしか会うことはできない。彼はそうした偶然の出会いの余韻を胸にしまって、その後の生をすごすほかはない。

文鳥の死後にしめした漱石の、誰に向け様もない怒りと苛立ちは察するにあまりある。「家人《うちのもの》が餌を遣らないものだから、文鳥はとうとう死んでしまった。たのみもせぬものを籠へ入れて、しかも餌を遣る義務さえ尽さないのは残酷の至りだ」(二一二頁)。三重吉に出された手紙の文句はただ文鳥の死についてのみ当てはまるのではない。たのみもせぬのに、この世に生まれさせられ、今はこの伽藍のような書斎に閉じこめられ、朝から晩まで机に向かってペンを走らせる自分も同様ではないか。自分は講義をするため、講義のノートをつくるためだけに生まれてきたのではないといった、『道草』の健三の悲痛ともいうべき叫び声さえ重なって聞こえてきそうである。

*

「一日淋しいペンの音を聞いて暮らす」生活のなかに、ほんの一瞬ともいうべき至福のときが訪れた。漱石にかぎらず、私たちは心の奥に木霊《こだま》する哀切な思いを抱いて、その後「淋しさ」に耐えていくほかないのであろう。

コラム2　白百合の至福

夏目漱石の小説『それから』では、物語のはこびに官能的なものが大きな働きをしている。あえていうなら、『草枕』などに代表される官能性を主として描いた前期と、倫理的なものを追求してゆく後期、たとえば『こころ』、とのはざまにあって、この小説はいわばこれら両者の橋わたしをする作品として位置づけることができるかもしれない。

小説のなかでは、三千代が代助を訪ねる場面が二度にわたって描かれている。実はこの二度の訪問が物語のクライマックスでもあるのだが、いずれの場面の背景にも白い百合の花が配置されている。私が官能的なものの作用といっているのは、百合の花の白さとその濃密な香りとが代助と三千代の二人を包み込み、そのことによって物語に変転がもたらされていると思うからである。

三千代はかつて代助がこころをゆるして親しく接していた友人の妹であった。ところが今や別な友人の平岡の妻となっており、二人の再会は数年ぶりのものであった。最初の訪問のおりに、三千代はわざわざ三本の百合の花を買って持って来る。梅雨間近かの雨模様の夕刻、二人はうす暗くなった室で対座する。ほのぐらさのなかに浮き立つ白さと漂う香り。室にたちこめた花の強いにおいに神経が敏感な代助はむせかえりそうになる。なぜ彼女はこんな花を持ってきたのか、ふとそう思いそうになった彼は、そのわけを三千代から聞かされるのであった。

「あなた何時からこの花が御嫌になったの」と妙な質問をかけた。
昔し三千代の兄がまだ生きていた時分、ある日何かのはずみに、長い百合を買って、代助が谷中の家を訪ねたことがあった。そのとき彼は三千代に危《あや》しげな花瓶《はないけ》の掃除をさして、自分で大事そうに買って来た花を活けて、三千代にも、三千代の兄にも、床に向直って眺めさした事があった。三千代はそれを覚えていたのである。（『それから』新潮文庫、一九四八年、一四四頁。以下の引用頁はすべてこれによる）

百合の花とはかつての三人の交流の象徴である。花の白さと香りが代助の過去をよみがえらせ、彼に今は喪ってしまった昔の自己を思い出させる。代助におきる自己の変容は、百合の花を介してやってきたと言ってよいだろう。
三千代の二度目の訪問を迎えるとき、今度は逆に代助自ら数多くの百合を買って来て、大きな水さしに活ける。花々が放つ濃密な香りのなかで、彼女の訪れを待ちながら突如代助は過去とかつての自己とを回復するのである。

代助は百合の花を眺めながら、部屋を掩《おお》う強い香《か》の中に、残りなく自己を放擲《ほうてき》した。彼はこの嗅覚の刺激のうちに、三千代の過去を分明《ふんみょう》に認めた。その過去には離すべからざる、わが昔の影が烟《けむり》の如く這《は》い紆《まつ》わっていた。彼はしばらくして、「今日はじめて自然の昔に帰るんだ」と胸の中で云った。こう云い得た時、彼は年頃にない安慰を総身に覚えた。何故もっと早く帰ることが出来なかったのかと思った。始から何故自然に抵抗したのかと思った。（二二八―九頁）

現在の自己と過去の自己とを隔てていた境界がここでは喪失して、現在のなかに過去が侵入し、両者が溶け合っている。この相互の時間の浸透はいかにして生じたのであろうか。

世界の内に存在する人間は、行動によってだけでなく、知覚によっても世界と接している。視覚を介して百合の白さをみとめるとともに、嗅覚によって花のにおいをかぐのである。知覚による世界との接し方には次のような二つのあり方が区別される。一方のあり方は、対象をモノとしてとらえ、それを客観的な空間に位置づける知覚の仕方である。百合の白さは室の隅におかれた水入れに位置づけられるとともに、香りはその方角からただよってくると認識される。当然のことながら私と花とは区別されており、知覚する主体と知覚される対象とが距離をもってへだてられている。このような客観的な知覚のとらえ方とは別に、もう一つの主観的ともいうべき知覚のあり方がある。

波うちぎわに腰を下ろして、寄せては返す波をながめながらその音を聞いていると、自己の外から聞こえてくるはずの波の音が次第に自己の内部から響いてくるような錯覚をおぼえたことはないだろうか。この現象を次のように説明してみる。異なった波長の音を出す二つの音叉を、少し離し、向かい合わせて置く。両方の金棒を打って音をたてると、それぞれが違った音を出すはずである。

ところがしばらくすると次第に両者の波長が重なりはじめ、ついにはともに共鳴し合うことによって、倍音となってくるであろう。これと同様に、異なったリズムを有する二つの存在、つまり生体としての人間と物理現象としての波の音とが共鳴し合って、互いを分かつ境界線が不分明化していく。こうなると波の音は私の内部から来ているのか、外部から来ているのか区別することが困難になってしまう。私とモノとをへだてている境界が喪失して両者がいわば浸透し合っているからである。このとき私たちには世界がそれまでとはちがって、急に生き生きとしたものに感覚されはじめる。このような知覚の仕方を世界との生きられた接触という。この知覚のあり方は、聴覚を介してばかりでなく、それぞれの知覚を介しても生じうるのである。たとえば代助には百合の花の匂いを介して、世界との生き生きとした接触がもたらされている。

自己の内部と外部を分かつ境界を消失した代助は、まず時間の次元の壁をとり除かれて、過去をとりもどすことになった。とともに、次には意識と無意識との境界もとりはらわれてしまう。彼は自分の父や兄に無意識の自己欺瞞《ヒポクリジー》をみとめていた。実業にたずさわる彼らは、自己の利益を追求しているはずであるのに、そのことを天下、国家のためであるという名目の下に正当化しようとする。とりわけ儒教道徳を信奉する代助の父は、実利追求を時代錯誤の道徳で弁護することで二重の矛盾に陥っているはずであるのに、そのことに気づく気配すらない。この父からの援助によって、代助は自ら労働することもなく、美的で知的な高等遊民の暮らしを送ることができているのだが、父の自己欺瞞に批判的であることによって、依存することから生ずるはずの心の負担をまぬがれてもいる。彼はまた、友人の平岡のように生活のために精神を犠牲にすることは自己の誠実を裏切るものであるとして、平岡に対しても批判的である。

それならば、当の代助は自己欺瞞や不誠実からまぬがれているのだろうか。過去の自己が回復するとともに、他ならぬ自分自身こそが最も無意識の自己欺瞞と不誠実を犯していたことに気づかずにはいられなくなる。彼は自己から何を隠していたのだろう。それは他ならぬ三千代への愛であった。かつて代助は三千代の兄から、兄に代わって妹を教育することを暗黙のうちに期待されていた。自分はいわば代理の兄でもあるのだから、三千代に対する感情は兄弟間のものであると思っていたはずである。平岡から三千代への愛を打ち明けられたとき、代助が義狭心から結婚の仲介の労をとったのも、妹を思う兄の当然の態度と思っていたにちがいない。代助は三千代への自然な恋愛感情を、兄弟間の義務心や友人への義侠心という道徳によって偽っていたのであり、彼自身その欺瞞を自覚することはなかった。つまり生命の欲求を道徳が隠していたのであり、生命の自然な欲求に不誠実であったのである。この自己欺瞞と不誠実のために、代助は生命の源から隔てられることになり、そこから日頃の不安や神経症の症状が由来していたのである。


彼は雨の中に、百合の中に、再現の昔のなかに、純一無雑に平和な生命を見出した。その生命の裏にも表にも、欲得《よくとく》はなかった。利害はなかった。自己を圧迫する道徳はなかった。雲の様な自由と、水の如き自然とがあった。そうして凡てが幸《ブリス》であった。だから凡てが美しかった。

(二二九頁)

意識と無意識を隔てる壁をやぶって発見されなければならなかったのは、三千代への愛を自覚し、それを受け容れる生命の論理であった。この意味で百合の白さと香りは生命のしるしであることは明かであろう。

さて、過去と現在、意識と無意識という二つの隔ての次には代助と三千代を隔てる壁が打ちはらわれることになる。むろん、生命を見出した代助を三千代は受け容れるはずである。なぜなら、百合の花、昔の彼ら、生命、これらに忠実であったのは彼女の方であり、花を持参したのも彼女であったはずであるからだ。

「僕の存在には貴方が必要だ。どうしても必要だ。僕はそれだけの事を貴方に話したい為にわざわざ貴方を呼んだのです」(二三五頁)

この代助の必至の言葉を三千代も必要としていた。それがなければこの先、生きていくことができないかも知れないとすら思っていた。二人の感情の疎隔はここですでに越えられているのだが、さらに二人は社会的な壁によっても隔てられていた。三千代は人妻であるからだ。ここにいたっても彼女はあくまで生命の流れに忠実である。

三千代は不意に顔を上げた。その顔には今見た不安も苦痛も殆んど消えていた。涙さえ大抵は乾いた。頰の色は固《もと》より蒼かったが、唇は確《しか》として動く気色はなかった。その間から、低く重い言葉が、繋《つな》がらない様に、一字ずつ出た。
「仕様がない。覚悟を極めましょう」
代助は背中から水を被《かぶ》った様に顫えた。社会から逐い放たるべき二人の魂は、ただ二人対《むか》い合って、互を穴の明く程眺めていた。（二三九頁）

二人はこう凝《じっ》としている中《うち》に、五十年を眼《ま》のあたりに縮めた程の精神の緊張を感じた（二四〇頁）。

回心した代助、彼を受け容れた三千代、二人を待ちうけているのは、社会からの制裁であった。小説の当初から流れるもう一つの基調低音は赤という色彩に象徴されていた。「こう西洋の圧迫を受けている国民は、頭に余裕がないから、碌《ろく》な仕事は出来ない。悉《ことごと》く切り詰めた教育で、そうした目の廻る程こき使われるから、揃って神経衰弱になっちまう」という代助の言葉にあるように、赤い色彩は近代日本をおおう強迫的な時代の空気をあらわしている。こうした世間の波の中に放り出される代助の眼には、烟草屋の暖簾《のれん》の赤が、売出しの旗の赤が、電柱の赤が飛び込んできて、「仕舞いには世の中が真赤になっ」てしまう。

百合の花の白さがこれらの赤にどのように応じていくのかを知るには、私たちは次の作品『門』をひもとくほかはない。

第二部　夏目漱石にみる個人主義の問題

第五章　自然と自己本位——『草枕』を中心に

夏目漱石は小説その他の著作のなかで「自然」という言葉を頻繁に使用した。このことは既に多くの論者たちの言及してきたところであるが、そうしたもののうちで早い時期のものに吉田六郎の指摘がある。彼は次のように述べていた。「このように漱石にあっては、自然は最高の理想であるが、ひとり外界に横たわる自然がそうであるばかりか、人間の内部にある自然もまた、彼にとっては絶対至上の命令を意味するものであることは、漱石の作品の随所に出てくる自然という言葉が示している。彼は作品の到る所に、不用意に（か或いは注意ぶかくか）自然という言葉を使う」（吉田六郎『作家以前の漱石』勁草書房、改版一九六六年、七〇頁）[*1]。

確かに、漱石の作品を読むなら、読者はいたるところで「自然」という言葉に出会うはずである。最も印象に残る場面の一つを挙げるとすると、『それから』の次の一節が思い浮かぶのではないだろうか。友人への義侠心から代助は三千代に対する自分の気持を裏切ってきたのであるが、そのことの誤りに気づいて昔の自己本来の自分に還ろうと決心する（代助の回心については第一章で述べた）。

「今日始めて自然の昔に帰るんだ」と胸の中で云った。こう云い得た時、彼は年頃にない安慰を総身に覚えた。何故もっと早く帰る事が出来なかったのかと思った。始から何故自然に抵抗したのかと思った。〔中略〕雲の様な自由と、水の如き自然とがあった。(『それから』新潮文庫、一九四八年、二二九頁)

ここで使われている「自然」という言葉にも、吉田の指摘のとおり多様な意味が含まれていて、そのことが作品に奥深さと主人公の葛藤の複雑さとをもたらしている。

ところで、漱石の意識と行動を左右した価値観についても広く知られている。そのような価値観として個人主義を挙げることには誰もあまり異存がないであろう。個人主義の価値観については講演で述べられた内容が有名であるが、漱石を論じるさいに、個人主義の問題が中心に取り上げられたことは比較的少なかったように思われる。よく知られているように、長年の間、英文学の研究を続けるうち、漱石は西洋の文学を論じるにあたって、文学研究では自分の育った文化や歴史を抜きにしてはあり得ないと思うにいたった。その結果、西洋人と異なる自分は自分なりの文学の理解の仕方しかできないのであり、それを是とするほかはないと悟ることになった。後に見るように、ここには先ほどの代助の回心――本来の自分に忠実になること――とつうじあうものがある。われわれは、両者に共通する「自然」と「自己本位」の両概念を結び付けることを通して、漱石における重要な価値観である個人主義の問題に新たな光を投げかけてみたい。

「自然」概念の多義性

柄谷行人は代助の「自然」という言葉について次のように述べている。

人間の「自然」は社会の掟（規範）と背立すること、人間はこの「自然」を抑圧し無視して生きているがそれによって自らを荒廃させてしまうほかないこと、代助がいっているのはこういうことだ。注意すべきなのは、漱石が「自然」ということばをきわめて多義的にもちいていることであり、逆にいえば今日のわれわれならさまざまなことばでいいあらわすものを「自然」というただ一つのことばに封じこめていることである。（柄谷行人『漱石論集成』第三文明社、一九九二年、一二頁）

この多義的な使用は、漱石が西洋の文学や思想の知識とりわけ十八世紀英文学につうじていただけでなく、「自然」という言葉の十九世紀的な使い方の貧困さに対決するためでさえあった、と次のように続ける。

たとえば、思想史家ラヴジョイは、十七、八世紀の思想・文学において、nature ということばは、変幻自在、おそろしく多義的で、あらゆるものを指示しうる切り札であったと述べている。漱石は十八世紀の作家ではない。当人がいうように、「二十世紀の人間」である。しかし彼がイギリスのなかでも十八世紀の文学に深い親近感をおぼえていたのはなぜか。十九世紀においては、「自然」は思想原理としての力をうしない、自然科学や自然主義のようなみすぼらしい地位に転落してしまっている。漱石が日本の同時代の「自然主義」にかこまれながら、「自然」という概念を多義的にもちいたのは、十八世紀の思想・文学に通じていただけでなく、現代すなわち十九世紀の思想的原理に対して根底的に対決するためにはあのプレグナントな「自然」概念にたちかえる必要があったからだ。（同上書、一二一―一二三頁）

われわれは、漱石が意図的に「自然」概念を多義的に使用したという、柄谷の解釈におおむね賛意を表するものである。とはいえ、柄谷のこのような指摘を念頭においてみても、なお追加されなければならないことがある。ラヴジョイの説を柄谷は援用しているが、そこにおいては（漱石がもっていたような）日本や中国の文学や思想についての教養までもが含まれていたかどうかは疑問である。漱石の「自然」概念がプレグナント（意味豊穣）であったのは、漱石の英文学の教養のほかに、中国や日本の文学や思想についての教養が加味され、保持されていたからではないのか。じじつ、漱石は大学生の時期に鴨長明の『方丈記』の英訳を試みていたし、また他方で老子の哲学についてのレポートものしていた。これら二つの事実からしてみても、漱石の「自然」概念には東洋的意味が加わっているはずであると解釈することには、それほどの無理があるとは思われない。

さらにラヴジョイの指摘にもあるように、nature という用語には数十に及ぶ意味があったとされているが、[*2] 少なくとも柄谷はラヴジョイに倣って、その多義性がどのような範囲にわたるものであったかを具体的に示しているわけでもない。十九世紀の自然科学や自然主義のいう貧弱な意味に漱石は対抗していたという、その指摘は重要と思われるが、われわれとしてはプレグナントな意味の範囲がどの程度にまで及ぶものなのか、それを推測するための尺度を必要とする。その尺度から示される指標を通して、「自然」と「自己本位」という二つの概念が漱石においてどのように結び付いていたのか、を把握することが可能になると思われるからである。このために、少なくとも意味の範囲を予想できる尺度をわれわれは構成してみる必要がある。

まず試みに、「自然」という言葉がどのような意味領域を有しているかを『広辞苑』（第五版）を参考にして調べてみることにしよう。そこでは次のような二つの意味群が区別されている。

①（ジネンとも）おのずからそうなっているさま。天然のままで人為の加わらないさま。あるがままのさま。（「ひとりで（に）」の意で副詞的にも用いる）

②㋐〔哲〕（physis（ギリシア）・natura（ラテン）・nature（イギリス）・（フランス））人工・人為になったものとしての文化に対し、人力によって変更・形成・規整されることなく、おのずからなる生成・展開によって成りいでた状態。超自然や恩寵に対していう場合もある。㋑おのずからなる生成・展開を惹起させる本具の力としての、ものの性《たち》。本性。本質。㋒山川・草木・海など、人類がそこで生れ、生活してきた場。特に、人が自分たちの生活の便宜からの改造の手を加えていない物。また、人類の力を超えた力を示す森羅万象。㋓精神に対し、外的経験の対象の総体。すなわち、物体界とその諸現象。㋔歴史に対し、普遍性・反復性・法則性・必然性の立場から見た世界。㋕自由・当為に対し、因果的必然の世界。

以上の定義では意味の幅が一応提示されているが、われわれの当面の課題に照らしてみたとき、これではいまだ十分であるということはできない。そこで『広辞苑』の定義を念頭におきながら、さらなる整理を行なわなければならない。幸いにも伊東俊太郎が「自然」概念の整理を試みており、われわれにはそれを利用することができる。伊東は自然概念をその出自から三つに分類している。一つは、中国語あるいはそれを受けた日本語に由来するもの（これをA群としよう）、もう一つは、西欧の言語を中心にしたもの（B群）、さらにもう一つはロマン主義的な意味を担うもの（C群）である。ちなみに、この伊東の分類に従うなら、先の『広辞苑』の意味群①と②はA群とB群にほぼ該当する。これらA・B・Cの意味群については、伊東の説によってさらなる説明を加えておかなければならない。

A群の意味は中国における「自然」の概念とりわけ老荘思想に由来する。中国語の原義では「自分のままである状態」、「他者の作為や力によるのではなく、それ自身のうちにある働きによって、そうなること」という意味であり、主に副詞ないし形容詞として使用されるが、名詞に転化してもヨーロッパ語系のネイチュアのように森羅万象を統括する意味にはなることはない。老荘思想においては、この「人為の加わらない、おのずからある状態」の意味が政治や処世のよきあり方となり、さらに自然のあり方というものが心と連関づけられ、内面化されて「心の境涯」を表現することになる。日本語に取り入れられると「おのずから」という意味において用いられた。「自然」は「みずからしかる」とも「おのずからしかる」とも訓《よ》まれるが、これは行為主体の立場に立って言うか対象の側に立って言うかの違いであるだけであり、両者の間に根本的な意味の違いは存在しない（伊東俊太郎『自然』〔一語の辞典〕三省堂、一九九九年、一一一―二頁）。

　今日主に用いられる「自然」という概念は西欧に由来するnatureの意味である。これがB群の意味群であるが、わが国においては、「「ネイチュア」の意味での「自然」、山川草木・森羅万象を意味する「自然」は、明治二〇年代にはじまり、三〇年代の初頭にようやく定着した」とされている（同上書、一二二―三頁）[*3]。B群の意味群はさらに幾つかに分かれる。(a)『広辞苑』②の㋐にいう「人工・人為になったものとしての文化に対し、人力によって変更・形成・規整されることなく、おのずからなる生成・展開によって成りいでた状態」という意味は、ギリシャ語の「ピュシス」、ラテン語の「ナートゥーラ」、ヨーロッパ語の「ネイチュア」などに共通するものであるが、「人為によらない」という点ではA群の意味群と一部において重なる。(b)㋑でいう「おのずからなる生成・展開を惹起させる本具の力としての、ものの性《たち》。本性。本質」という意味も「ピュシス」「ナートゥーラ」「ネイチュア」を貫いている意味である。『広辞苑』は日本語においてもこの意味での例を挙げているが、これは大いに疑わしいとされる。「「ネイチュア」の訳語として「自然」が用いられるようになっても、「本性」の意味で「自然」を用いることは日本語ではすくないと思われる」（伊東、前掲書、一一四頁）。(c)㋒でいう「山川・草木・海など、人類がそこで生れ、生活してきた場。特に、人が自分たちの生活の便宜からの改造の手を加えていない物。また、人類の力を超えた力を示す森羅万象」というのは、「ピュシス」に始まって、「ナートゥーラ」「ネイチュア」に受け継がれた意味である。日本ではこの意味での「自然」は、先に述べたようにヨーロッパ語「ネイチュア」の訳語として十九世紀末に用いられ、一九〇〇年頃に定着した。自然科学が扱う「自然」はこの意味のものである。(d)㋓の「精神に対し、外的経験の対象の総体。すなわち、物体界とその諸現象」という意味は、デカルト以来の近代ヨーロッパの思想とくにカントやヘーゲルのそれである。また、㋔の「歴史に対し、普遍性・反復性・法則性・必然性の立場から見た世界」というのは、近代ヨーロッパとくに新カント派の考え方を、さらに㋕の「自由・当為に対し、因果的必然の世界」というのも、近代ヨーロッパとくにカントの思想を下敷きにしている。

C群はロマン主義的な意味をもつ自然観である。十九世紀末には日本においても「自然美」についての関心が起こったが、これは主にエマーソンやワーズワースというロマン主義思想に含まれる自然観念の影響を受けていた。しかし注意を要するのは、伊東もいうように、それは西欧ロマンティシズムの自然観の移入ということにとどまらず、その土台として日本における伝統的な森羅万象観――今日の言葉でいう自然観――が脈々と続いており、それが「ロマン主義的自然観の独特な消化につながって」いたとされる点である。日本の伝統的な自然（森羅万象）観とは、自然と人間とがいわば一つの「根源的紐帯《ちゅうたい》」によって結ばれているという、日本人の心の深層にある感覚あるいは信念のことである。

このような感覚・信念は古くは『万葉集』に見られ、西行、道元、芭蕉、蕪村、一茶、良寛という人たちを介して今日まで連なる心性とされる。たとえば、伊東はこうした心性を表現したものとして、『万葉集』の秀歌（「春の野に霞たなびきうら悲し／この夕かげに鶯鳴くも」）を例に挙げている。この歌では、自然の景色を歌うことが、同時に自己の心を表現することになっている。逆にいうと、「心」は「自然」を歌うことによって、より濃密に表現される。ロマン主義的な自然観は、従来の日本語が有していた「おのずからしかる」の意味と、ヨーロッパ語の「ネイチュア」の意味との混交を表わしており、これら両者の間にある種の摩擦葛藤が生じて、意味の上での誤解や混乱を招いたことも稀ではなかった。

日本語に含まれる「根源的紐帯」という意味に基づく自然観は、「デカルト以後のヨーロッパ近代の物心二元論に対蹠《たいせき》的であるのみならず、この「物」と「心」の分離、「自然」と「人間」の乖離に反逆して、その間にあらためて一体化の橋を架けようとした西欧ロマンティシズムの自然観とも同じものではないことに注意しなければならない」（伊東、同上書、一〇九―一一〇頁）。その相違点として、伊東は二点を挙げる。一つは西欧のロマン主義は科学的自然観を前提にしていることである。すなわちヨーロッパのロマン主義は十七世紀に確立された近代合理主義に対する反動として起こったものであり、そこでは既に主観と客観、心と物、人間と自然は截然と区別され、これら両者は徹底的に分離されていたということである。ロマン主義はこの対立と乖離を前提にして、主体が感情移入することによって自然を主観的意識の内に取り込み、ふたたび自然と人間との間を架橋しようとした。そのため、そこには「憧憬」は見られても、「根源的紐帯」という一体化の確信は存在せず、「成功しないかも知れないという不安」の影が差すことになる。もう一つの相違点は超越者の問題である。ロマン主義にあっては、「自然」と「人間」との架橋にあたって「神」の媒介が前提とされるが、「根源的紐帯」の場合には超越者は必ずしも必要とされず、「その結合はいっそう直接的であり、ある意味ではアニミスティックとさえ言える」ことである（同上書、一一〇頁）。

さて、以上述べてきたことを整理して当面の問題に対処するための指針にしたい。そのためにまずA・B・Cという意味群を三つの円によって示すことにしよう（図3参照）。先に見たように、それらの間には意味の重なりがあったので、三つの円は一部重なるように配置され、重複部分はそれぞれx、y、z、oで表わすことにする。たとえば、A群とB群とが重なる部分（x）は「本具の力」という意味であり、B群とC群とが重なる部分（y）は「ロマン主義がネイチュアを前提にしている」ことであり、最後にC群とA群とが重なる部分（z）は「主観と客観の同化」を表現する。さらに、これら三つの意味群がそれぞれの意味の連接を介して重なる場合（o）が考えられるが、この場合こそ意味の多義性に最も富む領域といえる。

このような整理から示したいことはもう一つある。それは、漱石の「自然」概念にはA群とC群とが強く結合する傾向が見られ、これら両者が（B群の意味を担いながらも）B群に対抗しているということである。自然科学の意味を担う概念――あるいはその影響のもとに展開した自然主義の運動――に対する、漱石の「自然」概念のもつ意味の豊穣さは、こうしたA群とC群の連接に由来していたと思われることである。この意味の連接こそが、彼のいう個人主義と深く結合していることを、以下においてわれわれは説明していくつもりである。

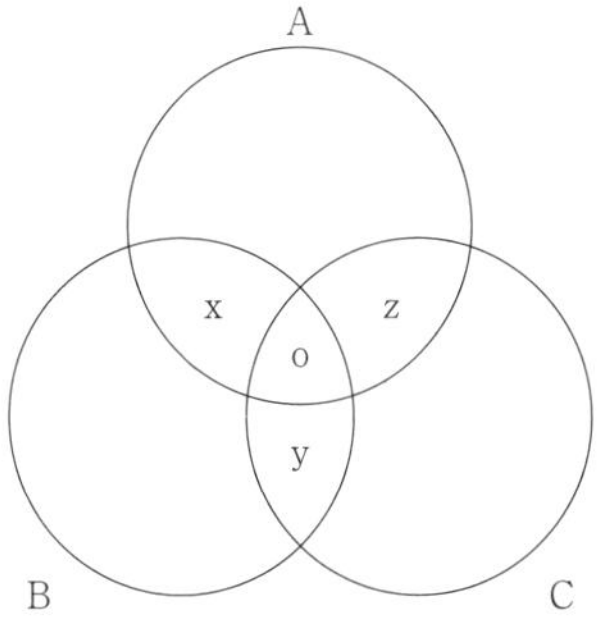

図3

漱石にみる「自然」概念

漱石は四十歳を過ぎてから作家生活に入った。死を迎えるまでのわずか十年足らずの作家活動において、多様な作品を数多く残した。初期の小説作品のうち、最も多く自然について叙述した作品として、われわれは『草枕』を思い浮かべることができる。英文学研究に飽き足らず、彼は小説の創作という領域に足を踏み入れることになったのであるが、文学だけではないその広い教養を生かして多様な形式をもつ作品を書いた。そのような作品群にあって、『草枕』はいわゆる西洋小説というカテゴリーからはずれた、特異な形式に基づいた作品である。そのことを漱石自身も十分に自覚していたと思われる。というのも、彼はその特異な形式を「俳句的小説」あるいは「俳画小説」と名付け、ある意味で誇りにしていたふしがうかがわれるからである。むろん、そこには自然主義的傾向を有する西洋小説に対する反発が含まれていたといえよう。

俳句や俳画がそうであるように、『草枕』という作品では一人の画工が俳句の吟行と同じく、春の自然のなかを逍遙しながら旅をする。そこではとりたてて事件が起こるわけでもなく、その意味からして、この小説は明確なストーリーさえをも欠いているといえよう。それでは自然は一体どのように描かれているのか。

強《し》いて説明せよと云わるるならば、余が心は只春と共に動いていると云いたい。あらゆる春の色、春の風、春の物、春の声を打って、固めて、仙丹《せんたん》に練り上げて、それを蓬莱《ほうらい》の霊液に溶いて、桃源の日で蒸発せしめた精気が、知らぬ間《ま》に毛孔《けあな》から染《し》み込んで、心が知覚せぬうちに飽和されてしまったと云いたい。普通の同化には刺激がある。刺激があればこそ、愉快であろう。余の同化には、何と同化したか不分明《ふぶんみょう》であるから、毫《ごう》も刺激がない。刺激がないから、窈然《ようぜん》として名状しがたい楽《たのしみ》がある。風に揉《も》まれて上《うわ》の空《そら》なる波を起す、軽薄で騒々しい趣とは違う。目に見えぬ幾尋《いくひろ》の底を、大陸から大陸まで動いている灝洋《こうよう》たる蒼海《そうかい》の有様と形容する事が出来る。（『草枕』新潮文庫、一九五〇年、七五頁。以下『草枕』の引用はこの版による）

ここに描かれた春の景色では、そのなかを旅する者が自然の風景と一体化（同化）して「只春と共に動いている」という状態にある。対象物としての「自然」がありながら——それは日本語では山川草木・万物などと称されてきた——が、その対象物とそれを見る主体とが同化してしまい、どちらがどちらとも分明でなくなる状態となっており、夢とも現《うつつ》とも分からぬ「恍惚」の状態が繰り返し描かれている。

されど一事に即し、一物に化するのみが詩人の感興とは云わぬ。ある時は一弁の花に化し、あるときは一双の蝶《ちょう》に化し、あるはウォーズウォースの如く、一団の水仙《すいせん》に化して、心を沢風《たくふう》の裏《うち》に撩乱《りょうらん》せしむる事もあろうが、何とも知れぬ四辺の風光にわが心を奪われて、わが心を奪えるは那物《なにもの》ぞとも明瞭《めいりょう》に意識せぬ場合がある。ある人は天地の耿気《こうき》に触るると云うだろう。ある人は無絃《むげん》の琴《きん》を霊台に聴くと云うだろう。又ある人は知りがたく、解しがたきが故に無限の域に儃徊《せんかい》して、縹緲《ひょうびょう》のちまたに彷徨《ほうこう》すると形容するかも知れぬ。〔中略〕花に動くにもあら

ず、鳥に動くにもあらず、人間に対して動くにもあらず、只恍惚《こうこつ》と動いている。（同上書、七四―五頁）

ここに描かれた主体と対象との同化は、先の節でわれわれが述べた日本文化に伝統的な自然と主体との「根源的一体化」に照応するものであることは明らかであろう。しかしその描写にワーズワースの名が見られるように、そこには西欧ロマン主義的な意味もまた同時に込められている。柄谷もいうように、漱石の使用する「自然」という言葉には彼の広い教養を反映して多様な意味が込められているといってよいが、その一部を読みとるうえでも、われわれは漱石の初期論文やレポートを参照してみる必要がある。

漱石には学生時代に書かれた「老子の哲学」というレポートがある。先に見た『草枕』の自然描写はこの「老子の哲学」で展開された考え方を色濃く反映している、と思わずにはいられない。漱石の指摘によるならば、老子の道徳経は儒教のそれと違って宇宙の生成について述べるところにその主要な特徴がある。「天地の始め万物の母にして混々洋々名づくる所以《ゆえん》を知らざれば無名と云ふ。然し眼睛を一転して他面より之を窺ふときは、天地の始め故天地を生じ、万物の母なる故万物を孕《はら》む」（「老子の哲学」『漱石全集』二六巻、岩波書店、一九九六年、一五頁、句読点引用者）。

儒学が示す世界は三綱（父子・君臣・夫婦の三つの道）や五常（仁・義・礼・智・信）によって表わされる相対的な世界であるが、老子の道徳経はそれを超越した世界を想定している。その超越的世界を源にして、そこから世界のすべてが流出してくると説く。その超越的な領域を「玄」と呼んでもよいのであるが、名前さえそこに由来するのであるから「玄之又玄《げんのまたげん》」と称される。それは宇宙の始まりであり、相対的な世界を超越しているために、そこにおいては人間の行為を方向づける基準（たとえば善とか悪）はいまだ存在することができない。

固《もと》より絶対なれば其中には善悪もなく長短もなく、前後もなし、難易相成すこともなければ高下相傾くることもなく、感情上より云ふも智性上より云ふも一切の性質を有せず〔中略〕其一度び分れて相対となるや、行に善悪を生じ、物に美醜を具へ、大小高下幾多の性質属性雑然として出現し来る。（同所、句読点引用者）

漱石はさらに解説して次のようにいう。「玄之又玄」は人間の生きる相対世界を超えているために、そこに入ることは不可能事である。したがって、それを前提にする哲学によるならば、老子の論を実行することは「出世間的にして実行すべからず」ということにならずにはいない。しかしながら、そこにはただ一つの例外が存在している。「既に情欲を斥《しりぞ》け、次に学問を斥け、最後に仁義礼智を斥け、如何なる者にならんとするやと云ふに、頑是なき嬰児と化せんと願へるなり」という。この嬰児と化すということは、ワーズワースのいう「大人の父としての子ども」と同様の意味となる。ワーズワースは「務めずして得たる piety を賞し」といい、老子は「智を用ひずして自然に合する嬰児を愛す」という。さらに、老子は「自然の気に任じ至柔の和を致す嬰児を愛す」ゆえに「気を専《もっぱ》らにし柔を致して、能《よ》く嬰児たらんか」と続ける（同上論文、二〇頁）。この原理を修身に適用すれば、いわゆる無為の教えとなる。
注意しておきたいのは、漱石が儒学よりもこのような内容をもつところの老荘の思想を好んでいた事実を確認することである。彼は幼い頃より相対的な世界よりも相対的世界の外部にあるとされる「玄之又玄」こそを「自然」ととらえ、そこにいたることこそが自分の最大の願望であるとしていた。そのためには、ワーズワースのいう嬰児となって自他一体の域に入らなければならないが、このような好みと気質は漱石の本質といってよいと思われる。というのも、『草枕』の一節にこれを裏書するような記述が見られるからである。

小供《こども》の時分、門前に万屋《よろずや》と云う酒屋《さかや》があって、そこに御倉《おくら》さんと云う娘が居た。この御倉さんが、静かな春の昼過ぎになると、必ず長唄の御浚《おさら》いをする。御浚が始まると、余は庭へ出る。茶畠《ちゃばたけ》の十坪《とつぼ》余りを前に控えて、三本の松が、客間の東側に並んでいる。この松は周り一尺もある大きな樹《き》で、面白《おもしろ》い事に、三本寄って、始めて趣のある恰好《かっこう》を形つくっていた。小供心にこの松を見ると好《い》い心持になる。松の下に黒くさびた鉄燈籠《かなどうろう》が名の知れぬ赤石の上に、いつ見ても、わからず屋の頑固爺《かたくなじじい》の様にかたく坐《すわ》っている。余はこの燈籠を見詰めるのが大好きであった。燈籠の前後には、苔《こけ》深き地を抽《ぬ》いて、名も知らぬ春の草が、浮世の風を知らぬ顔《がお》に、独り匂《にお》うて独り楽しんでいる。余はこの草のなかに、纔《わず》かに膝《ひざ》を容《い》るるの席を見出して、じっと、しゃがむのがこの時分の癖であった。この三本の松の下に、この燈籠を睨《にら》めて、この草の香《か》を臭《か》いで、そうして御倉さんの長唄を遠くから聞くのが、当時の日課であった。（『草

枕』八八頁）

このように風景の内に同化し恍惚となる状態を、後に漱石は「南画に似た心持」と呼んでおり、おりにふれてこの気分を述懐している。[*4]「自然との一体化」は東洋の芸術の特徴といえようが、漱石が指摘しているように、それは西洋の詩が世俗世界にこだわることと対照的である。「理非を絶した小説は少かろう。どこまでも世間を出る事が出来ぬのが彼等の特色である。ことに西洋の詩になると、人事が根本になるから所謂《いわゆる》詩歌《しいか》の純粋なるものもこの境《きょう》を解脱《げだつ》する事を知らぬ。どこまでも同情だとか、愛だとか、正義だとか、自由だとか、浮世の勧工場《かんこうば》にあるものだけで用を弁じている」のである（『草枕』一一頁）。しかしながら、脱世間的な芸術は二十世紀の今こそ必要になってきている。というのも、われわれ自体も「汽船、汽車、権利、義務、道徳、礼義で疲れ果て」ているので、「凡《すべ》てを忘却してぐっすりと寐込《ねこ》む」ためには、このような東洋の詩歌の功徳が必要とされずにはいないからである。そしてこれを可能にするのが自然である。「自然の力はここに於て尊《たっ》とい。吾人《ごじん》の性情を瞬刻に陶冶《とうや》して醇乎《じゅんこ》として醇なる詩境に入《い》らしむるのは自然である」（同上書、一〇頁）。[*5]

自然に同化して「ある時は一弁の花に化し、あるときは一双の蝶に化し」また「一団の水仙に化して」ということは、相対の世界を脱して「玄之又玄」にいたることである。それはまた老子やワーズワースのいう嬰児と化すことでもあるが、そこでは何ものも特権を有することはなく、存在するものすべてが平等な存在となる。

自然の難有《ありがた》い所はここにある。いざとなると容赦も未練もない代りには、人に因《よ》って取り扱《あつかい》をかえる様な軽薄な態度はすこしも見せない。岩崎《いわさき》や三井《みつい》を眼中に置かぬものは、いくらでも居る。冷然として古今帝王の権威を風馬牛《ふうばぎゅう》し得るものは自然のみであろう。自然の徳は高く塵界《じんかい》を超越して、絶対の平等観を無辺際《むへんさい》に樹立している。（『草枕』一一九頁）

このような平等観をまた漱石はホイットマンに見出していた。何よりも漱石がホイットマンに感激したのは彼が自然に見た平等観であった。彼の詩にはあらゆるものが同等の資格で登場する。「詩人自らも之を詠じて曰く。わが詩を見よ、輪船あつて詩中を横行し、一方に東海あり一方に西海ありて潮流わが詩上に進退し、家あり舟あり村落あつて余が詩面を点綴す」（「ホイットマンの詩について」『漱石全集』一三巻、一三頁、句読点引用者）。すなわち、「平等の取扱をなすこと人間に限るかと思へば左にあらず、人外の事物も亦一様の権利を以て其詩中を往来す」るのである（同上論文、同上書、一二―三頁、句読点引用者）。こうして描かれた世界のもろもろの存在を結び付けるものを、ホイットマンは「霊魂の作用」に見ていた。これに対して漱石は諸物を結び付けるものを何としていたのか。吉田六郎は漱石はそれを「個性の作用」と考えていたのではないかという。「漱石にはホイットマンのような霊魂への信仰はなかった。しかし個性への信仰があった。〔中略〕自己の内界を明らかにしたいという願いはホイットマンの霊魂の信仰と同じほど強烈であった。〔中略〕ホイットマンにとって霊魂の進行《ママ》であったものは、漱石においては個我の理想であった」（吉田、前掲書、六二頁)。

このような個我は自然に同化するとき最もよく自覚される。そのことを『草枕』の一節では次のように表現している。

春は眠くなる。猫《ねこ》は鼠《ねずみ》を捕《と》る事を忘れ、人間は借金のある事を忘れる。時には自分の魂の居《い》所《どころ》さえ忘れて正体《しょうたい》なくなる。只菜の花を遠く望んだときに眼《め》が醒《さ》める。雲雀の声を聞いたときに魂のありかが判然《はんぜん》する。雲雀の鳴くのは口で鳴くのではない、魂全体が鳴くのだ。(『草枕』八頁)

全身全霊で鳴く雲雀はわれわれ人間の魂を呼び覚まさずにはいない。こうして呼び覚まされたものが「個性」である。芸術家は自然と同化することによって魂(個性)の目覚めを得、次にはそれと同様の作用を描く対象との間に生じさせる。しかし、こうした行為はなにも詩人や画工に限られるわけではない。老子の哲学は無為を説くことで修身の議論を欠くことになったのであったが、これに対して漱石は、ホイットマン、ワーズワースを論じることを通して、常人も魂の表現者となることが可能であり、それこそが修身の道であることを示そうとしていたのではないかと思われる。

このように『草枕』という作品には、それ以前の、というよりも漱石の資質の多くの部分(それは初期の論文、詩作、日記などにも表現されている)が表出されているといっても過言ではない。とりわけ、彼が「自然」をどのようにとらえていたかをうかがうことができる。そこには次のような二つの要点が含まれている。一つは、日本古来の自然概念であった「おのずからなる」もの（すなわち山川草木などという万物）に同化する態度のことである。このような万物は世界の外部に由来しているために、それらと同化するなら主体は世界の外部に出てしまうことになる。もう一つは、こうした態度は西欧ロマン主義の考え方につうじる態度であるということである。ロマン主義的芸術（たとえばワーズワースの詩）への漱石の傾倒と、漱石の自然に対する態度とが照応するのである。

白い自然と黒い自然

先の節で述べてきた意味での自然および自然への同化は、『それから』という作品において最もよく表現されている。代助は三千代に会う前に雨の中を花屋に行って、大きな白百合の花を沢山買ってくる。それらを鉢に放り込み、花々をながめながら、立ち込める強い香りの中に「残りなく自己を放擲《ほうてき》」する。そしてこうつぶやくのである。

「今日始めて自然の昔に帰るんだ」と胸の中で云った。こう云い得た時、彼は年頃にない安慰を総身に覚えた。何故もっと早く帰る事が出来なかったのかと思った。始から何故自然に抵抗したのかと思った。彼は雨の中に、百合の中に、再現の昔のなかに、純一無雑に平和な生命を見出した。その生命の裏にも表にも、欲得《よくとく》はなかった、利害はなかった、自己を圧迫する道徳はなかった。雲の様な自由と、水の如き自然とがあった。そうして凡てが幸《ブリス》であった。だから凡てが美しかった。（『それから』新潮文庫、一九四八年、二二九頁）

一瞬の幸（ブリス）の場面の後、彼は現実に引き戻される。「やがて、夢から覚めた。この一刻の幸《ブリス》から生ずる永久の苦痛がその時卒然として、代助の頭を冒して来た」（同所）。三千代に対する愛を裏切ったとき、彼は自己の内の本質である自然に逆らったといえる。自然に逆らうならば、自然は大きな仕返しをもって報いることになる。それについては後に論ずるが、問題は代助が「夢から覚めた」と言っているところである。この描写に現われているように、自然との一体化は一瞬の夢ともいえる状態であり、その夢は日常を破って突然に侵入してくるものである。

けだし人は夢を見るものなり、思ひも寄らぬ夢を見るものなり、覚めて後冷汗背に洽《あまね》く、茫然自失する事あるものなり。〔中略〕夢は必ずしも夜中臥床《がしょう》の上にのみ見舞に来るものにあらず、青天にも白日《はくじつ》にも来り、大道の真中にても来り、衣冠束帯の折だに容赦なく闥《たつ》を排して闖《ちん》入《にゅう》し来る。機微の際忽然《こつぜん》として吾人を愧死《きし》せしめて、その来る所固より知り得べからず、その去る所また尋ねがたし。しかも人生の真相は半ばこの夢中にあつて隠約たるものなり。（夏目漱石「人生」三好行雄編『漱石文明論集』岩波文庫、一九八六年、二九九頁）

これは漱石の熊本時代に書かれた「人生」という文章の一節であるが、夢の中に突如侵入してくるものは、ここにおいても「自然」の姿をとるのである。そこで見せる自然の荒々しさは人間を超えた力を表示しており、人意ではいかんともしがたい様相をもっている。「三陸の海嘯《つなみ》濃尾の地震、これを称して天災といふ。天災とは人意の如何ともすべからざるもの」（同所）ではあるが、この荒々しい自然は『行人』のお直の内的風景でもあったことを、われわれは思い出すことができる。台風の最中、激しく波打つ海の中に飛び込んで見せようという、お直の言葉はそのまま漱石の内的風景でもあった。[*6]

じじつ、荒々しい自然は人間の内部にもあると漱石は述べる。そしてそのような恐ろしい自然は突如内部から姿を現わすという。「不測の変外界に起り、思ひがけぬ心は心の底より出で来る、容赦なくかつ乱暴に出で来る。海嘯と震災は、ただに三陸と濃尾に起るのみにあらず、また自家三寸《じかさんずん》の丹田中《たんでんちゅう》にあり。険呑《けんのん》なる哉《かな》」（「人生」前掲書、三〇二頁）。このような内部からの自然の噴出を漱石は「狂気」と呼ぶのであるが、それは誰の内部にもあって、そのことを彼らは知らぬだけである。「因果《いんが》の大法を蔑《ないがしろ》にし、自己の意思を離れ、卒然《そつぜん》として起り、驀地《ばくち》に来るものをいふ。世俗これを名づけて狂気と呼ぶ。〔中略〕去れどもこの種の所為を目して狂気となす者どもは、他人に対してかかる不敬の称号を呈するに先《さきだ》つて、己《おのれ》らまたかつて狂気せる事あるを自認せざるべからず。また何時《いつ》にても狂気し得る資格を有する動物なる事を承知せざるべからず」（同上文、同上書、二九八頁）。

ところで、先の代助が経験した自然を「幸《ブリス》＝白い自然」とするならば、ここで描かれた自然をわれわれは「狂＝黒い自然」と称したとしても、それほど不都合ではあるまい。漱石にあっては、「白い自然」がその生涯の早い時期に自覚されていたのであるが、これと同様に「黒い自然」も同じく早い時期に根差していたと推測される。というのは、晩年に書かれた自伝的作品『道草』において、その少年時代の回想のなかに、このような黒い自然の出現が記述されているからである。幼い漱石を池の中に引き込もうとした力は彼に底知れぬ不気味さを経験させた。[*7] 他方でまた、この黒い自然は「血に飢えた自然」であり、「復讐を求めてやまぬ自然」、「あらゆるものを破壊してしまわずにはいない自然」でもある。このことを読者に納得してもらうためには、いま少しの説明を必要とするだろう。

明治三十七、三十八年頃の英文の断片には、血と復讐とに飢えた、すさまじい「自然」が記されている。

> Nature likes compensation. Tit for tat! Nature is fond of fight. Death or independence! Nature countenances revenge. Revenge is ever sweet.... It is Nature's law who is our Goddess. We serve our Goddess by killing those good-for-nothing creatures. Revenge! It is our Goddess that cries for revenge. She is blood-thirsty, thirsty for the blood of the scum, raff and mob and outcasts. She wants to smear her face purple with their canine blood. She wants to munch their marrow, gnaw their bones and dance upon their bloated carcasses.（「断片17」『漱石全集』一九巻、岩波書店、一九九五年、一三六頁）
>
> 〔訳：自然は代償を好む。叩かれたら打ち返す！　自然は闘いを好む。死、然らずんば独立独行！　自然は復讐を黙認する。復讐は常に甘美なり〔中略〕それこそ、我らの女神たる大自然の法則たり。吾人は、かかる無益な生きものどもを殺戮して、我らの女神に奉仕するものなり。復讐！　大いに復讐を求めるものこそ我が女神。自然は血に渇えている。人間のかす、やくざ、

暴徒、ならずものの血に渇えているのだ。自然は、彼らの犬のような血潮で顔面を赤く鮮やかに塗りこめんと欲している。自然は、彼らの髄にむしゃぶりつき、彼らの骨を噛み、膨張した彼らの死骸のうえで踊らんと欲しているのだ。」（同上書、四五九―六〇頁）

このような血と復讐とに飢えた自然は、人間の外部からであれ、内部からであれ、「暗黒の世界」のかなた、「天のあるいは地の究極にある狂暴な意志」として、漱石の恐れるところであった。中山和子は次のように言う。「自然は幾百、幾万のいけにえを要求する、地震、噴火、津波の根源でもある。「暗黒の世界」のかなたを恐れるナイーヴな感性の秘密はここにあるだろう。……漱石に罪悪感があるとすれば、それはこの自然への底深い恐怖にもとづくものであってそのほかではないように思う」と述べ、さらに『それから』『門』『こころ』という後期の一連の作品は「漱石にある自然への底深い恐怖だったのではないか」という。たとえば、『門』に見る宗助の不安には「血に渇いた復讐する自然を知る漱石の不安の反映」があり、『こころ』という小説では「黒い狂暴な自然が、運命の冷笑をたたえて復讐するのだ」という。また、『それから』は「端的に自然に復讐された男の物語であった」と結論づける（中山和子「漱石――初期における自然の意味」『文芸研究』第二六号、明治大学文芸研究会、一九七一年、六六―七頁）。

それでは「白い自然」と「黒い自然」の両者の間で、漱石はどうして一方から他方に移行してしまうのであろうか。言い換えるなら、作品には両方の自然が登場し、どう見ても後者の「黒い自然」の登場する回数が多いと思われるが、なぜそうなってしまうのだろうか。これについても、われわれは先の節で論じた「内部と外部との一致」(同化)が漱石の理想であった、という説明によって解釈できるように思われる。

幼児期の漱石が容易に自然に同化できたように、幼児においては自己と対象とを隔てる境界の壁は薄いといえる。そのために、幼児が興味を抱いた対象に向けて意識を集中するならば、容易に境界の壁は溶融して自己と外界とが一体化することになる。このような経験を作田啓一は「溶解体験」と呼んでいる。ところが子どもは成長にともなって、その社会で必要とされる知識や技能および道徳を学習して身につけなければならない。この社会的適応の過程を「社会化」というが、社会化されることは大人になることであると同時に、自己と他とを隔てる壁を形成していく過程でもある。このために大人になるにしたがって、われわれは外界と溶融して一体化することが困難にならずにはいなくなる。

漱石の「南画に似た心持」というのは、このような子どもに特有な自然と自己との一体化の気分を表現する言葉であった。彼は生涯のうちにこの状態を何度となく思い出し、それを作品のあちこちに描き出している。それは既にこの世のどこにもない領域であり、大人になって求めたとしても、容易には得られない経験であった。それゆえにこそ、その経験は彼の理想であったのである。大人になってこの理想状態を体験するには、多くのロマン主義者たちと同様に、漱石においても芸術家になるほかはなかった。漱石が英文学の研究者であることに満足できずに後に小説を書き始めるのは、幼い日に経験した自己と外界との一体化という理想状態を再現しようとしたためではなかったろうか。[*8]

この、われわれの仮説を裏付ける一つの記述がある。先に、漱石の青年時代の書き物に言及してきたが、同じ頃に書かれた漢詩集『木屑録』についてもふれておく必要がある。ここには人間の力を超えた、若々しく咆哮する自然の描写が見られる。これについて中山和子は次のように解説している。

晴天の下にある紺碧の波の、打ち寄せ砕け散る形状の描写は力動感にみちて、今なお新鮮である。飛沫をあげて岩礁に砕ける波に漱石は水の激怒を感じているが、しかし、それはあの英文断片にあったような、暗黒の世界のかなたに発する狂暴な怒り、復讐する自然の怒りではない。〔中略〕波濤の怒りは、若い漱石に「狂愚」という表現をとらせた当時の疎外感を、おのずから投影したものであろう。「世の中に度を合せて行く」ことができぬ自己の、「世の中」に対する怒りが、波の激怒をこころよく思うのである。ともかくも、漱石が明るい房総の海との一体感のなかで、愉快と安息とを得ていたことは確実であり、その安定感が「木屑録」に透明で明晰な印象をあたえていると思われる。日常的世界との違和感が深ければ深いほど、自然との無心な融和は喜びであったろう。（中山、前掲論文、前掲誌、七五頁）

『木屑録』は、青年期といういわば子どもと大人の中間期に作成されたのであるが、そこでは「黒い自然」に対していまだ「白い自然」が優位に立っている。というよりも、黒い自然が白い自然に昇華されているともいえようが、これが可能であったのは青年期という中間の時期であったからであろう。こうしたつかの間の一体化の此方には、日常の世界に対する大きな違和感が生まれていたと推測せずにはいられない。成長の過程で世界の外部に位置する「自然」との同化の機会が失われていくにつれて、人は世界の内部に適応を強いられていく。しかし漱石はこの「日常の世界」に違和を感じずにはいられなかった。「世の中の動きに度を合わせる」ことのできない自己は、逆に「世の中」に対して怒りを生じさせる。この怒りが昂じるなら、言い換えると、彼の魂の故郷である「自然」から疎外される機会が増していくなら、「自然」は世界の外部から、あるいは自己の奥深い内部から夢や狂気となって突如彼を襲ってくるのである。

南画の自然を愛した少年の、日常世界に対する漠たる嫌悪感は、「木屑録」の頃には、自己を「変物」と意識し、「狂愚」と規定する日常世界との違和の自己意識として成長している。〔中略〕「狂愚」ではなく「狂」が漱石にとって本当の自己意識となるのは、みてきたように、明治二十九年の「人生」においてであった。（中山、同所）

こうして日常の世界の只中に自然が「狂」という恐ろしい姿で出現してくるのは、中山のいうように、後期の作品群においてであった。『道草』は最晩年の作品であるが、小説の舞台は漱石が英国留学を終え帰国してまもなくの頃である。彼は東京帝国大学英文科の講師に迎えられるが、その収入のみでは生活が立ち行かないので、そのほかに幾つかの学校の講師を引き受けて忙しく働かなければならなかった。生活力の旺盛さとは逆に、彼はますます「自然との一体化」から引き離されていかざるを得ない。そのような生活の果てに「黒い自然」が狂気の様相をとって彼を襲うのである。「六日目の朝になって帽子を被らない男は突然又根津権現の坂の蔭から現われて健三を脅やかした」（『道草』新潮文庫、一九五一年、七頁）。[9] 作家以前の漱石を脅かす「黒い自然」を受け容れ、自己を休息と救済に導くには、再度、自然との一体化をもたらすしかないのであるが、そのためには先にもふれたように、芸術家、作家になることが残された最後の道であったといってよいだろう。

自然と自己本位

『それから』では、代助は部屋いっぱいに立ち込めた白百合の強い香りの中で自己の変容を経験する。この自己変容は回心であったといえようが、[10] 彼の使用する「自然」という言葉には重要な意味が含まれていた。というのは、そこで述べられる「自然の昔に帰る」という言葉には、三千代に対する愛に忠実に生きようとする決心の意味があったからである。自己の内から「自然」（みずからしかる）に湧き出す愛を世間の義理人情に従って抑圧してしまったことは、偽りの自己を生きることを彼に強いることになったが、そうした自己を放棄して自らの内から湧き出す自己本来の自分に忠実に生きることを表わしていた。

このような自己の変容を経験するのはなにも代助に限られたわけではない。作者である漱石自身が代助と類似した体験をしている。われわれが注目したいのは、その場合においても「自然」が大きく作用していると思われる点である。その一つを彼の英国滞在のおりの経験に見ることができる。「私の個人主義」は晩年になされた講演であるが、そのなかで漱石は若い日の英国滞在の経験の一部を語っている。そこでは英文学を研究することに対する、当時の強い不満が詳しく述べられている。

私は大学で英文学という専門をやりました。その英文学というものはどんなものかと御尋ねになるかも知れませんが、それを三年専攻した私にも何が何だかまあ夢中だったのです。〔中略〕とにかく三年勉強して、遂に文学は解らずじまいだったのです。私の煩悶《はんもん》は第一此所《ここ》に根ざしていたと申し上げても差支ないでしょう。(「私の個人主義」『漱石文明論集』一〇九―一一〇頁)

さらにこう続ける。「私はこの世に生れた以上何かしなければならん、といって何をして好いか少しも見当が付かない。私は丁度《ちょうど》霧の中に閉じ込められた孤独の人間のように立ち竦《すく》んでしまったのです」。何かをしようとして文学を選んだのであるが、どちらを向いても何も分からず、ただぼんやりした状態にうっちゃられて、「嚢《ふくろ》の中に詰められて出る事の出来ない人のような気持」であった。このような状態は、漱石には常に「空虚」と感じられ、また「不安」として経験された。「幸に語学の方は怪しいにせよ、どうかこうか御茶を濁《にご》して行かれるから、その日その日はまあ無事に済んでいましたが、腹の中は常に空虚《くうきょ》でした」、「私はこうした不安を抱いて大学を卒業し、同じ不安を連れて松山から熊本へ引越し、また同様の不安を胸の底に畳《たた》んで遂に外国まで渡ったのでありますす」(同上講演、同上書、一一〇―一一頁)。

それではこの空虚と不安はどこに由来するのか、その正体は一体何であるのか、われわれは彼の記述に従ってそれらを見てみることにしよう。その由来と正体を簡単にいうなら、次のようになるだろう。すなわち、彼は英文学を学べば学ぶほど、自己の「自然」から逸れていかずにはいないということである。彼が学んだ英文学は、彼が幼児より親しんできた漢文学とはおよそ相反するものであった。英文学において文学といわれるものと、漢文学において文学とされるものがまったく異なっていたのである。そのために、漱石はいくら英文学の詩歌を味わってみてもネイティヴたちのようにはいかず、彼らの味読の域にはとうてい行き着くことができないことに気づくのである。「漢学に所謂《〔いわゆる〕》文学と英語に所謂文学とは到底同定義の下に一括し得べからざる異種類のものたらざる可からず」（『文学論』〔『漱石全集』一四巻、岩波書店、一九九五年〕八頁）。

この指摘は、われわれの述べてきた「自然」の概念において最もよく示されていた。『草枕』の画工は西洋と東洋の文学の違いを次のように述べていた。

> ことに西洋の詩になると、人事が根本になるから所謂《いわゆる》詩歌《しいか》の純粋なるものもこの境《きょう》を解脱《げだつ》する事を知らぬ。どこまでも同情だとか、愛だとか、正義だとか、自由だとか、浮世の勧工場《かんこうば》にあるものだけで用を弁じている。いくら詩的になっても地面の上を馳《か》けあるいて、銭《ぜに》の勘定を忘れるひまがない。〔中略〕うれしい事に東洋の詩歌はそこを解脱したのがある。採菊東籬下《きくをとるとうりのもと》、悠然見南山《ゆうぜんとしてなんざんをみる》。只それぎりの裏《うち》に暑苦しい世の中をまるで忘れた光景が出てくる。垣《かき》の向うに隣りの娘が覗《のぞ》いてる訳でもなければ、南山に親友が奉職している次第でもない。超然と出世

間的に利害損得の汗を流し去った心持ちになれる。(『草枕』一一―二頁)

ところで漱石は、自己を悩ましてきたこの空虚と不安に敢然と立ち向かおうと決心する。ロンドンの暗い下宿に立てこもって、「いくら書物を読んでも腹の足《たし》にはならないのだと諦め」、「文学とはどんなものであるか、その概念を根本的に自力で作り上げるより外に、私を救う途《みち》はないのだと悟《さと》」る(「私の個人主義」前掲書、一一二頁)。そこで彼は「余は心理的に文学は如何なる必要あつて、此世に生れ、発達し、頽廃するかを極めんと」して、心理学の本を読み、また「社会的に文学は如何なる必要あつて、存在し、隆興し、衰滅するかを究めんと誓」って、社会学、哲学の書物を紐解くのである(『文学論』前掲書、九頁)。

そしてそれまでの自分の研究を「他人本位」あるいは「イミテーション」と呼ぶことになる。

私のここに他人本位というのは、自分の酒を人に飲んでもらって、後からその品評《ひんぴょう》を聴いて、それを理《り》が非でもそうだとしてしまういわゆる人真似《ひとまね》を指すのです。〔中略〕譬《たと》えばある西洋人が甲という同じ西洋人の作物《さくぶつ》を評したのを読んだとすると、その評の当否《とうひ》はまるで考えずに、自分の腑《ふ》に落ちようが落ちまいが、むやみにその評を触《ふ》れ散らかすのです。つまり鵜呑《うのみ》といってもよし、また機械的の知識といってもよし、到底わが所有とも血とも肉ともいわれない、余所余所《よそよそ》しいものを我物顔《わがものがお》に喋舌《しゃべ》って歩くのです。(「私の個人主義」前掲書、一一二―三頁)

このような他者の上滑りな模倣が「空虚」を生み、自分のものでもないものを我がもののように思い込んで吹聴することが、「不安」をもたらすことを漱石は悟るのである。このような批評は代助が日本の近代化において指摘する議論と同じものであり、また講演「現代日本の開化」において展開される議論とも符合するものである。

これに続いて「自己本位」「インデペンデント」に論が進められる。

たとえば西洋人がこれは立派な詩だとか、口調《くちょう》が大変好いとかいっても、それはその西洋人の見る所で、私の参考にならん事はないにしても、私にそう思えなければ、到底受売《うけうり》をすべきはずのものではないのです。私が独立した一個の日本人であって、決して英国人の奴婢《ぬひ》でない以上はこれ位の見識は国民の一員として具《そな》えていなければならない上に、世界に共通な正直という徳義を重んずる点から見ても、私は私の意見を曲《ま》げてはならないのです。（同上講演、同上書、一一三―四頁）

ここにおいてわれわれは「自然」の概念につうずる道を見出すことになる。「私がそう思う」のは私のなかの自然に従うこと（みずからしかる）であり、それを正直に表明することは本来的な自己に忠実に行動することになるはずであるから。

他人本位から自己本位へ、またイミテーションからインデペンデントへいたったことが、漱石の自己変容の過程であった。

私はこの自己本位という言葉を自分の手に握ってから大変強くなりました。彼ら何者ぞやと気概《きがい》が出ました。今まで茫然《ぼうぜん》と自失《じしつ》していた私に、此所《ここ》に立って、この道からこう行かなければならないと指図《さしず》をしてくれたものは実にこの自我本位の四字なのであります。自白すれば私はその四字から新たに出立《しゅったつ》したのであります。〔中略〕その時私の不安は全く消えました。私は軽快な心をもって陰鬱《いんうつ》な倫敦《ロンドン》を眺めたのです。(同上講演、同上書、一一五頁)

このとき漱石が経験した自己の変容は決して一時的、一過性のものであったのではない。帰国後に次々にものされた『文学論』『文学評論』『文芸の哲学的基礎』において実践されたことを確認するなら、そのことは十分に納得できることである。また、そのことは講演の後半部において述べられることからも明らかである。

しかしながら自己本位というその時得た私の考は依然としてつづいています。否年《いやとし》を経るに従って段々強くなります。……その時確かに握った自己が主《しゅ》で、他は賓《ひん》であるという信念は、今日の私に非常の自信と安心を与えてくれました。(同上講演、同上書、一一六頁)

さらに、漱石は「自己が主である」というときの自己に行き着くまでの大切さを説く。

しかしもしそうでないとしたならば、どうしても、一つ自分の鶴嘴《つるはし》で掘り当てる所まで進んで行かなくっては行《い》けないでしょう。行けないというのは、もし掘り中《あ》てる事が出来なかったなら、その人は生涯不愉快で、始終中腰《ちゅうごし》になって世の中にまごまごしていなければならないからです。〔中略〕何かに打ち当るまで行くという事は、学問をする人、教育を受ける人が、生涯の仕事としても、あるいは十年、二十年の仕事としても、必要じゃないでしょうか。ああ此処《ここ》におれの進むべき道があった！　漸《よう》く掘り当てた！　こういう感投詞を心の底から叫び出される時、あなたがたは始めて心を安んずる事が出来るのでしょう。容易に打ち壊されない自信が、その叫び声とともにむくむく首を擡《もた》げて来るのではありませんか。（同上講演、同上書、一一七―八頁）

漱石のいう掘り当てる自分というのは、ホイットマン論でふれられた個性のことである。その個性こそが当の本人そのものであり、何ものにも代えがたいものである。個性の理想に従って生きることこそが自己になることであり、かつそこに自由が生じるのである。そして、個性の尊重と自由は自己のみに認められるのではなく、「他人に対してもその個性を認めて、彼らの傾向を尊重する」ことが必要であり、また「自分が他《ひと》から自由を享有《きょうゆう》している限り、他にも同程度の自由を与えて、同等に取り扱わなければ」ならないのである（同上講演、同上書、一二三頁）。

漱石は、先の講演のなかで自分のいう自己本位とは個人主義のことであると明快に述べている。従来、日本においては、個人主義という価値観は近代化にさいして欧米から移入された価値観であり、啓蒙主義的な傾向に富むものと理解されてきた。もし漱石のいう「自己本位＝個人主義」が欧米から移入されたものであるとするなら、これまた「人から借りてきたもの」あるいは模倣にすぎないことになり、彼の述べてきたことと矛盾することにならずにはいない。借り物を排する彼の立場からするなら、借り物ではない自己本来の個人主義が想定されなくてはならないはずである。それでは彼のいう個人主義とはどのようなものなのか、それについて考えてみる必要がある。

ここでいう個人主義（individualism）とは、社会を構成する単位である個人に価値をおく価値観のことである。この概念の対になる概念は集団や社会という全体に価値をおく価値観であり、全体論（wholism）と称される。ところでS・M・ルークスは、西洋社会を中心に発達してきた個人主義という価値観の特徴を調べ、それが数多くの意味から成り立っていることを示している。彼はそれらの意味を構成する要素を整理して一一の意味を取り出し、一一のタイプの個人主義を類別しているが、そこには意味の重複が見られた。そのためにさらにそれらを整理するなら、究極的には自律、理性、個性という三つの主要な要素から構成されることになる[*11]。

これら三つの要素について簡単に説明をしておこう。まず自律という要素は、社会や集団を構成する単位である個人が他者、集団、社会から自律した存在であり、自らの行為を自己の決定に基づいて行なうことを意味している。次に理性の要素とは、個人が行為にあたって理性に基づいて検討し、判断する能力のことである。理性はどの個人にも与えられており、理性に従う限り、われわれの判断は普遍的な妥当性を獲得できるとされる。さらに個性の要素とは、どの個人も個人に特有の人格を有していて、それによって個人として尊重されるに値するということである。前者の理性が誰にも与えられた共通のものであるのに対して、後者の個性とは他者との差異を意味している。個人主義の価値観においてはこれら三つの要素を欠かすことはできないが、後にふれるように、これら三つの要素のうちどの要素がより重視されるかによって個人主義にも違いが生じ、幾つかのタイプが区別される。たとえば、G・ジンメルは十八世紀の個人主義は理性を重視するので「理性の個人主義」と、また十九世紀の個人主義は個性を尊重するゆえに「個性の個人主義」と称することが可能であるという[*12]。

次に、これら三つの要素がどのような条件のもとで成り立つのかについて調べなければならない。これについては作田啓一の優れた考察があるのでそれを参照することにしよう[*13]。作田は個人主義の価値観の成立条件について、G・H・セイバインやL・デュモンが述べた西洋思想史の知識を基礎にして次のように整理した。社会の構成単位たる個が個人となるには、個が社会の外部に出ていき、そこにおいて超越的な存在に遭遇し、その超越的なものと融合しなければならない。その後に、彼は社会の内部に帰還し、彼の内に取り込まれた超越的なものの一部を自己内部に確認することによって、個人となることが可能となる。このプロセスは幾つかの条件に分けられる。まず、主体が超越的なものと社会の外部において融合するという条件は、個が個を超えた、さらに社会＝世界を超えたものと融合（同化）することを意味している。言い換えるなら、主体の内部に超越的なものが入り込むことである。超越的なものと融合した個はふたたび社会＝世界の内に戻ってくるのであるが、そのとき彼は自己の内に超越的なものを胚胎していることになる。個の内部に胚胎された超越的なものが個人としての尊厳を与え、それが人格の基盤をなす。社会＝世界を超越したものを基盤に有する以上、彼は社会や集団あるいは他者から自律した存在と化さずにはいない。先の三要素の一つであった自律はこうして成立する。また主体が社会に戻るならば、彼は社会において社会化されるが、常に社会を超えたもの（つまり開いたもの）との交通をめざすことになり、他との普遍的な交通が求められる。これを実現する要素が理性である。さらに超越的なものと融合した個人は、自己の内に他の誰とも異なった個性（個別化された人格）を有することになるが、それを基盤にして自己を発達させることが当人自身になっていくことになる。第三の要素であった個性はこうして形成される。

ここでふたたび漱石の文脈に戻ることにしよう。われわれは既に漱石において「自然」というものがいかに重要な意味をもつものであるかを見てきた。若いうちから、彼は自分を世間の誰とも異なった「偏屈」な人間として自覚していたこと、あるいはまた彼が自然からの呼び声に従うことを辞退しなかったこと、われわれはこれらの事実を指摘してきた。このような点からするなら、漱石のいう「私の個人主義」が決して西洋からの借り物ではなくて、彼本来のあり方に根差したものであるということができるだろう。漱石が自然の内に見ていたものは人間や社会の力で左右できるものではとうていなく、それらをはるかに超越した存在であった。彼自ら「老子の哲学」において述べていたように、その存在を宇宙の力であると言い換えてもよいであろう。そして漱石には幼児の頃からその力と融合同化する資質があったこと、それゆえに成長するにともなってそこから切り離されてしまうことが彼にとって最大の苦痛であり、いつかまたそのような状態を再現することが理想となっていたのであった。ここに描かれた自然こそ、まさに漱石に個人であることを保障する「超越的なもの」以外の何ものでもないであろう。さらに、ホイットマン論でふれられたように、そのような力は誰もが分け与えられているがゆえに、誰もが平等であることになる。そして万人との交通が開かれてあることを保障するのが理性の働きとなる。また自然との融合によって取り込まれた超越的なものの残滓こそが、当人の個性の基盤となるのであり、それを全面的に展開することが人間の義務となる。

貴方方の有《も》って生れた個性がそこに打《ぶ》つかって始めて腰がすわるからでしょう。そうして其所《そこ》に尻を落付けて漸々《だんだん》前の方へ進んで行くとその個性が益《ますます》発展して行くからでしょう。ああ此所《ここ》におれの安住の地位があったと、あなた方の仕事とあなたがたの個性が、しっくり合った時に、始めていい得るのでしょう。(「私の個人主義」前掲書、一二〇頁)

われわれの理解では、「そこ」とは超越的なもの(自然)の残滓ともいえるが、漱石にとっての自然は彼の個人主義の基盤であったといってよい。彼が何ゆえに多義的な自然観――日本的・東洋的な意味、西欧的な意味、ロマン主義的な意味――にこだわったかを、われわれはここにいたって理解できるというべきであろう。彼は講演「創作家の態度」において、文芸や芸術の発展には多様な道筋があるのであって、なにも西洋での発展の形式だけがすべてではないことを強調していた。この論理は個人主義の発達にもあてはまるはずである。つまり個人主義という価値観が発達する過程にはさまざまな道筋があって、西洋に見られる個人主義のみがすべてではあり得ないということになる。漱石のいう個人主義は、確かに英文学や西洋の文化を学ぶことに影響を受けていたとはいえ、その根本は先に見てきたように独特の自然観に基づく独特のものであり、それゆえにこそ彼は「私の」個人主義と呼んだのであろう。

それでは漱石は、このような価値観をもってどのように時代と社会に渡り合おうとしていたのであろうか。これは重要な問題ではあるが、あまりにも多様な知識を必要とするので、ここではその一部にふれることですませておきたい。まず国家について彼はどのように考えていたのか。漱石は個人の自由の尊重は、他者の自由の尊重に基づく必要があると述べた。同様のことが国家との関係についてもあてはまる。個人と国家とは決して切り離すことはできない。国家は個人があってこそ成り立つし、逆に個人も国家の保障の下にあってこそ存在できる。

> 個人の幸福の基礎となるべき個人主義は個人の自由がその内容になっているには相違ありませんが、各人の享有するその自由というものは国家の安危《あんき》に従って、寒暖計のように上ったり下ったりするのです。……つまり自然の状態がそうなって来るのです。国家が危くなれば個人の自由が狭められ、国家が泰平の時には個人の自由が膨脹《ぼうちょう》して来る。(同上講演、同上書、一三三頁)

彼は国家と個人のバランスを問題にするのであるが、同じくわれわれはこのような文脈において彼の博士問題を考える必要がある。芸術家や学者は個人の自由に基づいて表現や研究を行なっている。それゆえに国家はその次元に口を出すべきではない、ましてや特定の流派や人物を国家の名の下に表彰などするべきではない、ということになる。

博士制度は学問奨励の具として、政府から見れば有効に違いない。けれども一国の学者を挙げて悉《ことごと》く博士たらんがために学問をするというような気風を養成したり、またはそう思われるほどにも極端な傾向を帯びて、学者が行動するのは、国家から見ても弊害の多いのは知れている。余は博士制度を破壊しなければならんとまでは考えない。しかし博士でなければ学者でないように、世間を思わせるほど博士に価値を賦与したならば、学問は少数の博士の専有物となって、僅かな学者的貴族が、学権を掌握し尽すに至ると共に、選に洩れたる他は全く一般から閑却されるの結果として、厭うべき弊害の続出せん事を余は切に憂うるものである。余はこの意味において仏蘭西《フランス》にアカデミーのある事すらも快よく思っておらぬ。従って余の博士を辞退したのは徹頭徹尾主義の問題である。(「博士問題の成行」『漱石文明論集』二三八―九頁)

さらにまた、この個人主義という「徹頭徹尾主義の問題」から天皇制に対する彼の見解が導き出される。

天子の威光なりとも家庭に立ち入りて故なきに夫婦を離間するを許さず。故なきに親子の情《じょう》合《あい》を殺《そ》ぐを許さず。もし天子の威光なりとてこれに盲従する夫あらばこれに盲従する妻あらば、これ人格を棄てたるものなり。〔中略〕桀紂《けっちゅう》といへどもこの暴虐を擅《ほしい》ままにするの権威あるべからず。〔中略〕天は必ずこれを罰《ばっ》せざるべからず。天これを罰《ばっ》するはこの迫害を受けたる人の手を借りて罰せしめざるべからず。これ公の道なり、照々として千古にわたりて一糸一毫もかゆべからざる道なり。（「断片」『漱石文明論集』三一九―三二〇頁）

こうして見るなら漱石の個人主義は、国家や天皇制という「閉じたもの」においても常に彼をして「開いたもの」を希求させずにはいない価値観であったことになる。このことは彼の個人主義が「閉じた社会」に由来するのではなく、社会外部の「自然」＝「開いたもの」から由来することと関連している。[*14] 漱石が「事実私どもは国家主義でもあり、世界主義でもあり、同時にまた個人主義でもある」（「私の個人主義」前掲書、一三三頁）と述べるところの、「世界主義」とはそのような「開いたもの」としてとらえる必要がある。個人は国家（閉じたもの）とのバランスの上になければならないというだけでなく、世界主義（開いたもの）とのバランスの上にもなければならないのである。したがって同じことであるが、天皇に対する敬愛の態度を漱石が要求したことはこの延長線上で理解されなければならない。漱石が、天皇を「世界主義」（開いたもの）の体現者とは考えていなかったことは、「皇室は神の集合にあらず。近づきやすく親しみやすくして我らの同情に訴へて敬愛の念を得らるべし」（「日記」『漱石文明論集』三二七頁）からも明らかである。

もう一つの個人主義

漱石は文明開化のもたらすものの一つに「独立自尊」の人間を挙げ、それがまた昂じることによって神経衰弱が増えると指摘している。

現代はパーソナリチーの出来るだけ膨脹する世なり。しかして自由の世なり。自由は己れ一人自由といふ意ならず。人々が自由といふ意なり。人々が自己のパーソナリチーを出来得る限り主張するといふ意なり。出来るだけ自由に出来得《うる》だけのパーソナリチーを free play に bring する以上は人と人との間には常にテンションあるなり。社会の存在を destroy せざる範囲内にて出来得る限りに我《が》を張らんとするなり。〔中略〕彼らは自由を主張し個人主義を主張し、パーソナリチーの独立と発展とを主張したる結果世の中の存外窮窟にて滅多に身動きもならぬことを発見せると同時にこの傾向をどこまでも拡大せねば自己の意志の自由を害すること非常なり。(「断片」前掲書、三二五頁)

これとほぼ同様の内容が先の講演(「私の個人主義」)においても述べられている。独立自尊の自己はなお拡張を求めてとどまるところを知らないが、当然ながら他者の自己もそうであるはずであるから、そこには常に緊張が生じずにはいない。後者の指摘はド・トックヴィルとも共通するところがあるが、個人主義の行き過ぎに対する警告であり、そのために抑制の方策として社会からの拘束の必要性を説くのである。「いやしくも公平の眼を具し正義の観念を有《も》つ以上は、自分の幸福のために自分の個性を発展して行くと同時に、その自由を他《ひと》にも与えなければ済まん事だと私は信じて疑わないのです」(「私の個人主義」前掲書、一二四頁)。「国家が危くなれば個人の自由が狭められ、国家が泰平の時には個人の自由が膨脹して来る、それが当然の話です」(同上講演、同上書、一二三)。

ここにおいて個人主義はまた自由と平等の問題として提起されている。拘束のない自由は個人主義を公共性の欠けた利己主義に陥れ、その結果不平等を生み出すことになる。このように、漱石はここにおいても両者のバランスをとるほかはないという立場にある。こうした姿勢にわれわれは漱石の政治に対する漸進主義を見ることができるだろう。このような漱石の政治に対する見解をもって、彼の個人主義が明治期に移入された西洋の個人主義であるとみなすことで、われわれは今までの意見を変更するわけではない。ルークスの指摘によるまでもなく、個人主義には多くの意味が蓄積されており、それゆえにまたそれは多様な意味作用を許す概念でもあった。漱石の個人主義の意味するところが、西洋的個人主義の内容と矛盾することの少ない主義であったとしても、少しも不思議ではないのである。

次に漱石の個人主義の特徴をより明確にするために、もう一つの個人主義を比較のために提示してみることにしよう。その例をわれわれは明治期の啓蒙的思想家であった福沢諭吉の「独立自尊」に見ることができる。福沢の政治哲学については丸山眞男の優れた考察があり、われわれはそれを参照することにする。比較の軸は主に「独立自尊と自然とがどのような関係にあるのか」という点にあり、われわれとしては福沢のそれを漱石のそれと比較してみるつもりである。丸山のいうように、福沢はその生涯を通して儒学に反論を試みた。「門閥制度は親の敵でござる」という言葉ほど、端的にその間の事情を説明しているものはない。門閥制度を支えているのは儒学の思想であったからである。

丸山によると、儒学とりわけ朱子学においては、人間世界の秩序（封建的秩序）は宇宙の秩序（これを「自然」と称す）を模倣したものであると考える。朱子学では両者（社会秩序と宇宙秩序）は次元こそ異なれ相同であるとされる。その意味において、両者は連続性を有しているといえよう。[*15]そこで意図されているのは、「上下貴賤の差別に基く社会的秩序の基礎づけ」であり、その「基礎づけが共に自然界からのアナロジーに於てなされている」ことである。「社会的秩序は自然現象の間に見出される整合性との対応のうちにその正当性の根拠を」もっており、それは「自然の秩序に相即するがゆえに、まさに自然的秩序と観ぜられる」ことになる。そして、両者を結び付け、補完する論理として「道」が持ち出される。「社会秩序と自然界との相互的な補強は、この両者の基底にある根源的なものの媒介によって可能となるのである。これがすなわちみち（道）と呼ばれるものである。〔中略〕宇宙的秩序を究極的に成立せしめる天理（天道）が人間性に内在しては本然の性となり、社会秩序に対象化されては君臣・父子・夫婦・兄弟・朋友の「倫」となる」（丸山眞男「福沢に於ける「実学」の転回」松沢弘陽編『福沢諭吉の哲学 他六篇』岩波文庫、二〇〇一年、四九―五一頁）。

この論理に従うなら、個は社会秩序からも宇宙秩序からも切り離されることは不可能となるが、これこそ完全な全体論（ホーリズム）の思想であるといえよう。したがって、このホーリズムに対する戦いこそが、近代化の始まりすなわち個人の解放ということになる。まずそのためには宇宙秩序から社会秩序を切り離し、次には社会秩序から個人を切り離す必要がある。こうして析出された個人こそがこれら両者を対象化することが可能となる。ここから明らかなように、福沢においては儒教的自然観から西洋自然科学的自然観への移行がめざされている。

人間が己れをとりまく社会的環境との乖離を自覚したとき、彼ははじめて無媒介に客観的自然と対決している自分を見出す。社会からの個人の独立は同時に社会からの自然の独立であり、客観的自然、一切の主観的価値移入を除去した純粋に外的な自然の成立を意味する。（同上論文、同上書、五三頁）

このため福沢においては理性とくに科学的理性が最も重んじられる。ヨーロッパのルネッサンス以降がそうであったように、自然を精神から切り離して客観的な対象にする過程は、同時に「精神が社会的位階への内在から脱出して主体的な独立性を自覚する契機」であった。

ニュートン力学に結晶した近代自然科学のめざましい勃興は、デカルト以後の強烈な主体的理性の覚醒によって裏うちされていたのである。それはデューイがいう様に、理論的に自然に服従することによって実践的に自然を駆使するところの逞しい行動的精神であった（のである）。（同上論文、同上書、五四―五頁）

この「近代理性の行動的性格」を表現するのが「実験精神」であるが、福沢が物理学を学問の「範型」としたことは、つまりこの実験精神を学問的方法の中核に据えたことになる。福沢は朱子学を中心とする旧来の儒学がもつ「倫理」を中心とした実学に対して、物理学を中心にする実学を対置したのである。

生活のいかなる微細な領域にも、躊躇《ちゅうちょ》することなく、「学理」を適用して是をすみずみまで浸透させる。理論と現実は実験を通じて絶えず媒介されているから、一見学理の適用不能に見える場合でもそれは「未だ究理の不行届なるものと知る可し」（物理学之要用、全集八）であって、決して中途で理論を放擲《ほうてき》して、「現実」と安易な妥協をしない。従って又福沢の実学は卑俗な日常生活のルーティンに固着する態度とは全く反対に、そうした日常性を克服して、知られざる未来をきり開いて行くところの想像力によってたえず培《つちか》わるべきものであった。（同上論文、同上書、五八頁）

このため彼は近代的理性を学の中心におくことによって、「全く新たなる人間類型、彼の所謂《いわゆる》「無理無則」の機会主義を排してつねに原理によって行動し、日常生活を絶えず予測と計画に基いて律し、試行錯誤（trial and error）を通じて無限に新らしき生活領域を開拓して行く奮闘的人間」の育成をめざしたのであった（同上論文、同上書、六一頁）。

以上に見てきたように、福沢のいう主体的人間あるいは「独立自尊」とは近代的理性に基づく自律的人間であったといってよいだろう。われわれは先の節において、個人主義を構成する主要な要素として三つの要素、すなわち自律、理性、個性を挙げておいた。この要素を組み合わせると、新たに二つの個人主義のタイプが区別される。自律という要素はどの個人主義においても欠かすことのできない要素であるので、両者に共通する要素としよう。したがって残りの二つの要素によって類型が分かれる。理性と自律の要素からなるタイプを「理性の個人主義」（あるいは「功利の個人主義」）とし、個性と自律の要素からなるタイプを「個性の個人主義」（あるいは「人格の個人主義」）と呼ぶことにしよう。*16

このように区別するなら、福沢のいう独立自尊とは前者の「理性の個人主義」であることは明らかであろう。その場合に想定されている自然とは西洋の科学において発見された、対象化され計量される自然の意であった。理性に基づいて対象を実験するということは、対象を合理的に把握して利用する態度と結びつく。「奮闘的人間」の育成とはそのような態度を身につけた人間を育成することであった。これに対して、われわれの基準からいうなら、漱石は「個性の個人主義」を主張した人物ということになる。われわれが既に述べてきたように、彼においては個性の発達こそが人間たるゆえんであったからである。個性とは社会＝世界の外部に位置する自然との一体化をつうじて獲得されるものであった。両者における個人主義の違いは自然の把握の違いに由来していることを強調しておこう。

ところで、福沢と漱石の両者が唱えた個人主義には、実はこのような相違があったのであるが、この差異が時代的にはどこに起因するのかわれわれには明らかではない。しかしながら、次のことは指摘することができるだろう。福沢と漱石とを比較するなら、福沢の方が漱石よりも一世代前の世代に属していたということである。福沢自身が「一身にして二生を経るが如し」と述べているように、彼は維新以前の封建社会と維新後の近代的社会の建設という二つの世界を生きざるを得なかった。それゆえに福沢は封建社会（ということは儒学）を断固として排除して、新たに近代的理性に基づく科学に価値をおく近代的社会の建設を志した。「その限りに於て彼はまがう方なき啓蒙の子であった」といえるだろう。「啓蒙的合理主義に共通する科学と理性の無限の進歩に対する信仰はまた彼のものであった」のである（丸山、前掲論文、前掲書、六二―三頁）。

これとは対照的に、漱石は科学や近代世界に対して福沢ほど明るいイメージを抱くことができなかった。十九世紀の終わりに、彼は二年間ロンドンという近代生活を代表する都市で暮らしたが、彼の眼にはそうした近代世界は決して希望に満ちたものには映じなかった。確かに文明の利器、たとえば汽車、の発明が人々の生活を便利なものに変えたとしても、その裏において人々は絶え間のない他者との競争を強いられ、神経衰弱という文明病に追い込まれていかざるを得なかった。これは『それから』の主人公代助が述べるところであり、また漱石の講演「現代日本の開化」でなされた近代日本に対する批評でもあった。つまり丸山の言い方に従うなら、「機械的自然は人間の主体性の象徴たることから転じてやがて人間を呑みつくすところの無気味なメカニズムとして映ずる様になった」ということになる（同上論文、同上書、六二頁）。この意味からして、漱石は啓蒙主義に対する反動としての十九世紀西欧ロマン主義と共鳴したのであった。

しかしその後の日本社会において、どちらの個人主義が日本の土壌に根を下ろしたのか、これは興味深い問題であるに違いない。そもそも個人主義という価値観そのものが近代の日本に根を下ろしたといえるのであろうか。筆者にははなはだ疑問に思われてならない。これには幾つもの理由が考えられるのであるが、本書全体ではふれることはできない。われわれが見てきたように、漱石の個人主義は日本あるいは東洋の自然観と強く結びついていた。そのことは日本の伝統的文化の内に個人主義が存在していたことの証左ともなるのであるが、漱石のいう個人主義とは伝統文化のなかの隠遁者の系譜に連なるものであるととらえるのが妥当ではないだろうか。たとえば吉田六郎によれば、漱石の少年時代以来の「南画に似た心持」とは、筆と琵琶を携えただけで日野山の奥に隠れた鴨長明の「出家心」と類似していることになるであろう。[*17] ただ福沢との対照で言っておかなくてはならないのは、どちらの個人主義もともに人権思想に根差すものではありながら、漱石の個人主義の方が人権＝個性という側面により傾斜していることである。おそらく彼の平民主義はここに由来しているのではないかと推測される。

最後に近代化と個人主義についてもふれておきたい。近年、この両者の関係について新たな見直しが始まっているように思われる。近代化と倫理の問題としては、ウェーバー・テーゼが有名であり、それを日本の文脈にあてはめる試みがなされてきた。代表的なものに近江商人における商人倫理の研究などが挙げられるのであろうが、しかしながらそこにおいて個人主義の問題が中心的テーマとして提起されることはなかった。わが国の学問風土において個人主義といえば啓蒙的個人主義が念頭に浮かべられ、福沢がそうであったように、西洋から移入されたものとしてとらえられることが通常であった。それゆえに漱石の個人主義もそのような借り物とみなされかねなかった。個人主義再考の機運にあって、伝統文化に由来する個人主義が注目されてよいのではないかと思われるが、われわれが展開してきたのはそのような試みの一つである。[*18]

注

*1 吉田のこの著作は一九四二年に出版されていた。われわれは一九六六年に改めて出版された版を使用している。

*2 ラヴジョイとボアズは自然の概念を二項目六六種類に分類し、それぞれに簡単な説明を付している。A.O. Lovejoy and G. Boas, *Primitivism and Related Ideas in Antiquity*, Octagon Books, Inc., 1965.

*3 この説は柳父章の論にそっていると思われる。柳父章『翻訳の思想――「自然」とnature』平凡社選書、一九七七年。

*4 夏目漱石「思い出す事など」『文鳥・夢十夜』新潮文庫、一九七六年、一八九頁。

*5 漱石はその初期の論文で英詩における自然の概念の変化について詳しく述べている。「英国詩人の天地山川に対する観念」『漱石全集』十三巻、岩波書店、一九九五年。

*6 第四章「外部性の探求と個人主義――『行人』をめぐって」参照。

*7 第三章「他者の発見あるいは倫理の根拠――『道草』をめぐって」参照。

*8 吉田も漱石の創作の動機をここに求めている。吉田、前掲書、一五〇頁ほか。

*9 外部からの侵入者が不気味なものとして主体を襲う、という図式は以前に述べた。第三章「他者の発見あるいは倫理の根拠――『道草』をめぐって」参照。

*10 代助の回心については、第一章「個人主義の困難と自己変容――『それから』をめぐって」参照。

＊11　ルークスについては、S・M・ルークス『個人主義』間宏監訳、御茶の水書房、一九八一年。なお、この分類の整理は、作田啓一『個人主義の運命――近代小説と社会学』岩波新書、一九八一年による。

＊12　G・ジンメル「十八世紀および十九世紀の人生観における個人と社会（哲学的社会学の例）」阿閉吉男訳、『社会学の根本問題――個人と社会』教養文庫、社会思想社、一九六六年。

＊13　作田啓一『個人』（一語の辞典）三省堂、一九九六年。

＊14　ここでいう「閉じたもの」と「開いたもの」の対比は、H・ベルクソンの概念に由来している。ベルクソンは「閉じたもの」とは、自己と他との間に境界を有し、自己を防衛するために、他に対して敵意を有する状態とし、「開いたもの」とは、両者の間にそのような境界を有さず、自己と他とが同化（融合）する状態と定義していた。

＊15　M・ウェーバーも儒教における自然と社会の類同性を指摘している。M・ウェーバー『儒教と道教』木全徳雄訳、創文社、一九七一年。

＊16　作田は「個性＋自律」と「理性＋自律」とが個人主義の二つの重要なタイプだとしている。作田『個人主義の運命』一〇二―三頁。

＊17　家永三郎も、漱石の個人主義が隠遁者の系譜を継ぐものであると指摘している。家永三郎「思想家としての夏目漱石、竝びに其の史的位置」『日本思想史に於ける否定の論理の発達』新泉社、一九八三年。

＊18　池上英子は、武士集団のエートスの根拠が名誉観念にあるとし、それを追求した彼らこそ、日本の個人主義の流れを形成したと述べる。彼女はこの立論を歴史的な資料を駆使して実証しようとしている。池上英子『名誉と順応――サムライ精神の歴史社会学』森本醇訳、NTT出版、二〇〇〇年。

第六章　自己本位と則天去私（上）――『こころ』を中心に

大正三（一九一四）年、漱石は学習院中等部の生徒たちを前に「私の個人主義」という題目で講演を行なった。将来、近代日本社会の中枢を担うことになる彼らに向かって、近代化を達成しつつある社会では個人を崇拝する価値観が生まれるが、そのような個人主義にあっても、当然ながら義務と責任がともなうことを語ったのであった。講演のなかで漱石は、自分の考える個人主義とはどのような内容をもつのか、またそのような価値観を抱くにいたった自らの経緯はどのようであったか、についてもふれずにはいられなかった。彼のいう個人主義は、近代西洋社会に成立した個人主義の内容と主要な特徴において重複するものであったが、しかし多くの研究者の評するように、彼の個人主義は西洋の文学や思想を学ぶ過程のなかで習得あるいは模倣した教養に由来する、と一方的に結論することは困難と思われる。

この点について、われわれは第五章において論証してきたが、その立論は今後に展開する議論と大いに関連しているので、必要と思われる内容に限って以下に要約しておくことにしよう。(1)漱石のいう個人主義においては、個人の本質（個性）が世界の外部（自然）に由来すると理解できるので、外部（自然）と密接に関連する価値観であるといえる。⑵このように、自然と結びついた個人概念は、漱石自身の幼児期から派生する彼の本質的な性格に結びつくものであった。⑶この意味で、近代西洋社会における主要な個人主義の観念は「功利主義的な個人主義」であったのに対して、漱石のそれは個人の人格（個性）を尊重する「人格の個人主義」であったと判断できる。⑷自律の要素は個性と結びついて「個性の個人主義」を構成している。

講演のなかでも述べられていたように、漱石において個人主義の価値観が自覚的にとらえられだしたのは、英文学の研究に赴いたロンドンでの生活を契機にしていた。それは、単に英国社会という異文化のなかで暮らした体験に由来するだけではなく、その当時、彼が最も精力を傾けていた英文学研究からの影響があったことを否定することはできない。このために、彼の個人主義は彼の芸術観はいうに及ばず、彼の世界観にまでかかわる内容をもつものであった。もしそうであったと考えられるなら、漱石の晩年になされたこの講演においても、晩年に到達した彼の芸術観・世界観が反映していると判断することは、なんら不思議なことではない。彼の晩年の境地を示す言葉として「則天去私」が有名であるが、以上の点からして、われわれは、則天去私の内容と彼の個人主義の内容との間には深い関連性のあることを推測せずにはいられない。

ところで「私の個人主義」のなかで述べられた「自己本位」という言葉は、世俗的世界を生きていくときの価値観（理想）を意味しているが、それに対して「則天去私」という言葉は、世俗世界を超えた芸術や宗教を含んだ世界観を示しているといってよい。しかしこの両者を厳密な意味において区別することは困難であると思われる。なぜならどちらの言葉も、漱石が自己の指針とした理想を含む価値観・世界観を意味していることに変わりはないからである。

とりわけ「則天去私」という言葉は、江藤淳の批評以来、今やずいぶんと評判の悪いものになっている。というのも漱石がその言葉の意味するところを明確に述べていないうえに、晩年の漱石の近辺にいた多くの弟子たちが、漱石の死後、この言葉をあたかも金科玉条のごとくにふりかざし、漱石を聖人化した傾向のあったために、何かと誤解を招きやすい事情があったからである。江藤にいたっては、「則天去私」という言葉は「神話」であるとはっきりと言い切っている。彼によれば、偉大な作家が亡くなると、しばらくの間、弟子たちが生き残っており、彼らが先生の行動や言質を語り伝え、そこに神話が生まれる。多くの例にもれず弟子たちは師を崇めるが、それゆえにたいした意味もない行動や言質がさも意味深いものに祭り上げられてしまうのである。漱石の弟子たちの間にあってもその例外ではなく、「則天去私」という標語がそのような神話の役割を担ってきているという。したがって弟子たちの後塵を拝する者たちからすると、まずこの言葉を疑ってかかる必要がある。「巷間《こうかん》に行われている「則天去私」解釈なるものは、相当あやしげなものだということを意味する」（江藤淳『決定版 夏目漱石』新潮文庫、一九七九年、一四頁）。

さらに彼は則天去私にふれた後に、「「自己本位」などという言葉の拡張解釈は、この限りではやめた方がよい」とし、長編小説作成上における「修善寺の大患はさほどの役割をはたしているとは思われぬ」と、漱石の個人主義や「則天去私」だけでなく、修善寺大患のもつ意味すら併せて切り捨てるのである。先述したように、われわれは「自己本位」と「則天去私」とが深い関連を有していると推測しているが、自己本位の議論を展開してきた以上、それと「則天去私」との関係について言及せざるを得ない。確かに多くの研究者が指摘してきたように、「則天去私」の意味する思想内容は曖昧であることはまぬがれ得ない。それは江藤のいうとおりであろうが、かといってこの言葉の思想内容までもが漱石においてたいした意味をもっていなかったと結論することもできない。そこでわれわれとしては、先に展開してきた漱石の個人主義についてのわれわれの論議を踏まえ、さらに幾つかの資料を手がかりにしながら、その思想の内容や体系がおおよそどのようなものであったか、われわれなりにモンタージュを試みてみたいと思うものである。

個人主義と他者の問題

漱石が西洋文学において近代小説と称される作品を書き始めるのは、ほぼ、前期の三部作である『三四郎』『それから』『門』より以降とされる。それ以前の作品は、むろん例外はあるにしても、俳句的な要素を加味した独特なジャンルを構成するものであった。松元寛は前者を「英文学的なもの」、後者を「漢文学的なもの」と呼んで、これらは別な系統をなすと言う。[*1] 彼によれば、漱石は英文学的なものを一方で学びながら、他方では常にそうした文学に違和感を覚え続けており、俳句をはじめとした漢文学的なものを創作していた。前期の三部作において、漢文学的なものを脱して英文学的なものを主流とした作品を書くにいたるが、松元は、これら二つの別な流れは『それから』『門』において互いに交流し、混在しているというのである。われわれが第一章で取り上げた『それから』の一場面、すなわち代助が「自然の昔に帰る」と述べた溶解体験の場面では、明らかに彼は自然と一体化していたが、松元によるなら、これこそが「漢文学的なもの」が最も強く現われた情景であるということになる。

それでは漢文学的なものから英文学的なものへ移行するとは、いったいどのような事態を指しているのであろうか。具体的にいうなら、自然と自己との問題から離れて、自己と他者との関係を描く方向へ移行したということである。人間は自然のなかのみならず、社会のなかでも生きている。言い換えるなら、われわれは他者と関係しながら日常の生活を送っているということである。日常の世界で出会う他者は、身近な他者であれ、自己から遠く隔たった他者であれ、われわれを取り巻く人間関係の構成者であることに変わりはない。このような他者との関係のなかで、日々苦闘している人たちの姿を描くことがリアリズムの文学と称される。むろんこのような関係を描くやり方は多様であって、日本的な自然主義の作家たちの方法と漱石の採った方法とが異なっていたことはいうまでもない。

ところで、漱石が説いたように、他者との関係においてわれわれが自己本位を求めるのであるなら、当然ながら他者の自己本位をも同時に尊重しなければならない。しかしながら、あくまで自己の生き方を追求するならば、他者の生き方とどこかで衝突することは避けがたいことになる。この点に漱石の他者の問題系が出現してくる。松元や江藤のいうように、このような問題系を探究するには、以前のような漢文学的なものというジャンルでは不可能であることに気づいた漱石は、本格的な長編小説を書かずにはいられなくなった。長編小説に描かれた他者の問題系に言及する前に、漱石が近代における自己の問題を考察した思想家のひとりとしてニーチェをとらえていたことに注目する必要がある。

第五章においてわれわれは、漱石の「自己本位」という価値観が英文学研究者や作家となる以前の、彼の生育歴や資質に由来するものであることを論じてきた。しかしこの「自己本位」という観念がより現実的な形態をとり始めるのは、彼の留学期間において、また異文化との接触を介してであったことは彼の述べたとおりであろう。さらに自己本位の問題は必然的に他者の観念を呼び覚まさずにはいないが、他者と自己との関係がいかにあるべきかを論じだすのは、いろいろな記録を参考にしても、留学から帰朝して後、初期の作品が発表されるにいたる期間ではなかったかと思われる。そして他者の問題系を論じるさいに、常に言及され、引き合いに出されていたのが、F・ニーチェであった。

漱石がニーチェを読んだのは、明治三十八年から三十九年の頃にかけてではないかと推測される。彼の読んだニーチェの著作は『ツァラトゥストラ』の一冊のみであったとされるが、平川祐弘の研究によれば、その英訳本のなかには細かい記述がなされており、それらを読んでみるなら、漱石がニーチェ思想に対してどのような感想や意見をもっていたかがうかがえるという（平川祐弘「夏目漱石の『ツァラトゥストラ』読書」氷上英廣編『ニーチェとその周辺』朝日出版社、一九七二年）。書き込みのある著作はほかにも数多く見受けられるが、この「書き込み」の量がいちばん多いことから推量しても、漱石がいかにニーチェに強く反応したかが分かる。さらに、この「書き込み」と同じ頃に書かれた「断片」でも、たびたびニーチェに言及しており、当時の彼にとって、ニーチェのいかに訴えるところの多く、かつその影響が強力であったかが推し量られる。「漱石の明治三十八・九年の『断片』を読むと、そのかたわらにニーチェの『ツァラトゥストラ』の存在をひしひしと感じさせるような一連の句が並んでいる」（平川、同上論文、同上書、七二三頁）。

漱石は、社会の近代化にともなって旧体制を支えていた身分制が廃止されずにはいないことを、当然のことと考えていたが、反面において身分制は人々が安心して暮らせる体制でもあったことを自覚していた。「封建の世は只一ノassumption ヲ要ス、分ニ安ンズ是ナリ。此assumption アル以上は他ノ何等ノ刺激ナク障害ナク気楽ニシテ生ヲ過ゴシ得ルナリ」（「断片」『漱石全集』十九巻、岩波書店、一九九五年、二一〇頁）。そこにおいてはまた、分を尊重するために、自己を謙譲humiliate することが要求された。「昔は孔子ヲ聖ト云ひ釈迦ヲ仏ト云ひ耶蘇ヲ神ノ子ト唱ヘテ自己は遙カニ之ニ及バザル者ト思ヘリ此humiliation ナリ」。

しかし近代化した社会は、「分ニ安ンズル勿《なか》レトノ格言ノ下ニ打チ立テラレ」たので、こうしたhumiliation は「奴隷的」であるとして、これを見捨て、「独立ノ方面」に向かわずにはいられない。そのために、われわれは「今日今更ナガラ自由ノ甚シキ不自由ナルコト」を悟るところとなる。個人を尊重する価値観は、どの個人も平等であることを要求する。しかしながら、平等の追求は近代社会のもう一つの理念である自由と抵触せざるを得ない。なぜなら独立の個人は、「ワレモ孔子ナリ、ワレモ釈迦ナリト天下ヲ挙ゲテ皆思フ」[*2]ので、他者との間に緊張を生じさせ、そのために自由が阻害されるからである。

身分制という社会的拘束が厳然と存在していた時代には、自己の行動や欲求の範囲がそれによって限定され、その結果、自己謙譲が当然となり、そのことが人と人との間の潤滑油の働きをなしていた。ところが近代に入って身分制が廃止されるに及んで、社会的な拘束の欠如するところとなり、個人の欲望の肥大と昂進がもたらされる。そのために、個人は自己を絶えず拡大せざるを得ない事態になる。こうして自己を拡大化してゆくならば、他者との軋轢や確執が生じてくるのは必然的な成り行きであろう。漱石はここにいたって「自由の問題」および「自己意識の問題」を設定する。

現代ハパーソナリチーの出米ル丈膨〔膨〕脹する世なり而して自由の世なり。自由は己れ一人自由ト云フ意ナラズ。人々が自由ト云フ意ナリ。〔中略〕出来得丈ノパーソナリチーヲ free play ニ bring スル以上は人ト人トの間ニハ常ニテンシヨンアルナリ。社会の存在ヲ destroy セザル範囲内ニテ出来得る限りに我ヲ張ラントスルナリ。我は既ニ張リ尽シテ此先一歩デモ進メバ人ノ領分ニ踏ミ込ンデ人ト喧嘩ヲセネバナラヌ所迄張リツメテアルナリ。去れドモ心のウチニアル我ハ際限ナシ〔中略〕彼等は自由ヲ主張シ個人主義ヲ主張シ。パーソナリチーの独立ト発展とを主張シタル結果世の中の存外窮窟にて滅多ニ身動キモナラヌコトヲ発見セルト同時ニ此傾向ヲドコ迄モ拡大セネバ自己の意志の自由を害スルコト非常ナリ。（「断片」同上書、二〇九頁）

このように自己の拡大は他者の自己拡大との衝突を不可避的にもたらすために、そこには常に緊張が強いられるが、それをできるだけ避けようとするなら、他者の自尊感情のみならず自己のそれをも絶えず配慮しなくてはならない。その結果、本人の所属する最も身近な集団すらもが、その存立を脅かされることになる。漱石はこうした傾向を夫婦と家庭における軋轢や緊張のうちに見ていた。

昔は夫婦を異体同心と号した。パーソナリチーの発達した今日そんな、プリミチーヴな事実がある筈がない。細は妻、夫は夫、截然として水と油の如く区別がある。而も其パーソナリチーを飽迄も拡張しなければ文明の趨勢におくれる訳である。〔中略〕カクの如くパーソナリチーを重んずる世に二個以上の人間が普通以上の親密の程度を以て連結されべき理由がない。此真理は所謂前世の遺物なる結婚が十中八九迄失敗に終るので明瞭である。（「断片」同上書、二〇八頁）

ここで問われている「拡大化する自己」とは、A・ド・トックヴィルが指摘した「行過ぎた個人主義」のことである。[*3] 周知のようにトックヴィルは、市民の「自由な政治活動」——公共的世界への参加——によって、個人の行動の抑制が可能になると考えていた。逆にいうと、社会的な抑制が弱体化するなら、個人の行動を律することが困難となり、個人は公共的世界から撤退して私的世界に引きこもるだけでなく、その欲望と行動の範囲を肥大化させずにはいない。トックヴィルは、近代市民社会のかかえる危険性の一つをここに読み取るのであるが、漱石のいう拡大化する自己もこうした傾向を有していた。このような自己は自己利益の追求に敏感であって、その利益を拡大することに興味を示すので、「利己主義」（egoism）にとらわれた存在とみなすことができよう。

このトックヴィルの指摘とは別に、社会学者のE・デュルケムは「自己本位」という人物類型を提示した。彼によれば、近代化された社会では、個人はかつて所属していた集団や社会から切り離されてしまうために、その関心を自己にのみ集中し、自己をますます崇拝するにいたる。この傾向に支配されると、個人は自分の「行動の対象と意味」を喪失してしまうために、生きる意味をなくすという。[*4] 自己にのみ関心を抱き、それを崇拝することに存在の意義を求める人物類型を、デュルケムの名称とは別に、われわれは「自己崇拝」（egotism）と呼ぶことにしよう。スタンダールは、このような傾向をもつ人物を小説中にたびたび登場させていたが、自伝『エゴチスムの回想』のなかでは、自分にのみ関心を集中させる傾向や態度を「エゴチスム」と呼んでいた。[*5]

ところで「エゴイズム」と「エゴティズム」の違いは次の点にある。エゴイズムでは、自己利益を最大限に追求するために、主体は自己の勢力範囲を拡大する傾向に支配されやすい。それに対してエゴティズムでは、自己像を理想化する傾向を有するために、主体は自己像を理想に向かって上昇させ続ける。たとえていうなら、前者は水平の軸（勢力圏）の方向に自己の境界を移動させるのに対して、後者は垂直の軸（理想圏）の方向に自己像を上昇させる。近代化によって社会の平準化が進行するならば、個人主義の価値観が浸透するだけでなく、それが利己主義や自己崇拝に転化する可能性が大きくなることは避けられない。このような個人の肥大化と崇拝化を究極的な形態とみなし、近代社会における個人主義の傾向を考察した思想家として、漱石はニーチェに接したようである。

自己崇拝とニヒリズム

ニーチェの思想は明治の中頃に日本に紹介され、瞬く間に日本の思想界を席巻してしまった。これを契機にして、そののち彼の思想・哲学は日本の思想界において幾度かの流行を巻き起こすのであるが、最初の流行期が明治三十三・三十四年であった。[*6] この流行を担った人たちとして、高山樗牛、登張竹風を挙げることができるが、この時期、漱石はロンドンに滞在しており、その意味において、彼はいわば蚊帳の外に位置していた。おそらく漱石がニーチェの『ツァラトゥストラ』を読んだのは、帰朝した後のことであった。平川によれば、漱石の読んだニーチェの著作は『ツァラトゥストラ』のみであったとされるが、その思想の内容と影響は、先に見た創作ノートである「断片」だけでなく、この時期に書かれていた『吾輩は猫である』にまで及んでおり、その影響の大きさが改めてうかがい知れる。[*7]

ところで、先の「断片」の記述と同様の記述は「書き込み」にも見えるが、漱石が、ニーチェの思想の要点を、自己肥大あるいは自己崇拝という文脈で理解していることは明らかであろう。このようなニーチェ理解は、高山や登張らの読解とほぼ重なっているといってよい。しかし彼らの理解と彼のそれとを決定的に異にしているのは、ニーチェのニヒリズムに対する評価である。先に見たように漱石は、個人主義のもとでは誰もが自己を崇拝し、自己を肥大化させていかずにはすまず、誰もが自分を耶蘇や釈迦になぞらえずにはいないと考えていた。彼によれば、西洋のキリスト、われわれの社会における釈迦や孔子という人々は、多くの崇拝者を生み出し、聖人として崇拝されてきたが、このような偉大な人物たちも、所詮はわれわれと同様に自己崇拝の産物であり、人間の作り出した偶像にすぎないという。

おまえ自身の中を見てみろ、そうすれば二人神がいることがわかるだろう。愛の神と怒の神だ。前者をおまえから外へ投げ出せばキリスト教の神となる。後者を外へ投げ出せば復讐の神となる。両者はともに影である、というのは神はおまえなしには実際には存在しないからだ。両者はともに偶像である、というのは神はおまえによって対象化されたものだからだ。〔中略〕両者はともに発展したり退化したりするが、それは愛の神も怒の神もわれわれ人間によって投影された影にしかすぎないからである。（平川、同上論文、前掲書、六八〇―一頁）

ここに見られる指摘は重要である。というのは、ここには明らかにニーチェのいう「遠近法」「生」「ニヒリズム」に対応する内容の指摘がなされており、われわれとしては漱石とニーチェの親近性を想定することが可能になるからである。世界をとらえるにさいして、われわれは特定の認識論的な枠組みを必要とする。たとえば科学的な知識とはそのような枠組みの一つであり、日常の諸現象をとらえるさいに、われわれはその枠組みを介して事象をながめている。世界が意味あるものととらえられるのは、このような枠組みを介するからである。漱石は理想もこのような枠組みの一つにすぎないと考えていた。人間はよりよく生きたいという欲望を有しているから、理想という枠組みを作り上げる。つまり、われわれの頭上によりよく生きるモデルを作り出すのである。この意味から、漱石は理想形成の根源には「生」の欲望があると考えていた。*8 そしてそのような理想をここでは「神」と呼んでいる。

ところで、誰もがよりよく生きたいがゆえに、自己の内の理想（神）を外部に投射する場合がある。各人が自己の理想を特定の人物に投射するとき、理想を担う有力な人物が出現することになる。このような人物こそ、キリストや釈迦あるいは孔子と称されてきたのである。「神」とは多くの人たちの掲げる理想像を、特定人物へ投射した「影」でしかない。つまり「神」とは人間のより以上に生きたいという「生」の要求を理想という「遠近法」に昇華して、それを外部に投射した「影」にしかすぎないと言っているのである。「神」はわれわれを超越した地点から降臨するのではなく、またよその社会や集団から移入されるものでもない。われわれを離れてはあり得ないのである。ここにニーチェのいう「ニヒリズム」――後に述べる「能動的ニヒリズム」――と同じ考え方が披瀝されている。

この点からするなら、漱石がキリスト教の神（God）を拒否した理由も、われわれには理解しやすいものになる。なるほど彼は西洋の社会や文化に精通していたが、それゆえにこそ、彼は、キリスト教という宗教は彼らの理想とする像をその内面から外部に投射したものであり、キリストとはそのような投射された「影」にすぎないということ、つまりキリスト教は彼らの内面の表現であるのであって、普遍的な教義ではない、と考えていたからである（これと同様の論理からして、われわれの社会における釈迦や孔子も、われわれの理想を投射した「影」といえる）。漱石がニーチェに共鳴したのは、彼のキリスト教道徳への反抗の姿勢だけにあったのではなく、キリスト教がニヒリズムのうえに成り立つとする洞察にもあったと思われる。

以上見てきたように、漱石によれば、宗教や道徳というものはこのような世界をとらえるさいの枠組みの一つにすぎない。西洋社会の人々が信仰するキリスト、仏教徒が崇める仏陀、封建社会の聖人であった孔子、これらの人物は通常の人間を超越した存在ではない。人々の生きようとする力は自己をより拡張しようとする形態となって出現する。自己拡張が最も成功するのは、多くの人が特定の人物を崇拝したときであるが、ここにおいて、先のエゴイズムとエゴティズムとが交叉することになる。多くの人が最も理想化した自己像を一人の他者に投影し、その他者を中心にして集団を形成するとき、彼らは最も拡大した勢力範囲を獲得することができる。最大限上昇した垂直軸上の理想像を水平軸上の勢力圏に投影させるときに、最大限の自己拡大が実現されるというわけである。

漱石は、世界は人間の投射した影すなわち遠近法なくしては成り立ち得ないことを自覚していた。このような漱石の考え方や態度のうちに、われわれがニーチェの「ニヒリズム」を読み取ることは許されるであろう。ここでいうニーチェのニヒリズムとは、「影」＝無を意欲する「能動的ニヒリズム」を指す。そしてまた、このようなニヒリズムの態度こそが、漱石のニーチェ理解と当時の代表的なニーチェ理解とを区別するだけでなく、彼のニーチェへの深いこだわりを生じさせることに結びついたと思われる。[*9] 以上のように、漱石のニーチェ理解は『ツァラトゥストラ』のみによっていたと推測されるにもかかわらず、時代の水準を超えており、現在の段階から考えても、ある程度の評価に値すると考えられる。

しかしながら、そのような理解が他の概念——「超人」や「永遠回帰」——にまで及んでいたかと問われるならば、われわれとしては大いに疑問といわざるを得ない。たとえば先の「書き込み」には次のような記述が見える。

おまえの隣人たちから一人の理想的な人間を創りだせ。おまえの隣人たちを愛せ。しかしこの理想的な人を崇拝せよ。〔中略〕すると見よ、彼は神である。彼になるように努めよ。そうすればおまえは「超人」である。仏陀は「超人」であり、キリストもそうである。ニーチェの「超人」はこの理想的な人間の最悪の局面である。（平川、前掲論文、前掲書、六六六―七頁）

これと似た文面を「断片」にも見つけることができる。

今日ハワレモ孔子ナリ、ワレモ釈迦ナリト天下ヲ挙ゲテ皆思フ世ナリ。〔中略〕我孔子ナレバ隣りの車夫も亦孔子タリ前ノ肴屋モ亦釈迦ナリ。〔中略〕抑《そもそ》モ孔子タリ釈迦タルノ value ハ自己ノパーソナリチーヲ凡人ノ上ニ圧シカケルニアリ。孔子釈迦トナツテ天下ニ孤立セバ切角パーソナリチーヲコ、迄ミガキ上ゲタ甲斐ナキナリ。十年苦学シテ予期ト正反対ニシテ巡査ニ採用セラレタルガ如シ。彼等は巡査ヲ以テ満足スル能ハズ巡査以上ニ出デントスレバ社会ノ秩序ヲ破ラザル可ラズ茲ニ於テ毫《ふで》ヲトツテ長嘯シテ其不平ノ気ヲ紙上ニモラス。Superman 是ナリ。（「断片」前掲書、二一〇頁）

個人が自己を拡大し、他者の尊敬を集めようとするなら、それは限界に突き当たる。他者のそれと衝突し、この自己拡大・崇拝は頓挫を余儀なくされる。そこに不満・ルサンチマンが噴出することになるが、そうした感情にとらわれた人たちこそ「超人」である、と漱石は理解していたのではないだろうか。これらの文面を見る限り、われわれはそう判断するほかはない。しかしながら、こうした考えをニーチェの「超人」と理解するには無理がある。というよりも、漱石には「超人」という概念の意味する点が理解できていなかったというべきではないか。『ツァラトゥストラ』への「書き込み」を見ると、「超人」のくだりには、次のような記述が見られる。「いったいこのちんぷんかんぷんの中にいかなる意味があるのだ？　すべてノンセンスだ」（平川、前掲論文、前掲書、六五一頁）。

先に述べたように、われわれが、漱石はニーチェ思想の要ともいうべきニヒリズムの問題を共有していたにもかかわらず、超人理解が不可能であったと判断せざるを得ないのは、彼が『ツァラトゥストラ』しか読むことができなかったことに由来している。近年のニーチェ研究によるならば、ニーチェの「超人」概念は「永遠回帰」の思想と切り離してはとらえられないことが分かる。[*10] 以上の記述から判断するなら、われわれとしては、そもそも漱石には永遠回帰の思想が理解し得なかったと結論せざるを得ないのである。

この点に関してさらにこう付け加えなくてはならない。後年の漱石は、ニーチェに関する記述をこれ以上に残していないが、さらに他方において、彼が『ツァラトゥストラ』以外の著作に親しんだという証拠も存在していない。しかし後に指摘するように、そののち体験する修善寺における

「三十分間の死」の体験を見るとき、われわれには彼がニーチェの「ジルス・マリアの体験」に近似した体験をしていたのではないか、と思われる。それゆえに以下ではこのような視点に立って、彼の述べた「自己本位」と「則天去私」との関連をとらえることにする。

『こころ』に見る他者の問題

漱石はその創作ノートともいうべき「断片」のなかに奇妙な記述を残している。それは、先に見てきた記述――「パーソナリチーを重んずる世に二個以上の人間が普通以上の親密の程度を以て連結されべき理由がない」――と共通するものであり、ニーチェについての記述のある箇所とほぼ同じ時期に書かれたものと思われる。それはこういう文面である。

　二個の者が same space ヲ occupy スル訳には行かぬ。甲が乙を追ひ払ふか、乙が甲をはき除けるか二法あるのみぢや。甲でも乙でも構はぬ強い方が勝つのぢや。理も非も入らぬ。えらい方が勝つのぢや。上品も下品も入らぬ図々敷《ずうずうしい》方が勝つのぢや。賢も不肖も入らぬ。人を馬鹿にする方が勝つのぢや。礼も無礼も入らぬ。鉄面皮なのが勝つのぢや。人情も冷酷もない動かぬのが勝つのぢや。（「断片」前掲書、二二〇頁）

一つの場所があって、その場所を甲なる人物が占めていたとする。次にそこに乙なる者がやって来て居つく。乙はそこで自己を展開しようとするだろう。ところがそこではすでに甲が自己を展開していはずであるから、ほどなく乙は甲との衝突を避けられなくなる。このとき甲と乙とはどのような行動や態度をとればよいのか。われわれにはこのように問題を解することができる。この問題は、われわれが先に述べてきた問題――自己本位の世の中は人々に自己拡張を最大限行なうように奨励し、その結果誰もが超人になりたがり、そこに緊張や衝突が生ずる――を言い換えたものであることが分かるであろう。われわれは他者とともにこの世界、つまり場所、で生活している限り、このような事態にいたることは避けられないことである。漱石が他者とわれとの関係を描こうとするなら、その関係をこのような地点にまで追い詰めていかざるを得ないことになるはずである。

漱石の書くものが初期の作風から明らかに異なりだすのは、諸家のいうように、『三四郎』以後である。換言すれば、『文芸の哲学的基礎』で述べた〈真〉の理想を追究する文学――それは西洋の十九世紀文学の主流をなすものであったが――を、漱石が書き始めるのは、ほぼこの作品以降であるといってよい（松元、前掲書）。むろんこのような傾向はそれ以前からすでに始まっていて、『坑夫』がそのさきがけともされている。『三四郎』以後、『それから』『門』といういわゆる前期の三部作が書かれるが、そこにおいては本格的に写実的な作風を有する小説が展開されることになる。こののち、後期の三部作『彼岸過迄』『行人』『こころ』へと続くのであるが、そこにおいても、日常的な世界における他者とわれとの関係がリアルに描き出される。

これらの本格的な小説のうちの幾つかの作品において、漱石は男女間の三者関係を描いているが、われわれには、それが先の他者との抜き差しならない関係の象徴化されたものとみなすことができる。他者との関係をリアルに追求しようとするなら、「断片」の一節にあった、一つの場所をめぐる甲・乙の対立に行き着くと述べてきたが、この問題の設定こそ三者関係を最もよく表わしている。ここで同一の場所という設定を「同一の女性の愛情」と置き換えるなら、自己を拡張しようとする男性の二人とは、この女性の愛情を自分のものにしようと争う二人ということになるであろう。このように考えるなら、『それから』『門』『こころ』と続く作品のなかで、度重なって女性の愛をめぐる二人の男性の争いという設定をしたことは、漱石の初期から念頭にあった問題ともいえるのであって、決して偶然に思いついたものというわけにはいかない。

それなら前期三部作の後に、なぜ漱石はそれらと同様なテーマをもつ作品を書かねばならなかったのか。言い換えると、『それから』と『門』において男女の三者関係が描かれたにもかかわらず、『こころ』において、なぜ三たび、同様な問題設定をしなければならなかったのであろうか。誰からしてみても、この試みは『こころ』において究極的な地点にまで徹底されていることは明白である。ここにいたって、松元の見解が説得性をもつことになる。

彼によると、前期三部作においては、英文学的なものが追究されているにもかかわらず、その傾向が徹底されず、作品の内部に別な流れであるはずの漢文学的なものが混入してくるという。たとえば『それから』においては、代助が「自然の昔に帰る」という場面が描かれていたが、それは自然と自己とが一体化する情景でもあった。ここでの代助の経験は漢文学の領域で展開されるのがふさわしい。また『門』に見られる宗助の突然の参禅という設定も、英文学的なもののなかへ漢文学的なものが混入しているとみなすことができる。すなわち前期三部作においては、「英文学的なもの」（他者の問題系）と「漢文学的なもの」（自然の問題系）とが、ともに混合するテクストをなしているというわけである。この点に、小説家としての漱石の不満が存在した、というのである。

われと他者との関係の問題が最も切実になるのは三者関係においてであろうが、そこに「自然」が顔をのぞかせるならば、他者の問題を徹底的に追究することが困難とならずにはいない。確かに『それから』と『こころ』とを比較するなら、問題の追究の程度という意味において、後者の方がより徹底的であり、前者の場合は中途半端という印象はぬぐいがたい。言い換えるなら、『こころ』の先生の前には、代助の場合のように、「自然」が「救済者」として現われてこなかったのである。こう考えると、漱石の問題設定はわれと他者との関係の追究にこそあったのであり、近代的な自己の拡張の果てにどのような事態が出来《しゅったい》するのかを明らかにすることであった、といってよいだろう。つまりわれわれの文脈に置きなおすなら、三者関係の追究こそ個人主義が行き着く果てを描くことであるということだ。そしてこの地点にこそ、「自己本位」という価値観の究極的な姿が立ち現われるのであり、個人主義の価値観を信奉する近代市民社会がたどる究極的な形態があるのである。このような考えから、漱石のとらえた他者問題の行方を確かめるために、われわれは以下において『こころ』を詳しく取り上げることにしよう。

ニヒリズムと自死

漱石は『こころ』の刊行と同じ年に行なった「私の個人主義」という講演のなかで、世間と折れ合う功利主義的個人主義に対し、自らの個人主義を「個性に立脚した個人主義」と呼んだ。しかし彼は小説である『こころ』において、この個性の個人主義がニヒリズムへと傾斜していく危険を十分に気づいてもいた。われわれは、このような視点に立って、この作品の解釈を試みることにする。

ところで、近年『こころ』をめぐって新しい読解のなされていることは、多くの人たちの知るところだろう。そうした解釈の要点は、『こころ』というテクストの「上・中・下」という構成のうち、従来は「下」のみに解釈の重点が置かれてきたことを批判し、これら三つの構成の関係を新たにとらえなおすことにあった。[*11] こうした手続きから新しい解釈の可能性が拓かれることは否めないが、そうした批評も含めて、この作品ほど研究されてきた作品もまたあり得なかった。そのわけは、この作品が漱石の諸作品にあって最も著名であり、多くの人たちが支持する作品であるから、ということだけにあったのではない。物語展開そのものは明快であるにもかかわらず、作品中に幾つもの理解不可能な部分——あるいは謎の部分といってもよい——があって、それらが多くの人たちの興味を惹いてきたからではないか、と考えられる。

たとえば小説家の古井由吉は実作者の立場から次のように述べている。

昭和の四十年代も終りにかかる頃、とうに世帯を持って子も育ちかけた男たちが数人集まった席でたまたま、若い頃それぞれに読んだ『こころ』について、あれは何だったのだろう、と思い返しあうことがあり、あれこれ話すうちに、現在の関心として、ひとつのポイントが共通してうかんだ。〔中略〕語り手である青年の「私」が郷里の父親の末期に立ち会おうとする箇所《くだり》であり、〔中略〕ああはするだろうか、というこだわりはかならずしも、年配の分別から出たものではない。明日も知れぬ実の親を放って、心の親の運命へたちまち駆けつけるというのは、若さの情熱とは言いながら、〔中略〕どうしても死のかるさとして映る。この運びによって、作品の内の死が、虚構の中へ浮きがちになりはしないか。作中の「先生」が「私」に生涯の秘密を告白する決意に至ったのは、この青年の精神の深さを見こんだ上のことのはずであるから、作品の要《かなめ》というべきこの箇所で青年のこの行為を見せつけられては、読む側としては、疑念は順々に、作品の全体へ及んでいきかねない。（古井由吉「解説」[*12]『こころ』岩波文庫、一九八九年改版、二九一―二頁。以下『こころ』の頁はこの版による）

このような疑問を皮切りに、古井はさらに幾つかの疑問を提示している。Kの自殺にかかわる件《くだり》については、ほとんどお嬢さん、のちの奥さん、には知らされなかったのであるが、同じ屋根の下に起居していて、そのようなことが果たして可能であるのだろうか。さらに遺書のなかで、先生が大学生の私にKに対する罪の意識を告白するが、Kの死後二十年にも及ぶ間に、それが変質を被ることはあり得ないのだろうか、ということなどである。そのような指摘のなかに、Kに関する疑問および先生の自殺に関する疑問も挙げられており、われわれとしては特にこれら二つの疑問にこだわってみたい。むろん改めて指摘するまでもなく、このような数々の疑問はすでに多くの研究者によって探求されてきたのであり、そのさいの中心的な疑問は「なぜKは自殺したのか」その自殺の理由であろう。この件については、われわれ自身も興味をもつものであるが、それ以前にKという人物に興味を抱かずにはいられないのであり、それとの関連において、この疑問にもふれることになる。

古井自身もKに焦点をあてて、次のように述べている。「「私」（先生―引用者注）は「K」をおそれている。自分よりも強い者とおそれるだけでなく、自分に祟りをなす魔物でも見るように、気味悪がっている。これは罪悪感の投影、「心の鬼」のしわざとばかりは言えない。むずかしい関係に入る前から、「私」は「K」の孤独の過激さをおそれ、その存在を気味悪がっている様子がうかがわれる」（古井「解説」同上書、二九八―九頁）。この「Kへのおそれ」に古井が注目するようになったのは、「下」の遺言のところにさしかかり、「私」＝先生をもう一人の自殺者ととらえて読み進むうちに、Kとの葛藤が「のっぴきならぬ相」で見えてきたからである。

確かに古井の指摘するように、「私」＝先生はKをおそれている。それはこの遺書が書かれた時点における先生の「罪悪感の投影」とばかりはいえない。というのも「私」がKとむずかしい関係に入る前から、「私」はKの「孤独の過激さ」をおそれ、その「存在を気味悪がっている様子」が描かれているからである。Kと「私」とは郷里が同じだけでなく、似たような経歴をたどってきている。にもかかわらず、Kについては次のように記述される。


しかし我々は真面目《まじめ》でした。我々は実際偉くなるつもりでいたのです。ことにKは強かったのです。寺に生れた彼は、常に精進《しょうじん》という言葉を使いました。そうして彼の行為動作は悉《ことごと》くこの精進の一語で形容されるように、私には見えたのです。私は心のうちで常にKを畏敬《いけい》していました。（『こころ』一八七頁）

Kは私より強い決心を有している男でした。勉強も私の倍位はしたでしょう。〔中略〕中学でも高等学校でも、Kの方が常に上席を占めていました。私には平生から何をしてもKに及ばないという自覚があった位です。〔中略〕そうして、口で先へ出た通りを、行為で実現しに掛《かか》ります。彼はこうなると恐るべき男でした。偉大でした。自分で自分を破壊しつつ進みます。
（同上書、一九八―九頁）

このような学生時代からのKへの畏敬は、彼とむずかしい関係が進行するにつれて、無気味なおそれの様相を帯びてくる。そのおそれは彼が自殺した光景において最も赤裸々に描かれている。

私は今でもその光景を思い出すと慄然《ぞっ》とします。〔中略〕私の眼は彼の室の中を一目《ひとめ》見るや否や、あたかも硝子《ガラス》で作った義眼のように、動く能力を失いました。私は棒立《ぼうだち》に立竦《たちすく》みました。それが疾風《しっぷう》の如く私を通過したあとで、私はまたああ失策《しま》ったと思いました。もう取り返しが付かないという黒い光が、私の未来を貫ぬいて、一瞬間に私の前に横《よこた》わる全生涯を物凄《ものすご》く照らしました。そうして私はがたがた顫《ふる》え出したのです。〔中略〕そうして振り返って、襖《ふすま》に迸《ほと》ばしっている血潮を始めて見たのです。（同上書、二五五―七頁）

この「私」＝先生のKへのおそれを古井は次のように解している。

「私」と「K」との葛藤とは、死のほうへ一途に傾いていく一人の人間の沈黙の力を受けて、もう一人、おなじ傾きを内にひそめる人間がそれとは逆の方向へ、生の方向へ、いやおうなしに追いやられていくという、力動の関係である。（古井「解説」同上書、二九九頁）

つまり「私」＝先生とKとは死と生をめぐる力動的な関係にあるという。Kが死の方向に傾きかけるとき、「私」も同様な傾向を有するがゆえに、ともすれば彼に同調しそうになるにもかかわらず、必死に生の方向に逃走しようとせずにはいられない。この指摘からも分かるように、Kとは「死」の表徴ととらえることができるのであり、「私」が彼をおそれるのは彼に死をかぎつけており、自身がそれに引き寄せられていたからではないであろうか。

この点は、Kの死後、「私」の生活のうちに常に死の姿をまとってKが襲ってくることからも、そう判断してよいと思われる。たとえばこうである。

私の胸にはその時分から時々恐ろしい影が閃《ひら》めきました。初めはそれが偶然外《そと》から襲って来るのです。私は驚ろきました。私はぞっとしました。しかししばらくしている中《うち》に、私の心がその物凄《ものすご》い閃《ひら》めきに応ずるようになりました。しまいには外から来ないでも、自分の胸の底に生れた時から潜《ひそ》んでいるものの如くに思われ出して来たのです。〔中略〕恐ろしい力が何処《どこ》からか出て来て、私の心をぐいと握り締めて少しも動けないようにするのです。そうしてその力が私に御前は何をする資格もない男だと抑《おさ》え付けるようにいって聞かせます。すると私はその一言《いちげん》で直《す》ぐたりと萎《しお》れてしまいます。(『こころ』二七〇―一頁)

Kの姿がどうしてこのようにまで無気味とされていくのか。それは彼が「死」の表徴であったからである。このことは彼の自死の理由と深く結びついている。つまりKはなぜ自殺したのかという問いかけである。先に、われわれは近代人のエゴイズムとエゴティズムについて述べてきた。人間はよりよく生きたいがゆえに理想像を形成し、それを追求しようとする。それは、キリスト・釈迦・孔子といった人物そのものではなくて、彼らの姿をまとって外部に投影された自己の理想である。しかしこうした理想像の追求、すなわちエゴティズム(自己崇拝)は現実の生の軽視にいたることになる。というのも、そこにおいては現実の生は仮象あるいは外観にすぎないとされ、理想像こそが本質であり、高級な価値となるからである。また、こうした生(本質)とその表象(仮象)においての価値の逆転こそが、ニーチェの批判した能動的ニヒリズムなのだ。なぜニヒリズムとなるのかといえば、それは現実の生こそが有だからである。

ニーチェの能動的ニヒリズムでは主体は無を意欲するとされる。*13 人間はより以上に生きるために主体の彼方に理想を投影する。現実の世界では、主体はその理想に見合うように禁欲しなくてはならない。さらに理想を上昇させるために、ますます主体は禁欲を強いられる。こうして主体は無を意欲することになる。Kから「生」そのものが喪失して空洞化するのは、このような仕組みからである。能動的ニヒリストであるKからすれば、お嬢さんは自分とは逆に、「生」の象徴と映らずにはいなかった。「生」の稀薄化した彼は、それゆえに彼女に惹かれてしまうのである。しかし愛の希求が挫折したとき、Kは生命全体から取り残され、孤立してしまっている自分を見つけ出さずにはおれなかった。「生」から切り離された彼は、「たった一人で淋《さむ》しくって仕方がなくなった結果」、死を選ぶところとなった。ここには、エゴティズム（能動的ニヒリズム）の行き着く姿が描かれているというべきであろう。

それでは、なぜ「私」＝先生は自ら命を断たなければならなかったのだろうか。われわれの『こころ』解釈のポイントはここにある。「私」は当初Kの自殺の理由を深く詮索することはなかった。むろんそこには、自分が彼を死に追いやったのではないか、というおそれから逃れようとする意識が働いていたであろう。「私」の罪とは何か。ここでの「私」の罪とはエゴイズムの罪と考えるほかはない。というのも「私」は自己拡張の果てにKの自己と衝突をし、彼を出し抜いて「場所」（お嬢さん）を獲得したが、そのやり方はエゴイズムのなせる業であり、Kを侮辱するものであったからである。

しかしKへの罪の意識を自覚するに及んで、「私」はその自殺の理由を詮索せずにはいられなくなる。

同時に私はKの死因を繰り返し繰り返し考えたのです。その当座は頭がただ恋の一字で支配されていた所為《せい》でもありましょうが、私の観察はむしろ簡単でしかも直線的でした。Kは正《まさ》しく失恋のために死んだものとすぐ極《き》めてしまったのです。しかし段々落ち付いた気分で、同じ現象に向って見ると、そう容易《たやす》くは解決が着かないように思われて来ました。現実と理想の衝突、――それでもまだ不充分でした。私はしまいにKが私のようにたった一人で淋《さむ》しくって仕方がなくなった結果、急に所決《しょけつ》したのではなかろうかと疑がい出しました。そうしてまた慄《ぞっ》としたのです。(『こころ』二六八頁)

Kは世界の外から「私」を「恐ろしい力」として襲い始める。

貴方《あなた》は何故《なぜ》といって眼を瞬《みは》るかも知れませんが、何時《いっ》も私の心を握り締めに来るその不可思議な恐ろしい力は、私の活動をあらゆる方面で食い留めながら、死の道だけを自由に私のために開けて置くのです。(中略)私の後《うしろ》には何時《いっ》でも黒い影が括《く》ッ付《つ》いていました。(同上書、二七一―二頁)

ここに出現するKの暗い力は象徴的である。「私」はKの死後、お嬢さんと結婚して暮らし始めるが、二人の間には絶えずKの「黒い影」がまといついてきて、両者の間に親密な関係を築くことが困難になる。その結果、「私」はKと同様に、禁欲的な生活つまりエゴティストとしての生を送らざるを得なくなる。そのために、先のK(能動的ニヒリスト)と同じ論理から、「私」においても「生」が喪失していくほかはない。ここに「私」の本当の罪がある。「私」の罪とは、Kを裏切ったことにあるのではなくて、K同様に自己に集中しすぎて、生命そのものから乖離してしまったことに由来する。つまり「私」に罪があるのは、「私」がエゴイストであったからではなく、エゴティストであったからである。ここにまた「私」がKに殉ずる理由があるのであるが、それとともに、「私」が「真面目」であった明治の精神に殉ずる理由があるのである。

倫理的作家、漱石は、近代社会の抱える必然的な問題、すなわちニヒリズムの問題を、ここまで追い詰めることになった。確かに先生に死を決意させたのは、鎌倉の海で出会った大学生の出現によってであった。「あなたは真面目ですか」と問いかける先生は、この大学生に胸の内を打ち明ける（「血を浴せかける」）ことを決心する。その結果、大学生はあれほど望んでいた「新しい思想」を先生から教わることになったのであるが、その思想とは「我をheroとする」個人主義の行き着く果てにはどのような事態が生ずるのか、その姿を指し示すものであった。

どこまでも生きようとする力こそ個人の根拠でありながら、それゆえにこそ個人は、Kや先生のように罪を犯さずにはいられないのである。このような罪を超えるには、「私」の生も世界の外部に由来していることを自覚する以外にはない。個の生きる力――E・レヴィナスのいう「同化」――は、それを含むより大きな力（世界の外部）を、死を介して実感することによって乗り越えられなければならないのである。この点については、次章で述べるニーチェの「永遠回帰」と「超人」につうじる議論と重なるのであるが、それを漱石のうちに認めるには、例の「三十分間の死」あるいは「則天去私」についての考察を必要とするのである。

注

＊1　松元寛『漱石の実験――現代をどう生きるか』朝文社、一九九三年。

＊2　漱石はこのような大衆を「小人」と呼んで徹底的な批判を加える。後に述べるキリスト教批判についてだけでなく、大衆批判という点においても、（実は批判の視点は異なっていたのだが）漱石は同意者をニーチェに見出し、協調者を得た思いで、大いに憤激するのである。平川のいうように、こうした同調と憤激が第二期の神経異常期にあった漱石の頭脳に麻薬的効果を与えたことは否めない。

＊3　A・ド・トクヴィル『アメリカにおけるデモクラシー』岩永健吉郎・松本礼二訳、研究社叢書、一九七二年。

＊4　デュルケムのégoismeに、訳者の宮島喬は「自己本位」という訳語をあてているが、その内容は、われわれがここでいう「自己崇拝」（égotisme）に近い（E・デュルケーム『自殺論』宮島喬訳、尾高邦雄編『デュルケーム ジンメル』世界の名著47、中央公論社、一九六八年）。なお、フランス語のégotismeは十九世紀に英語からとり入れられた。

＊5　スタンダール『エゴチスムの回想』小林正訳（桑原武夫・生島遼一編『スタンダール全集』12、人文書院、一九七八年、新装版）。解説者のP・マルチノは、エゴチストはきりのない自己反省を通して、実際の自分の姿よりも、もっと魅力のある、もっと幸運にめぐまれた自己像を描き出そうとする、と述べている。

＊6　高坂正顕『明治思想史』原書房、一九五五年（源了圓編『京都哲学撰書 第一巻』燈影舎、一九九九年）。

＊7　平川によれば、これらの記述の順は、「書き込み」→「断片」→『吾輩は猫である』になっているという（平川、前掲論文）。

＊8　このような「生」の概念、および「生」と「理想」の関係は『文芸の哲学的基礎』のなかで展開されているが、この評論のもとの講演が開催されたのも『猫』執筆の時期にあたっており、漱石がニーチェに接した頃であった。また、このような「生」概念はW・ジェイムズから学んだと思われる（重松泰雄『漱石――その新

たなる地平』おうふう、一九九七年)。

＊9　漱石のニヒリズム理解が、当時のニーチェ解釈の水準を超えていたという指摘は、山崎庸佑『ニーチェ』講談社学術文庫、一九九六年。また、漱石のニーチェへのこだわりは、当時の代表的知識人――たとえば森鷗外――などにくらべても顕著なものがある(小堀桂一郎「森鷗外のニーチェ像――我国におけるニーチェ理解史初期の一面」氷上英廣編『ニーチェとその周辺』朝日出版社、一九七二年)。

＊10　この両者の関連については、P・クロソウスキー『ニーチェと悪循環』兼子正勝訳、哲学書房、一九八九年による。

＊11　小森陽一の論文「『こころ』を生成する心臓《ハート》」(『成城国文学』一九八五年三月)と、さらに若い世代が『こころ』について批評した、小森陽一・中村三春・宮川健郎編『総力討論 漱石の『こゝろ』』(翰林書房、一九九四年)を見るなら、こうしたテクスト解釈の影響の大きさがうかがえる。

＊12　古井の解説は短いものではあるが、実作者ならではの意見を踏まえた優れたものである。

＊13　G・ドゥルーズ『ニーチェと哲学』足立和浩訳、国文社、一九八二年、新装版。

第七章　自己本位と則天去私（下）――『明暗』を中心に

没個人・個人・超個人

われわれはこれまでに夏目漱石に見る個人主義の問題に興味を抱いてきた。彼のいう個人主義（自己本位）の具体的な内容は晩年の講演において明らかにされたが、それを個人主義理解のための主要なテクストにしてきた。また小説をはじめ初期のレポートにいたるまでさかのぼり、それらを参考資料にして、自己本位がどのような内容をもっているのかについて考察を行なってきた。前章では、前近代的な社会の崩壊と西洋社会の影響にともなって生じてきた「個人」という存在が、その欲望を充足させる過程において、漱石のいう「ニーチェ問題」に逢着せざるを得ないことを論じた。ここでいうニーチェ問題とは次のようなものであった。すなわち、個人が主となる社会で、自分の欲望や個性を十分に展開しようとするなら、必ずや他者のそれらとの衝突を招かないわけにはいかない。また人間の生きようとする力は、よりよく生きようとすることから「理想」を生み出し追求するところとなるが、そのことによって逆に彼の内に現実の生を放棄させる態度を生じさせることになる。その結果、当の個人は「理想＝無」を志向する能動的ニヒリズムにいたることを余儀なくされる。われわれは、このような個人主義のはらむ逆説が究極的にはどのような地点にいたるかを、小説『こころ』の内に読み取ってきた。

そこで次には前近代社会・近代社会・超近代社会という三つの社会類型を使用して、それらとの関連においてこれら三つの社会類型に対応するパーソナリティーの類型である没個人・個人・超個人がどのように位置づけられるかを示しておきたい。[*1] 個人および個人主義という価値観が生まれるのは近代社会においてであった。前近代社会では個は社会を構成する単位ではあっても、当の個を「個人」として尊重する価値観を有してはいなかった。そこでは個は共同体の強い紐帯の内に組み込まれており、人々は常に個よりも共同体を優先的に尊重していた。このような社会原理をわれわれはホーリズム（全体論）と呼んでいる。近代化にともなって社会変動が生ずるに及んで、当の社会構造と価値観が崩壊することになるが、それによって個は共同体的な紐帯から切り離され、「個人」とさせられる。また個人を尊重する考え方が生じ、個人主義の価値観がもたらされる。すなわち前近代社会から近代社会への移行とは、「没個人・ホーリズム」から「個人・個人主義」への変化と言い換えることができる。

日本の近代社会において、前近代から近代への移行は西洋近代社会からの影響のもとに行なわれ、この意味から両社会の関係を抜きにしてはとらえられない。なぜなら、前近代社会から近代社会への移行を促したのは主に西洋近代社会との接触を通してであり、しかもその影響力は移行にさいしてだけに限られるものではなかったからである。移行した後にあっても、日本の近代社会は絶えずその影響下に置かれていたのであり、その影響力は当の社会の住民から圧迫と受け取られるほどであった。そのために、個人主義という価値の次元についても、西洋社会からの影響のもとに生じた価値観つまり西洋社会の模倣の産物である、とさえ称されるところとなった。なるほど漱石の「自己本位」も確かに西洋社会との関係を抜きにしては考えられないかも知れない。なぜなら「模倣から独立へ」という彼の呼びかけは、西洋近代社会に対する日本社会のあり方を指し示していたと思われるからである（夏目漱石「模倣と独立」三好行雄編『漱石文明論集』岩波文庫、一九八六年）。彼においては、前近代から近代への移行は既に自明の事実として受け取られており、日本と西洋との関係こそがより大きな関心事になっていた。ちなみに福沢諭吉は、日本の社会が前近代から近代へと移行するにさいして、その移行を達成するための手段として個人主義をはじめとする西洋近代社会の価値観に利用価値があると考え、模倣の重要性を強調していた。

さらに漱石の関心は近代社会から超近代社会への移行という次の段階に移っていく。いまだ日本の社会の内に近代社会が未成熟のままである段階にあるにもかかわらず、彼の関心は既に超近代社会の方に向いていた。個人の自由意志と契約に基づく「結社」（アソシエーション）の根付いていない近代の日本社会において、自己本位を生きることがどのような事態を招くことになるのか、そのような超近代社会的な問題を彼は小説のなかでいわば思考実験していた、といった方がよいかも知れない。後期の三部作に描かれた知識人たちの苦悩は、このような個人主義がかかえ込まなければならなかった問題に由来していた。なかでもわれわれが解釈を試みた『こころ』の主人公である先生の苦悩は、そのような問題の極限的な形態であった。それはニヒリズムの問題であったが、この問題は近代社会の行き着く先すなわち超近代社会的状況の問題であった。つまり漱石は近代社会の価値観である個人主義の限界状況を小説のなかに描いたのである。

晩年に弟子たちに語ったとされる「則天去私」という心境は、このような個人主義の極限がはらむ問題を克服することをめざすものであった。ここに漱石の個人を超える思想を見ることができる。彼の個人主義が日本近代と西洋近代との関連でとらえられていたとするなら、則天去私とは近代社会と超近代社会との関係において理解されなければならない。このような文脈を押さえるとき、われわれには漱石がなぜニーチェに言及したのかが明らかになる。ニーチェ自身も西洋近代が抱え込まなければならない超近代的な問題、すなわちニヒリズムに直面したからであった。ニーチェは、西洋近代社会とりわけその主要な価値観であるキリスト教が究極においてニヒリズムに基づいていると指摘した。そしてそのニヒリズムを克服する方法として「永遠回帰」と「超人」の思想を提起したのであった。漱石はニーチェのニヒリズム問題には理解を示したが、「永遠回帰」と「超人」の思想についてはは理解することができなかった。それゆえにニヒリズムの克服の方法に関しても、彼はニーチェとは別個に解決法をめざすほかはなかった。

ところで漱石自身は「則天去私」の内容について詳しい説明を残していない。そのために、前章で述べたように弟子たちの言い伝えが死後に横行するところとなり、「則天去私」の理解に混乱をもたらしてきた。この言葉がどのような内容を含んでいるにしても、われわれの視点から形式化するなら、「私＝個人」が「天＝超越的なもの」との一体化を通して、個人を超える存在になるという意味である。その担い手を「超個人」と呼ぶことにしよう。なぜ個人は超個人とならなければならないのか。そこには日本の近代化の様相が反映している。先に見たように、共同体から析出された個人はそのよって立つ社会的な基盤を必要とする。しかし明治という日本の近代社会では、そのような社会的基盤を用意することが困難であった。個人の社会的契約によって成立するアソシエーションが、政治・経済・文化の各方面においてほとんど成立・熟成することがなかったからである。たとえば『こころ』の登場人物である先生とKは、ともに地縁的・血縁的な共同体から切り離されてしまっており、彼らの間に友情によって結ばれる関係を打ち立てようとし、それに失敗したのであった。このような社会的基盤をもたない個人は、社会的に宙づりにされた存在であり、その社会的基盤の欠如のゆえに絶えず不安にさらされずにはいられない。

末木文美士によれば、日本の近代社会の特徴は前近代・近代・超近代という三つの次元が明確に区別されることがなく、近代の内に他の二つがいわばずれ込んだ状態をなしており、これら三次元が入り混じっている、という（末木文美士『近代日本と仏教』近代日本の思想・再考Ⅱ、トランスビュー、二〇〇四年、一一頁）。その結果、どのような事態が生ずることになるのか。近代の価値観である個人主義が成立・熟成する以前に、超近代の問題（ニヒリズムとその克服）が課題とされ、個人の問題と超個人の問題とが混同されやすくなる。しかも他方でまた近代の内に前近代がずれ込んでいるために、個人の問題と没個人の問題が重なり、両者の間での混同が生じやすくなる。そしてこれらの結果、個人を中心にして超個人と没個人とが混同されやすくなるのである。ベルクソンの用語で言い換えると、個人の「開いたもの」への超出が「閉じたもの」への拡大と取り違えられ、その結果、「開いたもの」が国家や共同体という「閉じたもの」に回収されてしまうことになる。末木は、ここにこそ近代日本思想史における最大の問題の一つが存在していると指摘する。われわれは漱石の個人が超個人へと飛躍する過程に関心をもつものであるが、そうである以上、漱石にあってこれらの問題はいかにとらえられていたのか、この点について考察をしないわけにはいかないのである。

則天去私と超個人

「則天去私」という有名な言葉は、確かに幾度か漱石自身によって使用されたことがあったが、その内容について生存中に詳しく述べたという記録は存在していない。ある雑誌から座右の銘を求められたとき揮毫した書が残されている。またこの用語の典拠がどこであるのかも明らかではない。「則天」および「去私」という用語は、ともに中国の古典に見えるとされるが、「則天去私」という用語は存在しておらず、恐らく漱石が独自に創った用語であろうといわれている。

この用語については弟子たちの語り伝えてきた話が有名である。それらいくつかの記録を照合してみると、最晩年の頃の木曜会の席において、漱石は何度かこの用語に言及しながら話を進めたといわれている。またこの用語に関する弟子たちの疑問や質問に対して、彼らと漱石との間で問答が交わされたことも事実らしい。そのおりの内容の一部は弟子たちによって語り継がれてきているが、それらによると、この語は一方において漱石の宗教観をあらわすものとされ、また他方において芸術的方法論をあらわすものと理解されているようである。[*2] 宗教に関していうならば、漱石は早くから禅宗に興味を示し、それに関連する書物に親しんでいたことが広く知られている。それでは漱石は禅宗の信者であったかというと、そうともいえない。彼が特定の宗教の信者であったという証拠はなく、禅宗に対しても例外ではなかった。多くの禅籍に親しみながら、それらの教養に独自の解釈を加えたという方が正確である。その意味でいうなら、この用語は彼の「宗教的な心境」を述べたものといって差支えない。*3

他方でこれは単に彼の芸術観を述べたものであるとする説がある。こう考える人たちは先の宗教観という説に疑問を呈しており、それは弟子たちの作り上げた神話ともいうべきものであるという。*4 それゆえに彼らはこの用語の内容について懐疑的であり、漱石が『明暗』について述べた「今度の作品などはこのような〔「則天去私」の〕境地を描いている」という言明についても、それは単に文学上の表現について述べたにすぎないと解釈する。漱石は別な箇所で「則天去私」を実現している具体的な作品の事例を求められたとき、ゴールドスミスの『ウエイクフィールドの牧師』とジェイン・オースティンの『高慢と偏見』を挙げていた。これら両者には表現上の共通性があると想定できる。つまり両作品では、物語の叙述において作者の視点が特定の作中人物の視点に偏ることがなく、公平な立場が維持されており、登場人物おのおのの人格が対等に描き分けられている。『明暗』においてもこのような表現法が実現されていると解釈し、そこに彼らは「則天去私」の芸術論的意味を読み取るのである。

本書では漱石の作品を「自然の系列」と「他者の系列」とに分けてとらえてきた。すなわち漢詩や俳句に代表される自然との同化を表現する系統（そこでは「宗教的な心境」が主に表出されていると考えられる）と、中期以降の小説に代表される他者との関係を描くリアリズムの系統（そこでは新たな芸術的表現がめざされている）である。これにそっていうならば、上の「則天去私」解釈の二タイプのうちの「宗教的心境」と解される「則天去私」の立場は、前者の「自然の系列」の作品のなかに表現されており、「芸術論」と解される「則天去私」の方法は、後者の「他者の系列」の作品のなかで模索されている、と見ることができる。しかしこれら「宗教的心境」と「芸術論」とは相互に関係しないという考え方（たとえば松元寛の説[*5]）に全面的に同意することはできない。というのも、晩年の漱石にあっては、前者の宗教的心境に飛躍が見られ、それと平行して後者の芸術的表現の方法においても、新しい表現法が実現されていると考えられるためである。後に見るように、両者には相関関係があったと思われる。しかしながら誤解を避けるために付け加えなければならないが、小宮豊隆のように、『明暗』においてこれら両者が調和したかたちを実現しているといっているわけではない（小宮豊隆『夏目漱石』上・中・下、岩波文庫、一九八六・一九八七・一九八七年）。この中断された作品のなかに、われわれはそのような根拠を見いだすことができない。

ところで、われわれは「則天去私」と「自然の概念」とがどのような関係にあるのかに注目するのであるが、それを把握するには、まず「天」という用語が一体どのような意味をになっているのか、を考えなくてはならない。通常「天」というとき、それは主として儒学的な意味をになっているると考えるべきである。儒学思想では、天とは宇宙の運行の法則をあらわし、これが人間社会においても実現されなければならないと説く。この意味において社会と宇宙とは同じ法則によって貫かれており、これら二つの次元はいわば構造的相同性をもっている。そしてその法則こそが「道」と称される。『それから』のなかで、父の茶室で代助が見た「誠は天の道なり」という揮毫は、このような儒教的な意味をになうものであった。宇宙と社会とが相同であるなら、そのような社会では

「個人」は存在することが困難となる（第五章参照）。社会の構成単位である個は当然ながら道に従わなければならないが、そうすることは宇宙＝天に奉仕することでもある。この社会では個は全体に仕える単位でしかなく、個に個人としての価値が認められることはない。このような全体論（ホーリズム）の支配する社会では集団への忠誠を徳とするのであるから、そこでは当該の集団を至上の価値とする個別主義的原理が貫徹していることになる（第一章参照）。

しかしながら「天」という概念には、個別主義的な原理だけではなく、普遍主義的な原理につうじる概念も含まれている。中国の古代国家「周」の時代には、天には「「天帝」の道」という意味が存在しており、特定の集団や社会を超えた普遍的な価値を指す意味があったという（平石直昭『天』〔一語の辞典〕三省堂、一九九六年、一二一頁）。その場合、天は集団や社会をも超越した存在と見なされており、そこには宇宙や自然（外物）を支配する法則が想定されていた。それゆえに、この「天」は個々の集団＝社会を超越した普遍的なもの、万人の平等という価値をもつことになる。ちなみに幕末の儒者であった横井小楠は「天」をこのような古代儒教的な意味に解釈しなおし、従来の個別主義的な意味を排除しようとした。そして小楠の「天」の意味が、後に福沢諭吉の「天」の概念にとり入れられるところとなった。このような古典的な「天」には先に見たように宇宙や自然が含まれており、これらの意味がまた老荘思想との結びつきを示唆する。漱石の老荘思想への親炙は以前に述べたところであり、両者の「自然」には普遍主義的・平等主義的という共通する価値が認められ、この点で漱石の好みと合致するところとなる。[*6]

以上のような意味の含みをもつ宗教的心境とは、それではどういうことであるのか。それを端的に示すのが晩年の漢詩あるいは禅について述べた言葉であるとされてきた。漱石は『明暗』執筆中のおりに、午前中は小説を書き、午後には漢詩を詠んでいた。午前中の「俗領された気分」を、漢詩を創作することで洗い流したのである。松元寛が指摘したように、小説を書く反面において漢詩を作らざるを得なかったところに漱石晩年の特徴が存在しており、両者の区分が彼において二つの世界の混同を忌避させることになったというのである。『明暗』執筆の間、彼はかってないほど多くの漢詩を作成した。そのうちの代表的な作品として次のものが挙げられる。*7

真蹤寂寞杳難尋
欲抱虚懐歩古今
碧水碧山何有我
蓋天蓋地是無心
依稀暮色月離草
錯落秋声風在林
眼耳双忘身亦失
空中独唱白雲吟

真蹤《しんしょう》寂寞　杳《よう》として尋ね難し
虚懐を抱いて　古今に歩まんと欲す
碧水碧山　何ぞ我有らん
蓋天蓋地《がいてんがいち》　是れ無心
依稀《いき》たる暮色　月　草を離れ
錯落たる秋声　風　林に在り
眼耳双《ふたつ》ながら忘れ　身も亦失ひ
空中　独り唱ふ　白雲吟

(大意：真実の道は究めれば究めるほど奥深いもので、とらえ難い。せめて我欲を去った自由な心境で生涯を終わりたいと思う。山河、天地、どこに我執や私心があろうか。夕暗のとざす草むらの向こうから月が上り、秋風が林を鳴らしている。この静かな明るい世界の中で、私はいま恍惚と我を忘れて、空中に白雲の歌をうたうような気分を味わっているのである。)

この作品は当時作られた九三作中の最後に位置する作品であり、「則天去私」の心境を代表するものとされる。というよりも、残りの九二作はすべてこの作品を生み出すためのものであったとすら評される。ここでは作者の自己が自然に一体化して消失してしまう状況が詠われている。このような自然と自己との一体化した状態を、われわれは「超個人」と呼んできた。最後の連にあるように、個人は自然の内に溶解していながら、しかし当の自己そのものは完全に喪失されてはいない。つまり自己は自己でありながら、自己を超えてしまった状態にある。

漱石がこのような心境にいたったことは、彼の内に何らかの飛躍が起こったことを想定させる。というのも、われわれは、漱石があれほど自我にこだわり、その自我をなんとか脱したいと思いながらままならない状態を描いてきたこと、たとえば『行人』の主人公一郎の苦しみ、を知っているからである。一郎はこう述べていた。

一度《たび》この境界《きょうがい》に入れば天地も万有も、凡《すべ》ての対象というものが悉《ことごと》くなくなって、唯自分だけが存在するのだと云います。そうしてその時の自分は有《ある》とも無いとも片の付かないものだと云います。〔中略〕即ち絶対だと云います。そうしてその絶対を経験している人が、俄然として半鐘の音を聞くとすると、その半鐘の音は即ち自分だというのです。言葉を換えて同じ意味を表わすと、絶対即相対になるのだというのです。(『行人』新潮文庫、一九八九年、三六一頁)

これとほぼ同様の言葉が同じ時期の「断片」にも書き込まれている。「〇一度絶対の境地に達して、又相対に首を出したものは容易に心機一転が出来る　〇　屡《しばしば》　絶対の境地に達するものは屡心機一転する事を得　〇自由に絶対の境地に入るものは自由に心機の一転を得」(「大正四年　断片六六」『漱石全集』二十巻、岩波書店、一九九六年、四八四頁)。一郎の願望はこのような状態にいたることであったが、それはまた作者漱石の願望でもあった。「絶対即相対」にいたりたくてもいたり得ないところに、一郎=漱石の苦悩が存在していた。われわれは、このようなパラドックスの論理(漱石は「自然の論理」という)に禅宗の影響を認めざるを得ない。なぜなら次に掲げるように、この論理は鈴木大拙のいう「般若の論理」と酷似しているからである。

大拙は禅仏教の論理の根源は般若の論理にあるという。彼は金剛教の解説において次のような説明をしている。

「仏の説き給ふ般若波羅蜜といふのは、即ち般若波羅蜜ではない。それで般若波羅蜜と名づけるのである」、かういふことになる。これが般若系思想の根幹をなしてゐる論理で、また禅の論理である、〔中略〕これを公式的にすると、AはAだと云ふのは、AはAでない、故に、AはAである。これは肯定が否定で、否定が肯定だと云ふことである。〔中略〕総ての観念が、まづ否定せられて、それからまた肯定に還るのである。〔中略〕山を見れば山であると云ひ、川に向へば川であると云ふ。これが吾等の常識である。ところが、般若系思想では、山は山でない、川は川でない、それ故に、山は山で、川は川であると、かういふことになるのである。一般の考へ方から見ると、頗る非常識な物の見方だと云ふことにならざるを得ない。凡て吾等の言葉・観念又は概念といふものは、さういふ風に、否定を媒介にして、始めて肯定に入るのが、本当の物の見方だといふのが、般若論理の性格である。(『鈴木大拙全集』五巻、岩波書店、一九六八年、三八〇―一頁)

「AはAでないから、Aである」という論理はパラドックスをなしているが、禅においては、これを論理で解くことをしない。すなわち「禅は此論理を論理の形式で取り扱はない」のである。それならどのようにして解くのか。大拙は体験において解くという。「知性的判断の上に立つたり、情意的選択の裡に動いてゐる限り、霊性的直覚には到り得ないのである。般若の論理は霊性の論理であるから、これを体認するには、横超の経験がなくてはならぬ」のである。この体認を介して、日常の世界を支配する認識の枠組み(パースペクティヴ)を打ち砕き、対象をありのままにとらえることが可能になる。そのさいには「柳は緑、花は紅でいいんだ」ということができる。『門』の宗助が参禅したおりに出された公案「父母未生以前本来の面目」も同じようなパラドックスを構成しており、宗助は体認によってそれを解くことを求められた。それは霊性の直覚に入るための手段であったのであるが、彼にはそれが何の意味かも分からず、すごすごと引き返すほかはなかった。

われわれからすれば宗助は当時の漱石であったと受け取れるのであるが、宗助=漱石には解くことが不可能であったこのようなパラドックスを、晩年の漱石にはどうして解き得たのであろうか。

そこには心境の飛躍（横超の経験）が生じたと推測する以外にはない。しかし再度注意を喚起するように、そこには禅の影響が顕著であっても、あくまで漱石独自の体験があったはずであり、それが彼に宗教的心境を達成させていたと思われる。たとえば修善寺の大患とは、漱石においてこのような経験の一つをなしたのではないだろうか。というのもその直後に詠まれた漢詩のうちに、われわれは先の漢詩と酷似した心境を感じてしまうからである。

仰臥人如啞　　仰臥　人　啞《おし》の如く
黙然見大空　　黙然　大空を見る
大空雲不動　　大空　雲動かず
終日杳相同　　終日　杳《はる》かに相同じ
（大意：私は病床に仰臥したまま、啞のように黙りこくって大空を眺めている。大空に浮かぶ白雲も動かず、一日中向かい合ったまま。）（和田、前掲書、二九三頁）

ここに見られるように、自然と自己とが溶けあってしまうとき、死に対する恐怖もなくなってしまう。われわれの常識である〈生／死〉という認識枠組みが脱落して、「視座なき視座」が達成されている。つまりここには絶対即相対という状況が生じているのである。漱石が幼児のうちから経験していた、自然への溶解の体験が再度ここに出現してきたといってもよいであろう。われわれはまた、ここに彼の独自な「天」の解釈——老荘思想に見られる自然・道の概念、および古代儒教の普遍性・平等性――を読み取ることができる。彼の初期からの老子への好み、隠遁者への憧れは、このような自然を介して、晩年の則天去私へと結び付いたというほかはない。

「自然」概念の変化

われわれは以前に漱石の作品に見る「自然」概念について述べたことがある（第五章「自然と自己本位」）。そこでは初期作品に見られる「自然」の重要性に注目した。とりわけ「個人」の成立にさいして、「自然」のもつ意義について考察した。個が個人となるには、彼は世界の外で超越的な自然に出会い、その一部を内部にとり入れ、世界に帰還し、当人の個性や自律の基盤にする必要があった。漱石独特の個人主義は、このようにして成り立つ「個性の個人主義」であった。

初期作品に限らず彼の作品において、「自然」という言葉の頻出することはよく知られているところである。しかしそのように頻出する「自然」という用語において、その意味するところに変化がなかったわけではない。われわれが注目したいのは後期作品群に見られる意味変化であるが、とくに『それから』『行人』に現われる「自然」の概念と、『道草』『明暗』に見られるそれとの間には明らかな意味の移動がある。前者では自然が観念的な意味を帯びているのに対して、後者ではどこか無気味なリアルさをもっており、ここに意味の移動が認められる。つまり前者の作品では、自然が登場しても、主人公たちはその観念的な側面に振り回されている感が否めないが、それに対して後者の作品での自然は、主人公や登場人物たちの世界を超えた厳然とした存在感を有している。

この意味の移動について確認してみよう。たとえば『それから』において、代助が出会う「自然」とは次のようなものであった。

代助は、百合の花を眺めながら、部屋を掩《おお》う強い香《か》の中に、残りなく自己を放擲《ほうてき》した。彼はこの嗅覚《きゅうかく》の刺激のうちに、三千代の過去を分明《ふんみょう》に認めた。その過去には離すべからざる、わが昔の影が烟《けむり》の如く這《は》い纏《まつ》わっていた。彼はしばらくして、「今日始めて自然の昔に帰るんだ」と胸の中で云った。こう云い得た時、彼は年頃にない安慰を総身に覚えた。何故もっと早く帰る事が出来なかったのかと思った。(『それから』新潮文庫、一九四八年、二二八―九頁)

これについて桶谷秀昭は、代助が「今日始めて自然の昔に帰るんだ」と言い、一刻の至福のなかに一線を踏み切ったとき、彼は三千代のことを忘れているのであり、最後まで生きた人間としての三千代の存在に気がつくことがなかったのではないか、と言う(桶谷秀昭『増補版 夏目漱石論』河出書房新社、一九七六年、二七三頁)。そして「代助は自分の「自然」という観念に殉じたのであって、三千代という生きた人間に殉じたのではない」と断言する。

『それから』『行人』では、ともに人間を超えた存在としての「自然」との出会いを描こうとしているが、その「自然」にはどこか観念的な印象がぬぐえない。つまり描かれる人物の表白が、読むものにとってはどこか浮き上がったものに映る。とりわけ前節で引用した一郎の表白にいたっては、明らかにベルクソンからの影響が見られ、彼の生命論がそのまま引き写されているという印象をもってしまう。*8 作者である漱石がベルクソンの思想に親炙することと、その思想をその小説の登場人物に語らせることとは別な次元に属することであり、これらを混同するならば、作品の現実感に無理を生じさせる。『行人』ではこの混同が生じているのであり、そのことが一郎の発言を浮き上がったものにしている。

これら二作品に対して、『道草』には先の「自然」とは違ってどこか言い知れない恐ろしさ——「牧歌というには陰湿な不吉な気配」（桶谷）——を覚えさせる自然が描き出される。たとえば主人公の健三が幼時の記憶を思い出すとき、彼を池の底に引きずり込もうとする力にそうした恐ろしさがうかがえる。

或日彼は誰も宅《うち》にいない時を見計って、不細工な布袋竹《ほていちく》の先へ一枚糸を着けて、餌《えさ》と共に池の中に投げ込んだら、すぐ糸を引く気味の悪いものに脅かされた。彼は水の底に引っ張り込まなければ已《や》まないその強い力が二の腕まで伝った時、彼は恐ろしくなって、すぐ竿《さお》を放り出した。そうして翌日《あくるひ》静かに水面に浮いている一尺余りの緋鯉を見出《みいだ》した。（『道草』新潮文庫、一九五一年、一〇〇頁）

さらにこのような薄暗く無気味な「自然」は、妻の出産の情景においても顔をのぞかせていた。

その或物は寒天のようにぷりぷりしていた。そうして輪廓からいっても恰好《かっこう》の判然《はんぜん》しない何《なに》かの塊《かたまり》に過ぎなかった。彼は気味の悪い感じを彼の全身に伝えるこの塊を軽く指頭《しとう》で撫でて見

た。塊りは動きもしなければ泣きもしなかった。〔中略〕彼は恐ろしくなって急に手を引込めた。（同上書、二〇八―九頁）

これら生命のしるしともいうべき「自然」は人間がコントロールしようにもできないものである。それにふれるとき、主人公は無気味なもの、何か恐ろしいものと感じてしまっている。このように『道草』に出現する自然を、われわれは以前に「世界の外部の現れ」と述べたことがあった（第二章「他者の発見あるいは倫理の根拠――『道草』をめぐって」）。これらの自然は世界の外部に位置しており、ときおり世界の内部に侵入してくるもの、つまりラカンのいう「現実界」をあらわしている。

晩年の作品の特徴の一つは、このように外部性を表示する「自然」が描出されるところにある。すなわち、「他者の系列」の作品のなかで、個性を貫く者同士の抜き差しならない関係の結末を追究することを通し、人間にはどうしようもない猛威をふるう自然、外部性を表示する自然が、晩年の作品において姿を現わしてくるのである。『明暗』においても例外ではなく、作品の終盤に姿を現わす「大きな自然」はそのような出現と見なすことができる。作品前半では新婚まもない津田とお延の日常生活のやり取りが描かれる。しかしそこにおける二人のやり取りには息を呑むほどの緊張感がただよっている。というのは、この二人は人一倍強い自尊心（虚栄心）にとらわれており、その結果、互いの自尊心（虚栄心）をめぐる絶え間ない駆引きが繰り返されるからである。お延は夫である津田に妻たる自分を愛さずにはいられないようにさせようとする。しかし津田は容易にその計略に乗ってはこない。それに乗ってしまえば彼の負けになるのであり、それによって彼の自尊心が傷つくからである。また他方で津田は、結婚以前からお延に自分はお金に不自由のない身分であるように吹聴しており、結婚後もそう思い込ませようと骨を折っている。もし実態を知られたなら、彼は彼女から軽蔑されかねないと信じ込んでいる。このような駆引きは、彼らの日常の相互行為を自尊心（虚栄心）をめぐる「暗闘」の場に変えてしまう。

結婚後彼等《ら》の間には、常に財力に関する妙な暗闘があった。〔中略〕普通の人のように富を誇りとしたがる津田は、その点に於《おい》て、自分を成《な》る可《べ》く高くお延から評価させるために、父の財産を実際より遙か余計な額に見積った所を、彼女に向って吹聴した。〔中略〕彼のお延に匂《にお》わせた自分は、今より大変楽な身分にいる若旦那《だんな》であった。必要な場合には、幾何《いくら》でも父から補助を仰ぐ事が出来た。たとい仰がないでも、月々の支出に困る憂《うれい》は決してなかった。お延と結婚した時の彼は、もうこれだけの言責《げんせき》を彼女に対して脊負《しょ》って立っていたのと同じ事であった。利巧な彼は、財力に重きを置く点に於て、彼に優《まさ》るとも劣らないお延の性質を能《よ》く承知していた。極端に云えば、黄金の光りから愛その物が生れるとまで信ずる事の出来る彼には、どうかしてお延の手前を取繕わなければならないという不安があった。ことに彼はこの点に於てお延から軽蔑《けいべつ》されるのを深く恐れた。（『明暗』新潮文庫、一九八七年、二三七—八頁。以下『明暗』からの引用はこの版による）

登場人物たちの間でのこのような「暗闘」が最高潮を迎えるのは、前半の山場でもある病院の場面である。津田の妹であるお秀が津田の入院先である病院に見舞いに来る。彼女は彼がほしがるに違いないお金を工面してくるが、そこで訪ねてきた妻のお延と鉢合わせをする。日ごろから兄嫁の派手な生活ぶりを快く思っていないお秀とお延との間に猛烈な言い争いが始まる。虚栄心をめぐるすさまじいまでの暗闘は、お延と津田が連合してお秀の攻撃をかろうじてかわすことによってひとまずの決着を見る。その直後において、津田とお延の間で互いに対する防衛の態度が崩れ、二人の心が素直にふれあう瞬間がやって来る。そしてそこに津田とお延の「自然」が姿を見せるのである。

今までお延の前で体面を保つために武装していた津田の心が吾《われ》知らず弛《ゆる》んだ。自分の父が鄙《ひ》吝《りん》らしく彼女の眼《め》に映りはしまいかという掛《け》念《ねん》、或は自分の予期以下に彼女が父の財力を見縊《みくび》りはしまいかという恐れ、二つのものが原因になって、成《な》る可《べ》く京都の方面に曖昧《あいまい》な幕を張り通そうとした警戒が解けた。そうして彼はそれに気付《きつ》かずにいた。努力もなく意志も働かせずに、彼は自然の力で其所《そこ》へ押し流されて来た。用心深い彼をそっと持ち上げて、事件がお延のために彼を其所まで運んで来て呉れたと同じ事であった。お延にはそれが嬉《うれ》しかった。改めようとする決心なしに、改たまった夫の態度には自然があった。〔中略〕

お秀との悶着《もんちゃく》が、偶然にもお延の胸にあるこの扉《とびら》を一度にがらりと敲《たた》き破った。しかもお延自身毫《ごう》も其所に気が付かなかった。彼女は自分を夫の前に開放しようという努力も決心もなしに、天然自然自分を開放してしまった。だから津田にもまるで別人《べつにん》のように快よく見えた。二人はこういう風で、何時になく融け合った。(同頁)

ここにおいて二人に出現した自然は後に「小さい自然」と称されることになる。とりわけお延において開放された自然は、彼女を幸福な気分にさせたが、彼女の「小さい自然」の背後には、彼女自身にも理解しがたい「大きな自然」が横たわっていた。それを作者は次のように表現している。

女は前後の関係から、思量分別の許す限り、全身を挙げて其所《そこ》へ拘泥《こだわ》らなければならなかった。それが彼女の自然であった。然し不幸な事に、自然全体は彼女よりも大きかった。彼女の遙《はる》か上にも続いていた。公平な光りを放って、可憐《かれん》な彼女を殺そうとしてさえ憚《はば》からなかった。（四五一頁）

その結果はこうなるのであった。

彼女が一口拘泥《こだわ》るたびに、津田は一足彼女から退ぞいた。二口拘泥れば、二足退いた。拘泥るごとに、津田と彼女の距離はだんだん増して行った。大きな自然は、彼女の小さい自然から出た行為を、遠慮なく蹂躙《じゅうりん》した。一歩ごとに彼女の目的を破壊して悔いなかった。彼女は暗に其所へ気が付いた。けれどもその意味を悟る事は出来なかった。（同頁）

われわれはここに『道草』に現われたのと同様な「世界の外部」を表示する自然を認めることが

できる。先に引用したように、「大きな自然」はお延の「小さい自然」にまったく頓着することなく運行し、それを蹂躙してはばかることとさえなかった。ここにこそ世界の外部性を表示するしるし――健三に恐怖と無気味さを体験させた「自然」――を認めることができる。それはまた津田が療養と称して温泉に向かう道中にも姿を現わす。

一方には空を凌《しの》ぐほどの高い樹《き》が聳《そび》えていた。星月夜の光に映る物凄《ものすご》い影から判断すると古《こ》松《しょう》らしいその木と、突然一方に聞こえ出した奔湍《ほんたん》の音とが、久しく都会の中を出なかった津田の心に不時の一転化を与えた。彼は忘れた記憶を思い出した時のような気分になった。

「ああ世の中には、こんなものが存在していたのだっけ、どうして今までそれを忘れていたのだろう」〔中略〕

冷たい山間《やまあい》の空気と、その山を神秘的に黒くぼかす夜の色と、その夜の色の中に自分の存在を呑《の》み尽された津田とが一度に重なり合った時、彼は思わず恐れた。ぞっとした。（同上書、五三七―八頁）

お延について言及された「小さい自然」とは彼女の内に形成された個性を指しており、それはまた代助が出会った「自然」とつうずるものである。つまりそれは、自己本位的にどこまでも生きようとする近代人の生の本性であって、あるいは「個人に内在化された自然」といってもよいような生の力である。しかし、この「小さい自然」は「大きな自然」によって蹂躙されずにはいない。これら両者は一体どのような関係をなしているのか。

前章で見たように「則天去私」という言葉には多様な意味が含まれており、それらの意味を限定することには困難がつきまとっていた。われわれは、天（自然・道）に私（自己）が同化することにより、個人の性向（エゴイズム・エゴティズム）が乗り超えられる心境である、と理解してきた。漱石が「私は五十になって始めて道に志ざす事に気のついた愚物です」と言うときの「道」とは、老子のいう、天然自然を支配する法則であると同時に人間世界の究極的な道理をも含んでいた。それでは、個人が自然に同化するとき、個人はその個性を喪失するのであろうか。いや、この自然（大きな自然）は個性（小さい自然）を超越するが、前者の位相に立つことによってのみ、人は超個人として、個人の個性を相対化し得、そのうえでそれをいつくしむ視点をも獲得するのである。作品のなかでこのような「大きな自然」がリアルに描かれるとき、それは単に「小さい自然」の開放をめざすいわば閉じた満足をいったん打ち壊し、さらにそれをいっそう高次の「超個性」ともいうべきものの実現へ、超個人の開かれた満足へと導く効果をもたらすのではないだろうか。〈世界〉の外部に位置する〈大文字の他者〉（自然）と同化し、超個性を実現する価値観を、「〈他律〉の個人主義」と呼ぶことにしよう。なぜ個人主義であるのか。それは、自律・理性・個性の新しい次元における実現を意味しているからである。

『明暗』では他者とのやり取りが行き詰るほどの緊迫感をもって描かれているが、他方においてその背後には先に見た「大きな自然」が表現されている。言い換えると、相対世界の暗闘――ラカンのいう〈想像界〉の双数関係――を描くことが可能になったのは、このような世界の外部

〈現実界〉）という「空無」を作品内に設定できたからではないか。柄谷行人によれば、『道草』までの主要な作品では、すべてが主人公の視点から叙述されているのに対して、『明暗』ではおののの他者を対等に設定し、物語の叙述はそれぞれの関係の内部における視点からなされている。そこに、「多種多様な声＝視点」があり、「作者は、彼ら〔登場人物―引用者注〕を上から見おろしたり操作したりする立場に立っていない」ことになる。ここに『明暗』の新しさがあり、それは「彼〔作者―引用者注〕の表現のレベルにおいてのみ存在している」。そしてこの変化はドストエフスキーの影響のもとに生じたものであり、単なるリアリズムの表現の実現ではなく、ドストエフスキーの作品がもつ「多声《ポリフォニック》的な世界」を実現しているという（柄谷行人「解説」『明暗』同上書）。この指摘をわれわれの言い方になおすと、小説の内部に「虚」ともいうべき視点（〈現実界〉）を設置し、それをいわば虚焦点にしながら、登場人物各自の視点と関係（〈想像界〉）の描写が可能になった、といえる。つまり〈現実界〉の設定が〈想像界〉の叙述を可能にしたというわけである。それゆえにそこにおいて、漱石が「則天去私」の実現されたものとして掲げた作品群を超えたポリフォニックな表現が実現されたのである。

こう解するなら、われわれには漱石の次のような言説をよりよく理解ができることになる。よく知られているように、漱石は大学での講義録をもとに出版した『文学論』に強い不満をもち続けており、いずれはそれを書きなおしたいという願望をもっていた。『文学論』出版後になされた講演「文芸の哲学的基礎」もそのような思いの表現であった。漱石が則天去私の態度で『明暗』を執筆していると述べ、また別な場において「自分は近いうちにこういう態度でもって、新しい本当の文学論を大学あたりで講じてみたい」と言ったとされるが[*9]、それは、このようなポリフォニックな表現を可能にした方法論に基づいて、かつての文学論を組み替えるという意味であったと推測される。

パラドックスによる飛躍

漱石晩年の漢詩に見られる「則天去私」の宗教的心境、および同じ時期に書かれた大作『明暗』で新しく実現された表現法、――われわれは、松元寛にならってこれらを別々な系統として分別してきたが、これ以降、彼の見解と違ってこの二系列は『明暗』において交差するという仮説を述べるつもりである。二系列が交差するといっても、一方が他方に解消されるわけではない。

周知のように、『明暗』という作品は筆者漱石の死によって中断された。このために、この物語がその後どのように展開され、結末を迎えるのかは誰にも分からない。多くの人がその結末までの物語を多様な資料に基づいて予想してきた。われわれの仮説もそのような試みの一つになる。漱石は『三四郎』以降、近代人の自我の問題を赤裸々に描いてきたことは誰もが認めるところである。とりわけ、『それから』『行人』『こころ』においては、近代の個人がどのような問題を生きることになるのかを描いていた。第五章・第六章で指摘したように、そこでは「自然」が物語の内に出現し、重要な役割を果たしていた。それらの創作過程を経て『明暗』においては、漱石は「大きな自然」をよりどころとして自我の問題を超えるという「則天去私」の境地と文学上の方法論とを同時に表現しようとしたのではなかろうか。もしこう想定できるなら、「他者」の系列に属するとされるこの作品に、「自然」の系列が交差すると予測することが可能になる。

作品内部の伏線からも、われわれにはこの予測が妥当なものであると思われる。以下、それを示してみよう。まずその根拠の一つは、作品の前半部でなにゆえにあれほどまでの「暗闘」が描かれなければならなかったのか、という点である。登場人物のほとんどが自我の病ともいえる自尊心に苦しんでいた。相手からの軽蔑を避けるために、夫婦の間においてさえも、彼らは絶えず自我防衛のための闘いをしなければならなかった。このような「自尊心の病」にどのような解決がもたらされるのか。恐らく後半部では彼らに大きな破局がもたらされるのではないだろうか。そのとき「大きな自然」が重要な意味をもつはずであり、それゆえに津田とお延を前にして「大きな自然」が描かれなければならなかった。二つ目の根拠は、津田が療養を名目に温泉地に赴く場面から、物語叙述の基調ががらりと変わることである。そこではまた、心理の解析に長けた津田が、旅の途中から急に精神性を帯びてくる。むろん、この変化は都会の喧騒を離れて、奥深い山河に接したせいもあるであろう。この両者の変化は物語の山場に向けての合図とも読み取れる。そして、そのような情景のなかで、「大きな自然」が突然津田の前に姿を現わし恐怖を覚えさすのである。

さらにもう一つ挙げられる。それは津田が会いに行こうとしている相手である。それは清子と呼ばれる女性であるが、彼女と津田との交際はお延との結婚以前に終わっていた。にもかかわらず、清子は結婚後も彼の心をとらえて放さないだけでなく、津田からすればどこか謎めいたものを感じさせずにはいない女性として描かれている。われわれがそう考えるのは、彼がその別離の理由を確かめに行こうとしている点に求められる。その謎めいた雰囲気は、津田が旅館で彼女と偶然遭遇する場面において象徴的に表現されているように思われる。夜遅く旅館に着いた津田は温泉に入ってのち部屋に帰ろうとして、道に迷ってしまう。まるで迷路のように入り組んだ廊下を彷徨した後、彼は洗面場に行き着く。そこで偶然にも清子と遭遇するのであるが、それはまるで夢の中での出会いのように見える。

廊下はすぐ尽きた。其所から筋違《すじかい》に二三段上ると又洗面所があった。きらきらする白い金盥《かなだらい》が四つ程並んでいる中へ、ニッケルの栓《せん》の口から流れる山水《やまみず》だか清水だか、絶えずざあざあ落ちるので、金盥は四つが四つとも一杯になっているばかりか、縁を溢れる水晶のような薄い水の幕の綺麗に滑って行く様が鮮やかに眺められた。〔中略〕鏡は等身と云えないまでも大きかった。〔中略〕湯上りの彼の血色は寧ろ《むし》蒼《あお》かった。彼にはその意味が解《げ》せなかった。久しく刈込を怠った髪は乱れたままで頭に生い被《かぶ》さっていた。風呂で濡らしたばかりの色が漆のように光った。何故《なぜ》だかそれが彼の眼には暴風雨に荒らされた後の庭先らしく思えた。〔中略〕これは自分の幽霊だという気が先《ま》ず彼の心を襲った。〔中略〕

彼女が何気なく上から眼を落したのと、其所に津田を認めたのとは、同時に似て実は同時でないように見えた。少くとも津田にはそう思われた。無心が有心に変るまでにはある時が掛った。驚ろきの時、不可思議の時、疑いの時、それ等を経過した後で、彼女は始めて棒立《ぼうだち》になった。（『明暗』前掲書、五四九―五三頁）

以上の根拠から、われわれの予想できる物語展開は次のようなものだ。津田に遅れて、この人里離れた温泉場に「自尊心の病」に取り付かれた人物たちが集合する。恐らく程なくお延がまず現われ、やがて小林までもが顔を見せるのではないか。清子と津田との過去の関係をめぐって、清子を媒介にして、津田とお延との間で自尊心をめぐる闘いが再開され、増幅されていかざるを得なくなる。そして彼らに自我の破局がもたらされるであろう。そしてそのときに「大きな自然」と彼らとの一体化が生じるはずである。すなわち自我の崩壊を経験して、彼らは死にも匹敵する苦しみを経験するのではないか。そのとき彼らの自尊心は打ち砕かれ、彼らは「大きな自然」に遭遇する。これが彼らの「横超の経験」(鈴木大拙)となり、彼らに自己変容が訪れる。そこでは清子はどのような役回りを演ずることになるのか。清子は〈現実界〉を体現していると思われるために、この変容の過程を導く役割を果たすのではないだろうか。このような予測に立てば、先の二つの系列の合流が想定できることになる。

さて以上がわれわれの予想であるが、三つの伏線を含めて二系列の交差をどのように解釈すればよいのか。漱石は物語を中断させただけでなく、その後の展開について何の説明も残していない。そのために、われわれは独自に解釈を行なわなければならない。そこで、われわれは再度ラカンの〈現実界〉という概念を持ち出すことにしよう(作田啓一「フロイト――ラカンによる昇華概念の検討」『Becoming』第二号、一九九八年)。

ラカンによれば、〈現実界〉とは秩序世界(以下〈世界〉と表示する)の外部に位置する領域のことであった。人間が誕生して〈世界〉に入ってくる以前には、主体はいまだ主体となっていない。というのも主体はいまだ母との一体化を夢想しており、十全たる状態にあるからである。母子一体化した前主体は〈世界〉に入るときに、母から切り離されなければならない。この前主体から切り離された自己の半体の占める領域が〈現実界〉である。それは秩序化された世界の外部に位置する。現実界は〈世界〉の外部であるためにパラドキシカルな論理形式「無いものが有る」でしか表現できない。それは法が守る〈世界〉をまぬがれ、無‐存在という「不可能なもの」と定義される。そしてそれは主体に欲望するように呼びかける。というのも〈世界〉内の存在となった主体はその切り離された半体を求め、それを獲得することでかつての十全な存在にもどろうとするからである。それゆえに主体は〈世界〉の内部では常に欠乏の感覚に取りつかれている。

〈現実界〉はまた〈対象ａ〉の由来する場所である。〈世界〉の外部である〈現実界〉から現実的他者が〈世界〉に侵入してくるとき、それは外部からの侵入者であるがために、〈世界〉に位置づけることが不可能であり〈もの〉と称される。この現実的他者はすぐにまた〈世界〉の外部に逃れてしまうが、現実的他者の一部が〈世界〉に残されることがあり、それが〈対象ａ〉と呼ばれる。〈対象ａ〉は現実的他者の一部であるために主体にとって最も魅力的なものであり、それゆえに彼の欲望はその獲得に向かわざるを得ない。主体はなんとかしてそれを手に入れようとして、それの周りを廻る。それは欲望の対象でありながら決して獲得し得ないものである。なぜならそれは無いものであるからだ。ここからして〈対象ａ〉と〈現実界〉とは〈世界〉の内に開いた「空無」に譬えることができる。

われわれは〈世界〉に住んでいるが、そこにおいては常に他者との関係が取り結ばれる。その関係は『明暗』に描かれたように双数関係にいたらざるを得ないものである。なぜそうなるのか。われわれには互いに相手が〈対象ａ〉を独占していると映るため、お互いが〈対象ａ〉を追い求めるライバルと化してしまう。ここに他者と自己の間の鏡像関係が生じる。〈対象ａ〉をめぐる鏡像関係とは、言い換えると互いの内に自尊心を生起させる仕組みである。というのも個人の自尊心は、他者の自己に対する評価を当の自己がとり入れることによって生じるからである。つまり鏡像関係とは他者評価を自己評価に変える仕組みである。この仕組みはまた、個人における自己理想化の仕組みでもある。他者評価をとり入れ自分こそが〈対象ａ〉を所有すべき人間と思い込むことは、自己をますます理想化することに結び付く。自己理想化という認識枠組み（パースペクティヴ）こそが、「暗闘」と同時に自己崇拝（エゴティズム）という「能動的ニヒリズム」を生み出す元凶である。『明暗』の前半部ではこのような暗闘の数々が描かれていた。津田とお延との間では、どちらが優位に立つかという虚栄心をめぐって暗闘が絶えなかったし、お延とお秀との間、津田と小林との間にも自尊心をめぐる駆引きが描かれていた。

ところで、漢詩に見られた「自然」との同化は絶対即相対の境地の表現と見なされたが、ここにおいてもラカンの論理が該当する。われわれは常に喪失した前主体を求め十全な存在にもどりたいという不可能な欲望にかられている。しかしながらそのような個人の「小さい自然」の不可能性は本人には自覚されない。あくまで当人は〈対象ａ〉を獲得しようとする世界内欲望に従って生きようとする。そのことが彼らに「他者」との双数（鏡像）的な関係を打ち立てさせることになるが、近代的個人はこのような運命を避けることができない。しかし自己が対象を手に入れることはできず、ただその周りを旋回する以外にないことを自覚するならば、逆に彼には双数関係を引き起こす世界内欲望からの解放の道が開けるのではないか。そのような解放の瞬間を漱石は「大きな自然」との一体化のうちに見ていた。

『明暗』において漱石は、自尊心に取りつかれた近代人たちにもこのような回心の可能性があることを示そうとしたのではないか。津田の逗留する温泉地にいずれはお延や小林もやって来るはずである。そしてそこにおいて自尊心をめぐる闘いが加速され、より激しさを増すことが予想される。その結果、彼らの内に破局がもたらされるはずだ（これについては終章で述べる『続明暗』が描いている）。ラカンの言い方では、自分たちが絶対に獲得不可能な〈対象ａ〉を追い求めていたこと、その事実を自覚することは「去勢の事実」を認めることになる。去勢の承認は〈世界〉の内での死を意味する。この去勢＝死を媒介にして、彼らは〈世界〉の外部に連れ出される。この瞬間こそが「大きな自然」との出会いすなわち「横超の経験」となる。このように、個人が不可能を自覚しつつなおかつ〈世界〉の外部をめざしてゆくという意味で自己の内なる「小さい自然」を生きぬくならば、そのような自己を超える「大きな自然」との一体化が可能になる。これこそが「超個人」の実現を意味している。

以上のように、二つの系列の交差を理解することによって、われわれは、漱石が近代的なニヒリズムの問題に一つの解決法を提起しようとしていた、と想定する。われわれの「より以上に生きよう」とする欲望は、〈対象ａ〉の周りを廻るほかはないのであり、欲望のこのような仕組みを自覚するならば、少なくとも〈対象ａ〉を求めて仮象の世界をさまよう世界内欲望からの解放の実現が可能になる。漱石の「則天去私」をこのようなラカンの欲望の倫理（去勢の承認）に結び付けて理解するならば、ここには仮象（無）にとらわれることなく本質、すなわち現実の生（有）を真に生きよ、と提唱するニーチェの「永遠回帰」と「超人」の思想に（漱石自身はこの思想を理解し得なかったとしても）共通するメッセージが読み取れるというべきである。

超個人の含む問題

近代化された明治の日本社会は、共同体（親族・地域社会）から切り離された「個人」を生み出した。このような傾向はとりわけ知識人の階層において顕著になる。前近代社会での知識層は所属する集団への忠誠を求められており、政治的官僚として実務の遂行を要求された。ところが近代化されるにつれて、知識層は特定の集団への忠誠から切り離され、マンハイムのいう「浮動する知識人」の階層を形成することになる。そこに出現する「個人」は互いに契約を結んで結社を形成することになるはずであるが、日本の近代社会では社会契約の考え方は浸透せず、政治的結社にいたっては早い時期に明治政府によって禁止された。たとえば明六社の解散あるいは自由民権運動の禁止などはそのような事例である。このような知識層による社会的運動においても、いまだ社会契約の考え方は十分に理解されていたとはいえないが、明治二十年代には当の運動と結社それら自体も政府による禁止・弾圧によってほぼ壊滅状態に陥ってしまった。

思想史家たちの説によれば、明治の三十年代は、二十年代の政治運動隆盛への反動として、社会意識が内向していく時代として把握されてきた（高坂正顕『明治思想史』原書房、一九五五年、燈影舎、一九九九年）。そのような時代状況のなかでは、人々の間で個人という内面的な自覚が生じてこざるを得ない。こうした内面化の時代状況のために、キリスト教や仏教を中心とする宗教がこの時代に大きな影響力を有することになった。とりわけ仏教の領域では、旧来の形式化された教団組織や教義の解釈を打ち破って、新しく時代の要請にこたえようとする革新の動きがその内部から生じてくる。個人主義の含む問題の解決をめざしていた漱石は、恐らくこのような仏教の新しい動きの影響を受けていたと思われる（たとえば『こころ』のKは熱心な浄土真宗の信者として設定されており、清沢満之をモデルにしたとする説さえある）。同様にして個人主義のもつ問題の解決を仏教の教義に求めた同時代人を、われわれは漱石のほかに二人挙げることができる。一人が今挙げた清沢満之であり、もう一人が西田幾多郎である。われわれの文脈からするならば、漱石を加えたこれらの三者は、個人救済の問題にさいして仏教教義の有するパラドックスの問題にともに逢着していたと思われる。なぜなら他力門（浄土真宗）に所属していた清沢は、有限＝無限の教義をヘーゲル弁証法の論理を使って解こうと試みており（今村仁司『清沢満之と哲学』岩波書店、二〇〇四年）、また漱石と西田は自力門である禅宗の教義が有する相対＝絶対の問題をそれぞれ別な方法論によって解釈しようとしていたからである。漱石の「則天去私」、西田の「善の研究」に見る思想とはそのような要請にこたえるはずのものであった。これらはともに超個人の思想と定義してもよいであろう。

前近代社会の儒教倫理では宇宙（天）と社会とが相同的な構造をなしており、これら両者は明確に区別されなかった。そこでは宇宙の法則がすなわち社会の法則でもあった。近代社会では科学的な世界観の移入によってこれら両者は截然と分離され、それぞれが別な原理に従って運営されるとされた。超近代の社会においては、当然ながらこの近代の原理は保存されるはずであるが、日本の近代社会では近代的な原理は十分な成熟を見ないうちに超近代の社会への移行が喧伝された。言い換えると近代社会の内に多くの前近代の要素を残存しながら、われわれの社会には既に超近代の要素が生起しているというべきであろう。つまり近代のなかで前近代と超近代とが混合している。ここから超個人と没個人との混同が生じやすくなる。個人主義の究極的な問題であるニヒリズムの克服は超個人の問題でありながら、その解決に前近代的な発想、たとえば国家共同体（「閉じたもの」）による救済すなわち没個人が持ち出されるのである。この点に近代日本の思想がもつ大きな問題が潜むことを、われわれは既に末木文美士にならって指摘してきた。

このような状況のなかにあって、漱石においては個人の問題（没個人から個人へ）と超個人の問題（個人から超個人へ）が截然と分けられている。漱石においては、「天」＝「私」を設定することによって宗教的な心境を叙述することが、また他方では、〈現実界〉（自然）という虚焦点を設定することによって、〈想像界〉（双数関係）の描写が可能になった。とりわけ後者から明白であるように、そこではこれら世界の外部（天・自然）と〈世界〉との差異が明確にとらえられていた。このように考えるなら、漱石は近代の重要性をよく承知していたといえる。つまり、われわれの社会は近代化した以上、もはや共同体主義にはもどれないのであり、個人として生きる以外にはないと考えていた。「私の個人主義」のなかで、「〔自己本位とは〕朋党《ほうとう》を結び団隊《だんたい》を作って、権力や金力のために盲動しないという事なのです。それだからその裏面には人に知られない淋しさも潜んでいるのです」と述べたのは、そのような意味であったろう（「私の個人主義」『漱石文明論集』前掲書、一三〇頁)。しかし他方で、明敏な漱石は社会の近代化には十分な時間を要することも承知していた。それまでは、未成熟な近代のなかで、個人という問題に付き合わなければならないと考えていた。

個人を支える社会的基盤さえ不十分な社会にあって、どのようにして個人であればよいのか。漱石が「木曜会」というサロンを形成し、ほぼ十年にもわたって維持していたことはよく知られている。[*10] 寄る辺ない都会の知識人が個人であることを維持するには、彼らの自由意志と社会契約によって形成される「結社」(アソシエーション)を不可欠とする。漱石は木曜会をこのようなアソシエーションと見なしていたのではないか。そしてまた、近代小説はこのような擬似サロンを基盤にしなければ成立しにくいとも考えていた。木曜会の形成・維持は単に漱石の教育的な性向に由来していたというわけではなくて、このような思惑のもとになされていたのではないだろうか。

見てきたように、漱石は個人主義のかかえるアポリアを乗り越えるために、超個人を設定した。しかし、人は超個人の境地のみでは生きていけないことも承知していた。言い換えると、われわれは超個人の世界に居続けることはできないということである。「断片」に記されていたとおり、個人と超個人を往還するほかはないのである。しかし、帰還する世界はいまだ没個人を要求する世界であるために、漱石はそこに個人であるための「飛び地」を造ろうとしたと思われる。それが木曜会であったのではないか。そして、これを基盤にして個人と超個人の間の往還を図ったと考えられる。

注

＊1　没個人・個人・超個人の用語は作田啓一『個人』（〈一語の辞典〉三省堂、一九九六年）から借用した。なお、注意しなければならないのは、これらはあくまで類型であるという点である。近代社会は現実に存在するとしても、超近代社会は具体的に存在しているわけではないからである。

＊2　松岡譲「宗教的問答」『漱石先生』岩波書店、一九三四年。森田草平『夏目漱石』筑摩叢書、一九六七年。

＊3　漱石と禅との関係については、加藤二郎『漱石と禅』（翰林書房、一九九九年）を参照した。なお、「宗教的な心境」というのは、西谷啓治の発言である。西谷啓治・久山康・北山正迪（鼎談）「漱石と宗教——則天去私の周辺」『理想』通号六二二、一九八五年三月。

＊4　この立場を代表するのが、江藤淳『決定版 夏目漱石』（新潮文庫、一九七九年）である。

＊5　第六章「自己本位と則天去私（上）——『こころ』を中心に」参照。

＊6　老子の思想については、M・カルタンマルク『老子と道教』（坂出祥伸・井川義次訳、人文書院、二〇〇一年）を参照した。

＊7　和田利男『漱石の詩と俳句』めるくまーる社、一九七四年、三一六—七頁。読み下し文および大意はこの書による。なお、旧字体は新字体に変更した。

＊8　漱石とベルクソンとの関係については、重松泰雄「漱石晩年の思想——ジェイムズその他の学説を手がかりとして」（『漱石——その新たなる地平』おうふう、一九九七年）による。

＊9　松岡譲、森田草平などの指摘による。これらについては、注2で挙げた書において証言されている。

＊10　第一回目の木曜会は明治三十九（一九〇六）年十月十一日に開催され、最後の木曜会が開かれたのは大正五（一九一六）年十一月十六日であった。荒正人『増補改訂 漱石研究年表』（集英社、一九八四年）による。

終章 〈他律〉の個人主義とは何か

本書では、漱石の講演録である「私の個人主義」を中心にして、小説作品と関連させながら、彼のいう個人主義についての考察を行なってきた。漱石は、社会が近代化してゆくならば、そこに生きる人びとの価値観も個人主義的になっていかざるを得ない、いわばそれは必然的な過程である、と考えていた。しかも、そのような価値観が究極においてどのような問題をもたらすかについても、彼は知悉していたように思われる。そのことは、晩年の作品を読んでみるなら、充分に納得されるはずである。本書でこれまでに述べてきたことは次のようなことであった。「〈自律〉の個人主義」は、それを信奉する人たちに「自尊心」を植え付け、そのために彼らに自尊心の病を経験させずにはおかない。『こころ』の先生も、『道草』の健三も、そして『明暗』の津田も、皆同様にそうであった。それゆえに、漱石はこの病をいかに克服するか、その道筋を探求しなければならないこととなった。その克服の境地こそ「則天去私」という言葉に要約されていたと思われるのであり、それを「〈他律〉の個人主義」と読み換えてきた。

しかしながら、「〈他律〉の個人主義」というのは分かりやすい考え方とはいえない。というのも、

「他律」と「個人主義」とは一見あい矛盾する意味を担っていると思われるからである。本書では、この価値観を「則天去私」の内容と同じものと解し、それがどのようなものであるかを『明暗』という作品のなかに読み取ろうとしてきた。しかし、よく知られているように、『明暗』は作者の死によって中断された。そのために、それがその後どのように展開され、結末を迎えることになるのか、は今では誰にもわからないものになった。漱石の死後、随分といろいろな人が作品のその後の展開とその結末とについて、さまざまな解釈を行なってきたのであるが、そのことも広く知られるところである。

ところで、本書もそのような試みのひとつを行なってきた。というのも、第七章において、『明暗』という小説がどのような結末を迎えるはずであったのかについて、筆者なりの予測を述べてきたからである。この予測とほぼ同じ内容で、しかもそれを作品という形態をとって書き継いだ作品のあることを、そののち筆者は知ることになった。それは水村美苗という作家によって書かれた『続明暗』という作品である。[*1] この作品は、あくまで水村が『明暗』についての解釈のひとつを小説という形式で提示したものである。その解釈がはからずも本書のいう「〈他律〉の個人主義」を描いたものと読みうるために、この終章において小説『続明暗』の描写をとおして「〈他律〉の個人主義」の内容を具体的に述べておくことにしよう。

作品の「あとがき」において、水村は、『明暗』の結末を考えるにあたって、この小説は「どの方向にも持っていける小説である」とは思えないとしながら、続けてこう述べている。

『続明暗』の結末だが、私は独創的な結末を書こうとしたのではない。『明暗』の内的論理を忠実に追い、漱石がめぐらせた伏線を宿題を解くように解き、もっともあたりまえな方向に物語をもって行ったつもりであった。（水村美苗「あとがき」『続明暗』新潮社、一九九三年、三八〇頁）

その結果、「『明暗』はなぜ清子が津田を捨てたのかという冒頭の問いをめぐる小説である」と考えるにいたる。そこで、『続明暗』の結末では、逗留していた温泉場で津田と清子とがともにいる場面に、妻のお延が来合わせるという場が設定され、そこで小説は大団円を迎えることになる。注目したいのは、その場面に来合わせたお延の側に生じる事態である。夫の介護に来たつもりであるのに、夫が以前の恋人と密会している場に出くわしたお延は、思いがけない場面に出くわしたショックから放心状態に陥ってしまう。その夜、傷心のお延は夫に介抱されながら、彼と同じ室に宿泊する。夜明け前に、誰にも告げることなく彼女は宿を抜け出し、滝に向かう。その滝に身を投げて、彼女は死ぬつもりであった。

身を沈めるのなら今であった。彼女は手欄《てすり》から身を乗り出した。例の巨巌《おおいわ》が、影の中に沈んだまま黒い波に洗われているのが眼に入った。彼女は眼を閉じた。息も止めた。その瞬間、お延は自分が無限の恐怖と後悔とを抱いて黒い波の方へ静かに落ちて行くのを感じた。気が附いた時、彼女は滝から身を引き離していた。（水村、同上書、三七〇頁）

彼女の意志とは逆に、お延の若い身体は死を拒否していたのである。

その後、彼女は滝の背後にある山の奥へと分け入っていき、林の中を幾時間にもわたってさまよい歩く。そのうちに白い霧が一面に立ち込め、林立する木立を浮き上がらせる。そのなかを、彼女はまるで夢の中ででもあるかのように「ひたすら上へ上へと上がって行く」。すると、

突然眼の前が切り開いた。急に光が満ちた。空気が通った。〔中略〕それ以上、上はもうなく、どうやら到頭滝の裏山の天辺《てっぺん》へ抜けたらしかった。

何物も遮るものもない山の頂からは、一眼で百里の遠くまで透かされた。東の空から、のっと朝日が出ていて、染附けられたような深い輝きが大地の上に落ちている。〔中略〕お延の立つ山の頂は方幾里《ほういくり》澄み切っていた。朝日は透き徹《とお》ってお延の足元まで届いた。〔中略〕まるで春日《しゅんじつ》の景色を前にしているようであった。――その時、何かがお延の身体の中でふっと緩んだような、力がするすると抜けて行くような感覚があった。恰《あたか》もお延を取り巻く空気そのものが、微《かす》かに揺《うご》いたようだった。自然の全くの無関心が不意にお延を打ったのであった。お延はその微かな感じを言葉に纏《まと》める程、訓練の行き届いた頭を有《も》っていなかった。彼女はただ、一所《ひとところ》に向かって流れ込んでいた自分の勢いが、ばらばらと大気の中に分散して行くような感じを覚えた。（水村、同上書、三七一―二頁）

『それから』と同様に、またしても自然が主人公を救ったのである。第七章で述べたように、「大きな自然」が「小さい自然」を乗り越え、それを取り込んで悠々と流れて行く情景が描かれる。

高くなった日は相変わらずその限りない光を天《あめ》が下に公平に降り注いでいた。相変わらずお延の存在にも気が附かないようだった。だが其所《そこ》に自然の有難い所があった。自然の徳は塵芥《じんかい》を超越して、絶対の平等を無辺際《むへんさい》に行う所にある。自然においては、幸も不幸も、生も死も等価であった。自然はお延を殺そうとして憚《はば》からない代りに、お延を生かしても一向に平気であった。そんな自然を前には、お延の抱負や技巧は無論、深い絶望さえ意味もないものであった。お延にとっては今、此所《ここ》にこうして坐《すわ》っている自分が凡《すべ》てであった。お延の煩悶《はんもん》はお延と等身大の大きさで、彼女を苦しめざるを得なかった。それがお延の自然であった。然《しか》し、お延の遙《はる》か上に続く大きな自然から見れば、無に等しい程小さな自然でしかなかった。それがどうしようもない天の真実であった。その天の真実は日の光のように、遠くの方から、緩《ゆっ》くりと朧気《おぼろげ》にお延に触れた。（水村、同上書、三七三―四頁）

ここにおいてお延は死を介して再生している。それを可能にしたのは「大きな自然」であった。「小さな自然」は「大きな自然」によって乗り越えられてしまった。「小さな自然」を生きてきたお延は「大きな自然」に取り込まれることによって、象徴的な意味において死を体験せざるをえなかった。しかしながら、その死を介してしか、彼女の再生はありえなかった。ここには再生と同時に回心が生じている。そのために、今や彼女の眼には風景や人びとが以前とは異なったものとして映ることになる。

逃げて行った夢の名残や、遠くから襲う記憶や、名も附かぬ印象の相間に、お延の見知った顔が次々と浮かんだ。津田の顔があった。小林の顔も、お秀の顔も無論あった。岡本や継子の顔も、お時の顔もあった。〔中略〕お延は、恨めしく思うよりも、懐かしく思うよりも、自分と同じに彼らが今生きているという事実に、ある種の不思議の感を有《もっ》て、彼らの顔を眺めた。

（水村、同上書、三七四頁）

お延の自己は自然という〈大他者〉に対して開かれたのであった。その結果、そこに新しい自己が誕生する。それは「大きな自然」に根ざした真の自己ともいえる自己である。しかし、再生・回心した彼女も再び日常の世界にもどってこなくてはならない。そこではどのような生活が待っているにしても、彼女の一度開かれた自己は新しい次元での〈自律〉を維持するであろう。この自律にもとづく個人主義を「〈他律〉の個人主義」と呼んできたのである。

ところで、お延の側の反応に対して、津田にとって「大きな自然」は恐ろしいものと自覚されていた。それは彼が自己のうちの「小さい自然」にお延以上に固執しているせいである。彼においては〈自尊の感情〉がすべてであって、それを超えた「大きな自然」は恐怖の対象にしかならない。

この意味からして、津田は〈自律〉の個人主義者であることから逃れようがない。たとえば、彼は清子に自分と別れた理由を問いただすためにやってきたのであったが、逆に清子から「貴方って方はそんな御自分のお気持ちにも充分に真面目になれない」人であると批判されても、そのことの意味を理解しようともしない。自尊の感情があまりにも強いために、自らに発した非であっても、それを認めることができず、挙句の果てては常に他人のせいに転化せずにはおれない。ここには自尊心から生ずる自己防衛が顕著に現われているのだが、それは常に自己欺瞞の態度として表現される。先の清子の言葉はそのことを指摘していた。

今回の事件にしても、もとはといえば津田自身の引き起こしたものでありながら、彼はことの重大性に気づけば気づくほど、その非を自らに発したものとはせず、妻のお延のせいだと考えるにいたる。

これしきの事で兎《と》や角《かく》云われるのは業腹《ごうはら》だという思いに段々と繋《つな》がって行った。それは煎《せん》じ詰めれば自分の悪い所は棚《たな》に上げて、相手を逆恨みし始めたという事に他ならなかった。

結局大して悪いことはしてないじゃないか、と津田は烟を鼻の穴から出しながら思った。「法に照らしても、社会の通念から鑑《かんが》みても、別段疚《やま》しいことはしていないじゃないか。他人《ひと》に見せられないようなことは何一つしなかったじゃないか。大して悪いこともしていないのに、苟《いやしく》も夫たるものが、細君を宥《なだ》めすかしたりする必要が果してあるだろうか」

答えは無論否であった。一旦疚《いったんやま》しいという気持ちを抑え附けてしまえば、後はお延を慰撫せねばならないと思うだけで不当な罰を受けているような感が募るだけであった。何時の間にか津田は肚《はら》の中で、そもそもお延がこんな所まで押しかけて来るのが僭越《せんえつ》なんだという思いを強めて行った。(水村、同上書、二七八頁)

津田の「小さい自然」は都合が悪くなれば常に彼に嘘を用意させる。そうしなければ、彼の自尊心は維持され得ないためである。「自分はいつも悪くない。悪いのは誰かのせいだ」とするのである。このために「小さな自然」を蹂躙するはずの「大きな自然」は、彼においては恐怖のみを引き起こすものとならずにはいない。

その途端、津田自身の中で、自分の過去、現在、未来とが一瞬のうちに隈《くま》なく照らし出されてしまったような恐ろしい感覚があった。(水村、同上書、三六七頁)

このような彼に回心は訪れるはずもない。そこには何かが不足しているのだ。彼には〈自律〉の有する逆説——つまり、自己の評価は他者の評価に依存するという——を体現するほかはない。

そうして最後の最後まで、津田は自分に与えられた機会を見て見ぬ振りをして来たのだった。どの場面においてもその時取った以外の言動を取るのは容易な事ではなかったからである。あれ以外の振舞に出るには平生《ふだん》の津田には無縁の何かが要った。それは事物や人間に対するある

種の畏《おそ》れを有《も》った態度であった。或《あるい》はそういう態度を取る為《ため》の勇気であった。（水村、同上書、三六〇頁）

『明暗』の当初から津田もお延もともに〈自律〉の個人主義者として描かれていた。それゆえに二人の間では常日頃から優劣を競う暗闘が絶えなかったのである。しかしながら、水村の『続明暗』では、お延の側に回心が生じ、彼女が〈他律〉の個人主義者に変容する。多くの人にしてみるなら、お延の回心は思いがけないものに映るだろう。というのも、このような回心は津田の側に起こるのではないかという予想があったからである。原作『明暗』の後半部とりわけ津田が温泉地に向かうあたりから、津田を描く筆のトーンが明らかに異なってゆき、そのために「ツマラン坊」（平野謙）の津田の側にこそ、何か大きな変化が起こるのではないかという予感を抱かせられていたからでもある。この点にこそ、水村の原作『明暗』に対する独自な解釈が現われていると思えるのであるが、『続明暗』を読む限りにおいて、こうした水村の解釈に対してわれわれは充分な必然性を感じることができる。

それはなぜか。つまりお延の側に回心が生じるのに対して、津田の側に生じないのは何故なのか。それは、お延の方が津田よりも愛に忠実であったからだ、という以外にはないだろう。お延は津田との愛に生きようとした。たとえそれが「愛させる」という技巧であったとしても、男女＝夫婦の間には愛がなくてはならない、という思いを彼女が強く抱いていたことは事実であった。ラカン風にいうなら、彼女は欲望に忠実に生きていたということになる。「欲望せよ。そして断念せよ」というラカンの命題がここには当てはまる。欲望の追求のはてに欲望が幻影であることを知りえたものこそが、断念つまり象徴的去勢（死）を受け容れることが可能となる。〈世界〉の内部の愛＝欲望は、その対象の周りを廻る幻影でしかない。それが幻影であることを自覚しえたとき、われわれは〈世界〉の外部に向かうことができる。〈世界〉の外部で大文字の他者（「大きな自然」）を待ち望むとき、真の〈愛〉が生じてくるはずである。そして、この愛こそが〈他律〉の個人主義が含む価値を意味するのである。

注

＊1　この作品については、本書第七章「自己本位と則天去私（下）」を発表したのちに、知人の紹介によって、読むところとなった。つまり、先の論文を書いているときは、いまだ知らなかったというわけである。

あとがき

本書は過去十五年の間に書き溜めてきた論考をまとめたものである。一番古いもので一九九二年に、また最近のものは二〇〇七年に書かれた。それらすべてが「夏目漱石と個人主義」についての関心を軸としている。第一章は書かれた年代が古く、第二章以下とのあいだに断絶があることから、つながりを確保するために今回かなり書き改めた。それ以外のものについては、字句や文章などの最小限の修正にとどめ、ほぼ元のままで収録した。ここにいたるまでに長い年月を要したことには、私なりの感慨がある。自らの浅学菲才はいうまでもないが、この間にいろいろなことがありながら、なんとか書きついでこられたことに対する個人的な思いがあるためである。

社会学を専攻する者が夏目漱石を論じることについては、おそらく不思議に思われる向きもあるはずである。今から思い返せば、これにはあるきっかけがあった。それは森田芳光監督によって映画化された『それから』を観たことであった。もうずいぶん以前の作品であるから多くの方の記憶にないかもしれないが、そこでは代助を今は亡き松田優作が、また三千代を藤谷美和子が好演していた。ヴィデオの解説を見ると、この作品は一九八五年に封切られ、その年の『キネマ旬報』のベスト一位に選ばれている。私はといえば、封切りを観た記憶があるのだが、見終わったときの軽いショックを覚えている。というのも、八十年近くも前に書かれた小説の映画化されたものでありながら、あまりにも当時の私の心境に近いものを感じてしまったからである。少し大げさにいえば、代助の高等遊民という姿勢に、自分を含めた日本人の意識と行動に重なるところがあるのを見出したのである。

高校生のときに初めて本格的に読書する習慣をもった私が、本と呼べるものを読み始めた最初が夏目漱石の著作であった。たいして何も考えずに主要な作品のほとんどを読んだはずである。その折にとりわけ『それから』が印象に残ったわけではない。今から思えば不思議としか言いようがないが、そのときに気に入っていたのは『草枕』や『道草』という、どちらかといえば地味な作品であった。それ以後、漱石に親しむという機会はとりたててなかったのであるが、映画を観たことが、高校生のとき以来の私の漱石に対する印象を変えてしまうものとなった。同時にそのとき、私はもう一度ゆっくりと作品全体を読み直してみようと考えた。そして、もしできうるのなら、いつの日にか、自分の学ぶ社会学という学問領域から漱石にアプローチしてみよう、という思いを抱いたのであった。映画の印象から思いついて書いたものが「白百合の至福」(一九九二年)であり、社会学の論文として書いたのが「個人主義の困難と自己変容」(一九九五年)である。

私にとって書き継いでゆくための後押しとなったのは、作田啓一先生の『一語の辞典　個人』(三省堂、一九九六年)という著作であった。先生は名著『個人主義の運命』(岩波新書、一九八一年)を既にものされており、そこでは近代社会に生きる個人が究極的に突き当たらざるをえない「自尊心の病」について述べられていた。『個人主義の運命』の延長上に構想されたと思われる『個人』

では、日本社会にも個人主義の基盤が存在していたとされ、その根拠として隠遁者の系譜に連なる西行や明治の文学者が挙げられていた。個人主義という価値観は、E・デュルケーム以来の社会学における重要なテーマの一つであったが、多くの人たちがそれを西洋社会からの移入された価値観であると考えていた。ところが先生は、個人主義を構成する要件を整理したうえで、日本の思想史上においても個人主義が成り立っていたと述べられ、その代表的な一人として夏目漱石を事例に採りあげて論じられたのであった。

これを読んだとき、私は漱石について論ずる意義を得たと思った。『それから』の代助も、『道草』の健三も、個人主義者として日本社会で生きようとして受け容れられずに苦悩していた。それは今の日本においてもそのまま当てはまるのではないか、いやその当時以上に現在では、日本人の一人ひとりが個人として生きることの困難さを感じるようになっているのではないか、と私自身は考えていたからである。近代化を達成した今の日本にあって、なぜ個人主義は根づくことができないのか、漱石の苦闘はいまもってわれわれの問題ではないか、と考えたわけである。さらに近代の個人主義がゆきつく「自尊心の病」を漱石は日本人のやり方で解決しようとしたのではないか、それが「則天去私」と称されるものなのではないか、そこには新しい個人主義の考え方があるのではないか。このように思いは膨らんでいった。そうであるのなら、漱石における個人主義の問題を、作品を通して改めて研究することには広い意味での存在価値があるはずである。これらの問題意識が本書の基本的なテーマになった。

とはいえ、当初の意図が実現できているかと自問すると、正直に言ってためらいがある。自らの力量不足は言うまでもないが、長年にわたって書きついできたせいで、論点に幾分かのずれが生じていることは否定できず、また、漱石という、私にとって専門外の、しかも膨大な研究蓄積のある大家を扱うことの無謀とも思われる試みのために、どこかにとんでもない間違いを犯しているのではなかろうか、という不安がつねに付きまとっているせいでもある。しかしながら逆にいうと、無知な私にとって、そうした先人たちによる漱石研究の蓄積は大いに参考になったし、今回の仕事をまとめるうえでも幸いであった。とりわけ、私にとって刺激的であったのは、柄谷行人氏の一連の漱石についての論考であった。氏の存在論的視点は〈世界〉外の発想を有しており、それゆえに、それと個人主義とを結び付けて論じることができる、と思われたのである。一方そうしたなかで、これまで漱石と個人主義について論じたものの意外に多くないことに気づき、そこに自分の仕事の存在意義を多少とも見出せるようにも感じられた。漱石は言うに及ばず、日本思想史についても門外漢である私が本書を上梓するにあたって、専門家をはじめ、多くの方々からの忌憚のないご批評・ご叱正を賜りたいと願っている。

論考を書きついでいくにあたって、多くの方々のお世話と励ましをいただいた。いちいちお名前を記すことはしないが、なかでもとくにお世話になった方々については記して感謝の言葉を申し述べたい。連載の場を与えていただいた同人誌『Becoming』を主催する作田啓一先生ならびに同誌編集の新堂粧子さんには言い尽くしがたいほどのお世話をいただいた。内容についての貴重なアドバイスは言うに及ばず、出来の悪い私の原稿にたいして懇切丁寧な校正・修正を施してくださった。そうした労がなかったならば、今回の仕事は実を結ばなかったはずである。また、上梓に当たって編集の労をとってくださった新曜社編集部の渦岡謙一氏には、無理なお願いを多々聞いていていただいた。最後に、このような地味な著作を出版するに際して助成をくださった、私の勤務校である龍谷大学にたいして、心よりの御礼を申し述べたい。

二〇〇八年一月

亀山佳明

初出一覧

序　章「個人から超個人へ――夏目漱石に見る個人主義の問題」『Becoming』第一八号、ＢＣ出版、二〇〇六年

第一章「個人主義の困難と自己変容――夏目漱石『それから』を中心に」井上俊・上野千鶴子・大澤真幸・見田宗介・吉見俊哉 編　岩波講座現代社会学第八巻『文学と芸術の社会学』岩波書店、一九九六年

第二章「テュケーの効果――『夢十夜』の第三夜をめぐって」『Becoming』第四号、ＢＣ出版、一九九九年

第三章「他者の発見あるいは倫理の根拠――夏目漱石『道草』をめぐって」『Becoming』第六号、ＢＣ出版、二〇〇〇年

第四章「外部性の喪失と個人主義――夏目漱石『行人』をめぐって」『Becoming』第九号、ＢＣ出版、二〇〇二年

コラム１「淡雪の精」『宗教部報　りゅうこく』第七二号、龍谷大学宗教部、二〇〇三年

コラム２「白百合の至福」『Signe de B 7』ニュープリンス観光バス株式会社、一九九二年

第五章「自然と自己本位――夏目漱石に見る個人主義の問題」『Becoming』第一二号、ＢＣ出版二〇〇三年

第六章「自己本位と則天去私（上）――夏目漱石に見る個人主義の問題」『Becoming』第一四号、ＢＣ出版、二〇〇四年

第七章「自己本位と則天去私（下）――夏目漱石に見る個人主義の問題」『Becoming』第一五号、ＢＣ出版、二〇〇五年

終　章「〈他律〉の個人主義とは何か」書き下ろし

や　行

ら　行

わ　行

た 行

さ　行

索　引

著者紹介
亀山佳明（かめやま よしあき）
1947年，岡山県に生まれる。
京都大学大学院教育学研究科博士課程修了。教育学博士（京都大学）。
現在，龍谷大学社会学部教授。文化社会学，スポーツ社会学，コミュニケーション論専攻。
著書：『子どもの嘘と秘密』（筑摩書房，1990年），『子どもと悪の人間学』（以文社，2001年），『スポーツの社会学』（編著，世界思想社，1990年），『人間学命題集』（共編著，新曜社，1998年），『スポーツ文化を学ぶ人のために』（共編著，世界思想社，1999年），『野性の教育をめざして』（共編著，新曜社，2000年），『文化社会学への招待』（共編著，世界思想社，2003年），訳書，ジャネット・リーヴァー『サッカー狂の社会学』（共訳，世界思想社，1996年）。

新曜社

夏目漱石と個人主義
〈自律〉の個人主義から〈他律〉の個人主義へ

初版第1刷発行　2008年2月29日©

著　者　亀山佳明
発行者　塩浦　暲
発行所　株式会社　新曜社
101-0051　東京都千代田区神田神保町2-10
電話（03）3264-4973（代）・FAX（03）3239-2958
URL：http://www.shin-yo-sha.co.jp/

印　刷　太洋社
製　本　イマヰ製本
Printed in Japan
ISBN978-4-7885-1092-0 C1095